전 세계 살인중독 연쇄살인마

악마보다 더 악마 같은

전 세계 살인중독 연쇄살인마

악마보다
더 악마 같은

초판 1쇄 인쇄 | 2017년 7월 10일
초판 1쇄 발행 | 2017년 7월 17일

지은이 | 이수광
펴낸이 | 박영욱
펴낸곳 | 북오션

편　집 | 허현자 · 김상진
마케팅 | 최석진
디자인 | 서정희 · 민영선

주　소 | 서울시 마포구 월드컵로 14길 62
이메일 | bookrose@naver.com
페이스북 | facebook.com/bookocean21
블로그 | blog.naver.com/bookocean
전　화 | 편집문의: 02-325-9172　　영업문의: 02-322-6709
팩　스 | 02-3143-3964

출판신고번호 | 제313-2007-000197호

ISBN 978-89-6799-330-6 (03800)

이 도서의 국립중앙도서관 출판예정도서목록(CIP)은 서지정보유통지원시스템
홈페이지(http://seoji.nl.go.kr)와 국가자료공동목록시스템
(http://www.nl.go.kr/kolisnet)에서 이용하실 수 있습니다.
(CIP제어번호: CIP2017013498)

악마보다
더 악마 같은

전 세계 살인중독 연쇄살인마

이수광 실화소설집

북오션

당신은 오늘 밤 잠을 이루지 못할 것이다!

우리는 언제나 살인의 위험 속에 살고 있다.
전 세계를 충격과 공포 속에 몰아넣었던 연쇄 살인사건

연쇄 살인마의 새 이름, 살인중독자

인간의 마음 깊은 곳에는 살인의 본성이 자리 잡고 있고, 이 본성이 시대의 변화에 따라 진화해왔다는 것이 《이웃집 살인마》를 쓴 심리학자 데이비드 버스의 주장이다.

살인은 욕망, 광기, 과도한 스트레스, 분노조절장애 등 여러 가지 원인에 의해 발생하지만, 〈악마보다 더 악마 같은〉의 원고를 쓰면서 살인의 본성이 진화해온 것이 아니라 살인은 인간의 본성이라고 생각하게 되었다.

인간은 누구나 살인의 본성을 갖고 있지만, 누구나 살인을 하지 않는다. 인간은 사회적 동물이 되면서 교육, 환경, 제도에 의해 살인의 본성을 스스로 억제하고 통제한다. 그러나 요즘은 욕망, 스트레스 그리고 분노 따위가 조절되지 않고 살인을 하는 사람이 늘어나고 있다.

연쇄 살인사건은 연속적으로 살인을 저지르는 행위를 일컫는다. 그래서 연쇄적으로 사람을 죽인 범인을 시리얼 킬러(Serial Killer) 또는 연쇄 살인마라고 부른다.

살인중독자는 지능적이고 교활하여 완전 범죄를 저지를 수 있을까?

나는 그렇지 않다고 본다. 살인중독자들은 통제력을 상실하여 살인자가 되었기 때문에 지능적이지도 못하고 교활하지도 않다. 더욱이 연쇄 살인사건은 살인중독으로 발생하기 때문에 자신을 통제하거나 억제하는 것은 더욱 불가능해진다. 이러한 연쇄 살인사건이 더러 미궁에 빠지는 것은 경찰수사가 잘못되었기 때문이다.

내가 〈악마보다 더 악마 같은〉을 쓴 이유는 세계에서 일어난 연쇄 살인사건이 우리나라에서 혹은 우리 주위에서도 발생할 수 있기 때문이다. 먼 나라의 일만은 아니라는 얘기다.

유영철 사건, 강호순 사건 등 살인중독사건이 잇따라 발생했다. 이 책은 이러한 연쇄 살인사건이 어떻게 하여 일어나는지, 살인중독자들은 어떤 자들인지, 그들이 왜 살인중독자가 되었는지 살펴보기 위해 썼다.

　세계 각 나라에서 일어난 사건을 직접 취재할 수 없어서 일부 내용을 재구성했다. 이미 수십 년이 흘러 기록조차 남아 있지 않은 사건들도 적지 않다.

　연쇄 살인사건의 경우는 살인중독자가 한두 명이고 피해자는 다수가 된다. 살인중독자가 자신의 욕망, 쾌락 따위를 위해 살인을 하면 희생자는 처참한 죽임을 당하게 되고 가족은 평생 슬픔에 잠겨 살게 된다. 때문에 살인사건은 예방되고 살인중독자들은 세상에서 사라져야 한다.

저자 **이수광**

POLICE LINE DO NOT CROSS

차례

3부. 만들어진 악마:
소외, 고립, 차별이 키운 끔찍한 영혼

POLICE LINE DO NOT CROSS

1부

친절한 이웃의 두 얼굴:

웃음 뒤에 비친 섬뜩한 살인욕망

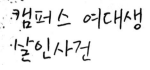

캠퍼스 여대생 살인사건

살인자들이 범행 대상으로 주로 여성을 노리는 원인은 무엇인가?

수많은 살인사건 중에 대부분 희생자는 여성이었다.

우리는 수많은 살인사건의 희생자들, 비참하게 살해된 여성들의 모습을 신문이나 TV에서 자주 본다. 발가벗겨진 채 살해된 여자들, 팔다리가 묶인 채 교살되거나 흉기에 찔리고 절단된 시체들. 그리고 많은 여성이 살해되기 전에 강간을 당한다.

여성들은 왜 이렇게 살인자의 범행 대상이 되는가. 그것은 두 가지로 요약된다. 첫 번째는 여성이 살인자인 남자보다 상대적으로 약하기 때문이고, 두 번째는 살인자들의 성적 욕망과 성적 유희를 위해서다. 다시 말해서, 여성들은 살인자들의 욕망과 성적 유희 때문에 살해당하고 약하기 때문에 살해당한다.

그런데 연쇄 살인자들의 상당수는 성적 욕망보다 살인의 유희에 집착하는 경향이 있어서 우리를 놀라게 한다.

동물들은 동족을 살해하지 않는다. 동물들이 살육하는 것은 오로지 먹을 것을 위해서고 종족보존을 위해서다. 그러나 인간은 오락이나 유희로 살인을 하는 경우가 종종 있어서 이에 대한 대책이 필요하다.

모르는 남자가 운전하는 차에 타지 마라

미시간대학교의 학생인 메리 플래저는 1967년 7월 18일, 도서관에서 나와 집으로 가다가 한 남학생을 만났다.

그 학생은 며칠 전부터 오토바이를 끌고 다니면서 그녀에게 작업을 걸어오고 있었다.

'후후. 잘생겼네.'

메리 플래저는 남학생의 얼굴을 쳐다보면서 자신도 모르게 미소를 지었다. 남학생은 날씬한 몸매에 검은 머리, 단정한 옷차림이어서 여학생들 사이에서 인기가 좋은 소위 '킹카'로 불렸다.

"헤이."

남학생이 그녀에게 손을 흔들었다. 그는 흰색 쉐보레를 운전하고 있었다. 며칠 전까지 오토바이를 끌고 다니더니 오늘은 차를 끌고 나타난 것이다.

"하이."

메리 플래저도 손을 흔들었다.

"도서관에서 오는 거야? 내 차에 타지 않을래?"

"내가 타도 되겠어?"

"물론이지. 교외에 가서 맥주 한잔 마시는 게 어때? 해도 기울고 있잖아!"

남학생이 가까이 와서 그녀를 살폈다. 메리 플래저는 잠시 망설이는 시늉을 했다.

잘생긴 남학생에게 데이트 신청을 받는 것은 기분 좋은 일이다. 남학생이 그녀의 옆에 차를 세우고 내렸다.

"타."

남학생이 차 문을 열어주었다. 차 안을 힐끗 보자 깔끔했다.

"일찍 돌아올 수 있어?"

"물론."

남학생이 메리 플래저의 어깨를 감싸듯이 하며 차로 밀었다. 메리 플래저는 차에 올라탔다. 남학생은 메리 플래저를 옆에 태우고 입실란티를 향해 달리기 시작했다.

차 유리를 열어놓아 바람이 시원하게 불어왔다. 메리 플래저의 머리카락이 바람에 날렸다. 차는 빠르게 한적한 교외로 달려갔다.

"어디로 가는 거야?"

"농장이 있어. 빈집이야."

"그래?"

메리 플래저가 그를 향해 미소를 지었다.

"난 메리 플래저야. 넌 이름이 뭐야?"

"내 이름을 몰라?"

"사람들이 콜린스라고 하던데……. 존 노먼 콜린스."

"맞아."

존 노먼 콜린스라고 한 그 남학생은 그녀의 허벅지에 손을 얹었다. 메리 플래저는 그의 손을 떼어내었다.

"가만히 있어. 넌 내 여자야."

존 노먼 콜린스가 윽박지르듯이 말했다.

"너무 빠른 거 아니야?"

메리 플래저는 왠지 불길한 예감이 들었다. 둘은 30분도 지나지 않아 농장 앞에 이르렀다.

농장은 사람이 오랫동안 살지 않아 먼지가 수북이 쌓여 있었다. 메리 플래저는 차에서 내려 집으로 달려갔다. 남학생이 뒤를 따라왔다. 그는 집으로 들어오자 다짜고짜 메리 플래저를 껴안고 키스를 하려고 했다. 메리 플래저가 거절했더니 그는 더욱 난폭하게 그녀를 껴안고 몸을 만지려고 했다. 메리 플래저는 화가 나서 그에게 "미친놈"이라고 소리를 질렀다.

"뭐가 어째? 나보고 미친놈이라고?"

콜린스의 눈빛이 사나워졌다.

"넌 너무 거칠어. 우리 다음에 만나는 게 좋겠어."

메리 플래저가 차갑게 말했다.

"다음에? 언제?"

"몰라. 난 돌아갈 거야."

메리 플래저가 콜린스를 밀치고 나가려고 했다.

콜린스가 그녀를 와락 밀쳤다. 메리 플래저는 균형을 잃고 나가떨어져 벽에 부딪혔다.

"네년이 감히 나에게 미쳤다고 해?"

콜린스는 메리 플래저를 구둣발로 내질렀다.

"헉!"

메리 플래저는 입을 벌리고 눈을 부릅떴다. 그의 구둣발에 얻어맞은 복부가 숨을 쉴 수 없을 정도로 아팠다.

"건방진 년!"

콜린스가 뒷주머니에서 곤봉을 꺼내 들고 머리 위로 치켜들었다.

살인자의 본색

메리 플래저는 마치 꿈을 꾸는 것 같았다.

그는 곤봉으로 사정없이 내리쳤고 칼로 그녀의 몸을 난자했다. 그녀는 너무나 고통스러워 비명조차 지를 수 없었다. 그녀의 몸은 피투성이였다.

메리 플래저는 악몽을 꾸고 있는지도 모른다고 생각했다. 이런 일은 영화에서도 본 일이 없었다.

'저자는 인간이 아니야.'

메리 플래저는 킹카라고 생각했던 콜린스가 악마 같은 자라고는 생각했다.

사방은 이미 캄캄하게 어두워져 있었다. 콜린스는 그녀를 묶어서 지하실로 끌고 왔다. 지하실이라 소리를 질러도 소용이 없고 불빛도 새어 나가지 않았다.

'어떻게 이런 악마 같은 사람이 있을까?'

메리 플래저는 콜린스와 같은 사람을 본 적이 없었다.

그는 메리 플래저의 옷을 벗기고 강간한 후, 칼로 찌르고 베었다. 그녀는 처절한 비명을 질렀다.

"아파? 비명이 아주 듣기 좋네."

콜린스가 사악하게 웃었다.

"이제 그만해."

메리 플래저는 울면서 애원했다. 그는 기이하게 비명을 듣는 것을 좋아하고 있었다.

"그만하라고? 그만하면 나는 재미없잖아?"

"여자를 괴롭히는 게 무슨 재미가 있어?"

"흐흐……. 나는 너무나 재미 있어."

콜린스가 악마처럼 사악하게 웃었다. 메리 플래저는 눈을 감앉다.

"아악!"

살인자가 그녀의 가슴에 칼을 찌르고 있었다.

"아악!"

메리 플래저는 처절하게 비명을 질렀다. 콜린스의 칼이 가슴을 찌른 뒤 베고 있었다.

"오, 하나님……."

메리 플래저는 몸을 부르르 떨었다. 콜린스가 도끼를 들고 그녀를 내려다보고 있었다.

살인자의 알리바이를 놓친 경찰

1967년 7월 18일 미시간대학교에 다니는 메리 플래저는 입실란티에 있는 도서관에서 학생 아파트로 돌아오다가 사라졌다.

하루가 지나도 그녀가 집에 오지 않자, 룸메이트는 메리 플래저의 어머니에게 알렸다. 어머니는 즉각 경찰에 신고했다. 경찰은 현장에 출동하여 탐문수사에 나섰다. 그러나 메리 플래저를 본 사람들은 좀처럼 나타나지 않았다.

"학생들이 파티를 하고 사라지는 일은 종종 있어."

경찰은 메리 플래저가 파티를 하고 남학생들과 사라졌을 것이라고 생각했다. 경찰은 대수롭지 않게 생각했다. 가족들 외에는 그녀의 실종에 대해서 아무도 불안해하지 않았다.

하지만 일단 실종사건이 접수되었기 때문에 수사가 형식적으로 진행되었다.

메리 플래저는 실종된 지 20일이 지난 8월 7일, 한 농장에서 사체로 발견되었다. 근처에 사는 소년들이 황량한 농가를 발견하고 들어갔다가 지하실에 있는 사체를 발견한 것이다. 아이들은 즉각 부모에게 알렸고 부모들이 경찰에 신고했다.

워시트노 카운티의 경찰관과 보안관이 현장으로 달려왔다.

사체는 너무나 참혹했다. 이미 부패가 진행되고 있었으나 사체 곳곳에 30번이나 찔리고 베인 흔적이 남아 있었다.

'어떤 놈이 이런 짓을 저지른 거지?'

더글러스 하비 형사는 시체를 보자 속이 메슥거렸다. 발목은 절단되어 있고 엄지와 다른 손가락도 잘려 있어서 찾을 수 없었다.

"이 상태로는 신원을 확인할 수 없겠어."

워시트노 보안관이 고개를 흔들었다.

"치과 기록으로 찾으면 될 거야."

더글러스 형사는 시체의 신원을 찾는 일이 어렵지 않을 것이라고 생각했다.

시체는 즉시 검시소로 옮겨졌다. 법의학자들이 치밀하게 부검을 하는 동안, 형사들은 치과 기록의 조사에 나서 그녀의 이름이 메리 플래저라는 사실을 밝혀냈다.

"우리 딸이 실종되었는데 경찰이 제대로 수사를 하지 않았어."

메리 플래저의 가족들은 분노했다.

여대생이 엽기적으로 살해되었다는 소식이 알려지면서 미시간대학교도 뒤숭숭해졌다. 많은 학생이 메리 플래저가 살해당한 이유를 궁금해했고 그녀의 죽음에 대해서 슬퍼했다.

메리 플래저 주위 친구들에 대한 대대적인 수사가 시작되었다.

워시트노 경찰과 입실란티 경찰서는 메리 플래저의 행적수사에 나섰다. 메리 플래저는 미시간대학교의 도서관에서 나온 뒤 행적을 알 수 없었다.

'도서관에서 나온 뒤에 어디로 간 것일까?'

더글러스 형사는 미시간대학교 도서관 앞에서 캠퍼스를 우두커니 살폈다. 메리 플래저가 하늘색 플레어스커트를 펄럭거리면서 걸어가는 모습이 머릿속에 떠올랐다. 그녀는 키가 작고 비교적 얌전한 평범한 학생이었고, 남학생들과의 관계도 나쁘지 않았다.

법의학자들은 그녀가 살아 있을 때 구타를 당하고 성폭행을 당했을 것이라고 추정했다.

살인자가 메리 플래저를 납치한 뒤에 살해하기 전에 희롱했다는 증거가 속속 나타났다. 그 증거는 모두 법의학자들이 찾아낸 것이었다.

'살인자는 왜 이렇게 잔인하게 메리 플래저를 살해했을까?'

더글러스 형사는 살인자의 심리를 분석하기 시작했다. 일반적으로 잔인하게 살해를 하는 것은 정신병자이거나 원한을 가진 경우였다. 그러나 어떤 원한이라도 살해하는 것으로 충분히 복수했다고 생각하는 것이 일반적이었다. 메리 플래저 같은 평범한 여학생이 누군가에게 원한을 가진 일도 없을 것이다.

"이상한 일입니다. 메리 플래저는 도서관에서 나온 뒤에 연기처럼 사라졌어요."

파트너인 잭슨 형사가 고개를 흔들었다. 메리 플래저를 살해한 살인자에 대한 단서가 전혀 잡히지 않고 있었다.

"이 아가씨는 왜 남자친구가 없는 거지?"

더글러스 형사는 미간을 잔뜩 찌푸렸다.

"남자친구가 없는 여학생도 많아요."

"고등학생만 되어도 전부 남자친구가 있잖아?"

"다 그런 건 아니죠."

"메리 플래저와 관계 있는 자가 살인자일 거야."

더글러스 형사는 메리 플래저의 행적수사를 계속했다.

농장 주위에 대한 탐문수사도 이루어졌다. 그러나 용의자는 좀처럼 떠오르지 않았다.

메리 플래저의 시체는 검시소에서 장례식장으로 옮겨졌다.

어느 날 영안실에 한 젊은 사내가 나타났다. 그는 자신을 메리 플래저의 친척이라고 말하고 관을 열고 사진을 찍고 싶다고 말했다.

"가족들 허락이 없으면 사진을 찍을 수 없습니다."

영안실 직원은 거절했다. 검시한 시체의 사진을 찍겠다는 남자는 처음이었다.

"난 그냥 그녀의 사진을 얻기를 원합니다."

사내는 아쉬운 표정으로 유유히 돌아갔다.

"별 미친놈이 다 있네."

영안실 직원은 고개를 갸우뚱하고 경찰에 신고했다. 신고를 받은 더글러스 형사는 즉시 달려왔지만, 남자는 이미 사라진 뒤였다. 영안실 직원은 남자가 잘생긴 백인이고 흰색 쉐보레를 몰고 있었다고 진술했다.

'왜 시체 사진을 찍으려고 한 것일까?'

더글러스 형사는 그가 살인자일지도 모른다고 생각했다.

형사들은 흰색 쉐보레에 대해서 수사를 했으나 용의자는 쉽사리 떠오르지 않았다.

수사가 지지부진한 가운데 해가 바뀌고 1968년 7월 2일이 되었다. 첫 번째 사건이 발생하고 1년이 지난 것이다.

경찰이 사건이 미궁에 빠질 것을 우려하고 있을 때, 조안 셸이라는 여자 대학생이 실종되는 사건이 발생했다. 그녀는 20세였고 저녁에 나간 뒤에 돌아오지 않았다.

그러나 실종사건이었기 때문에 경찰은 이번에도 단순한 가출로 생각했다. 대학생들이 친구들과 파티를 하거나 여행을 가느라 집에 들어오지 않는 것은 흔한 일이었고, 조사하다 보면 남자친구와 같이 있는 경우가 종종 있었기 때문이다.

5일 후 그녀는 건설현장에서 시체로 발견되었다.

'제기랄! 단순한 가출인줄 알았는데!'

더글러스 형사는 현장으로 출동하면서 씁쓸했다.

조안 셸의 사체도 참혹했다. 그녀는 흉기로 40여 차례나 찔렸고, 살해당한 뒤에도 흉기로 찌른 증거가 나타났다. 얼굴이 짓이겨지고 목에는 미니스커트가 감겨 있었다. 부검을 한 법의학자들은 여학생이 살해당한 뒤에도 칼에 찔리는 등 시체를 갖고 논 것이 분명하다고 주장했다.

'살해한 뒤에 시체를 가지고 놀았다고?'

더글러스 형사는 살인마의 기이한 행동에 놀랐다.

"이렇게 잔인한 살인자는 처음입니다. 사람이 어떻게 이렇게 잔인할 수가 있지요?"

잭슨 형사는 시체를 보고 전율했다.

"살인자를 잡아야 돼."

더글러스 형사는 조안 셸을 잔인하게 살해하는 살인자의 얼굴을 상상하고 분노했다. 그녀는 강간을 당했고 사체마저 희롱당한 것이다. 더글러스 형사는 참혹한 여학생의 시체를 보고 가슴이 답답해져 오는 것 같았다.

조안 셸은 목격자가 많았다.

조안 셸이 실종되던 날, 그녀는 남자친구의 집에 있었다. 놀다 시간이 늦어지자 그녀는 남자친구와 헤어져 버스정류장으로 향했다.

경찰은 조안 셸의 남자친구를 연행하여 조사했다.

"몇 시에 헤어졌나?"

"9시에 헤어졌어요."

"증인이 있나?"

"우리 집에 남자친구 벤저민이 있었어요. 벤저민은 같이 술을 마시다가 11시에 돌아갔어요."

더글러스 형사는 벤저민을 조사했다. 그래서 조안 셸의 남자친구는 알리바이가 입증되었다. 더글러스 형사와 잭슨 형사는 조안 셸의 행적을 조사하기 시작했다.

조안 셸은 입실란티에서 앤아버로 이사했다. 그녀가 남자친구를 찾아가 데이트를 하는 것을 룸메이트인 수잔 콜베가 보았다. 조안 셸이 버스정류장에 서 있는 것을 보았다는 목격자도 나타났다. 목격자는 조안 셸이 백인 남자의 차를 타고 떠나는 것을 보았다고 진술했다. 그러나 밤이었기 때문에 머리카락이 검은색이고 백인이라는 것밖에 기억하지 못했다.

대학생들이 조안 셸이 존 노먼 콜린스와 같이 있는 것을 보았다고 진술했다. 그가 조안과 산책을 하는 걸 보았다는 목격자도 있었다.

더글러스 형사는 존 노먼 콜린스를 방문하여 조사했다.

"조안 셀과 어떤 사이인가?"

"그냥 알고 있고 몇 번 데이트를 한 적이 있습니다."

존 노먼 콜린스는 예의 바르고 단정한 학생이라는 느낌이 들었다.

'영화배우처럼 잘생겼군.'

더글러스 형사는 콜린스가 마음에 들었다. 그가 살인자일 가능성이 없다고 생각하고 형식적으로 질문을 했다.

"7월 2일 밤에 같이 있었는가?"

"그렇지 않습니다. 나는 디트로이트에 있었습니다."

"자네를 목격한 사람이 있어."

"잘못 보았을 것입니다. 비슷한 사람이야 많지 않습니까? 디트로이에 있는 어머니에게 확인해 보십시오."

콜린스가 웃으면서 대답했다.

더글러스 형사는 목격자들에게 조안 셀과 같이 있던 남자를 찾아보게 했다. 그러나 목격자들은 존 콜린스를 식별하지 못했다.

"디트로이트에서 어머니와 함께 있었다고 하니 어머니에게 확인해 봐."

더글러스 형사가 잭슨 형사에게 지시했다. 잭슨 형사가 존 노먼 콜린스의 어머니에게 전화를 걸었다. 콜린스의 어머니는 아들이 주말에 디트로이트에 함께 있었다고 확고하게 말했다. 경찰은 그녀가 진술한 알리바이를 확인하지 않았다.

조안 셀 살인사건도 미궁에 빠졌다. 더글러스 형사는 실망했으나 수사를 멈추지는 않았다. 그러나 살인사건 수사는 답보 상태를 벗어나지 못하고 있었다.

미시간대학은 뒤숭숭했으나 금세 살인사건은 잊혀졌고 일상으로 돌아갔다.

여학생을 헌팅하라

담배 연기가 창으로 뭉게뭉게 흩어졌다.

콜린스는 창가에 앉아서 거리를 오가는 사람들을 살피고 있었다. 그가 사는 방은 대학가에 있었기 때문에 거리에 오가는 많은 대학생이 보였다.

그의 눈은 남자보다 여자를 쫓고 있었다. 청바지를 입고 동료들과 무엇인가 이야기를 하면서 유쾌하게 웃는 여학생, 봉긋한 가슴을 앞으로 내밀고 엉덩이를 흔들면서 걸어가는 여학생, 남학생의 팔짱을 끼고 걸어가는 여학생…….

밖에는 비가 조금씩 내리고 있었다. 비가 내리는데도 날이 어두워지면서 거리로 더 많은 여학생이 쏟아져 나왔다. 우산을 쓰고 있어서 사람들의 얼굴은 잘 보이지 않았다.

'조안 셀도 저렇게 걸었을 거야.'

콜린스는 조안 셀을 살해하던 일을 머릿속에 떠올렸다.

그녀는 공포에 질려 제대로 저항하지도 못했다.

그녀가 쓰러졌을 때 그는 어떤 희열을 느꼈었다. 그래서 그녀가 비명을 지르는 것을 들으면서 칼질을 했다. 하지만 그녀는 몸부림을 치면서 살려달라고 애원했다.

서쪽 하늘이 더욱 어두워지면서 거리에 불이 켜지기 시작했다.

그는 천천히, 아주 느리게 저녁 식사를 했다. 저녁 식사를 하는 동안 어둠이 짙어졌다.

그는 식사를 마치자 다시 담배를 피워 물었다. 이제는 사방이 캄캄하게 어두워져 있었다.

콜린스는 담배를 피우고 방에서 나와 주차장으로 내려갔다. 주차장에는 그의 애마 쉐보레가 주차되어 있었다. 며칠 전에 세차했기 때문에 차는 깨끗했다.

부르릉.

시동을 걸자 엔진음이 경쾌하게 들렸다. 그는 차를 운전하여 어둠 속을 달리기 시작했다. 빗방울이 전면 유리창을 때리고 거리의 네온사인이 차창을 지나갔다.

콜린스는 정류장 근처에 차를 주차하고 시동을 껐다. 사방이 캄캄하게 어두워 정류소의 가로등만 희미하게 보였다.

콜린스는 버스가 지나가자 차를 끌고 다시 거리로 나왔다.

그는 차를 운전하여 가다가 버스정류장에 서 있는 여학생을
보았다. 여학생은 비가 오는 탓에 노란 레인코트를 입고 있었
으나 우산은 쓰지 않고 있었다. 그는 정류장을 지나쳤다가 후
진하여 뒤로 돌아갔다.

"태워줄까?"

차 유리를 내리고 여학생에게 물었다. 방금 버스가 지나간
탓인지 정류장에는 사람이 없었다.

"어디로 가는데?"

"앤아버."

콜린스가 웃으면서 대답했다. 여학생은 콜린스의 얼굴을 힐
끗 살폈다. 그녀는 운전하는 사내가 학생으로 보이고, 불량기
가 없어서 좋은 느낌을 받았다.

"고마워."

여학생이 재빨리 차에 올라탔다. 여학생이 안전벨트를 매는
것을 확인한 뒤에 콜린스가 차를 출발시켰다.

"도서관에서 오는 길이야?"

"응. 나는 수잔 마이어야."

"나는 콜린스……."

콜린스는 운전하면서 수잔 마이어의 냄새를 맡는 시늉을 했
다. 수잔 미이이는 낄깔대고 웃음을 터트렸다. 캠퍼스를 나오
자 도로가 한적했다.

"가는 길에 어디 잠깐 들렀다가 가도 괜찮아?"

28

"어디?"

"텐튼 공동묘지."

"공동묘지에는 왜?"

수잔 마이어가 약간 놀란 표정으로 물었다. 비 오는 날 공동묘지라니. 수잔 마이어는 얼핏 그가 농담하는 것이라고 생각했다. 알 수 없는 공포가 뒷덜미를 엄습해왔다.

"묘지는 아니고, 묘지 근처에 친구 집이 있어. 친구에게 리포트를 빌리기로 했거든."

"나는 차에 있어도 괜찮지?"

"물론이지."

콜린스가 담배를 꺼내 입에 물었다. 빗방울은 점점 굵어지고 날도 어둑어둑해지고 있었다. 콜린스가 담배 연기를 길게 내뿜었다.

세 번째 살인, 비명을 좋아하다

여자는 발버둥을 치다가 조용해졌다. 이제는 소리를 지르지도 못하고 가쁜 숨만 몰아쉬고 있었다. 콜린스는 수잔 마이어의 치마를 걷어 올리면서 만족하여 미소를 지었다. 밖에는 비가 내리고 있었다.

"어때? 비가 오니까 한결 좋지 않아?"

수잔 마이어는 공포에 질린 눈으로 콜린스를 쳐다보고 있었다.

"비가 온다고 낯선 사람의 차를 타면 안 되지. 그러니까 이런 꼴을 당하는 거야."

여자는 치마 안에 사각형의 검은색 속옷을 입고 있었다. 그는 여자의 속옷을 무릎으로 잡아당겼다. 여자가 다시 발버둥을 치기 시작했다.

"그래야지. 발버둥을 칠수록 나는 매우 기분이 좋거든."

여자가 눈을 감았다. 그녀는 칼에 찔린 상처의 고통 때문에 간헐적으로 몸을 떨었다.

얼마나 시간이 지난 것일까. 사방은 이미 캄캄하게 어두워져 있었다. 농가에서 차가 멈추었을 때 콜린스는 그녀의 머리를 묵직한 것으로 가격했다. 그녀는 의식을 잃고 쓰러졌다.

한참 후 그녀가 깨어났을 때 그녀는 농가의 지하실에 있었다. 그녀는 상체가 벗겨진 채 곳곳이 난자되어 있었다. 그녀는 자기가 죽어가고 있다는 사실을 깨달았다.

"자, 그럼 즐겨 볼까?"

콜린스가 여자의 몸속으로 들어왔다. 여자는 고통스러운 듯이 이를 악물면서 신음을 토했다. 그는 서서히 허리를 움직이기 시작했다.

"살려줘요."

여자가 몸을 떨면서 낮게 말했다.

"그럴까?"

콜린스가 몸을 움직이면서 웃었다. 여자는 절망감이 엄습해 오는 것을 느꼈다. 미시간의 살인마 존 노먼 콜린스. 그가 결코 자신을 살려주지 않을 것이라고 생각했다.

"존⋯⋯."

콜린스가 격렬한 움직임을 멈췄다. 그가 가쁜 숨을 몰아쉬고 있었다.

"넌 사람이 아니야."

여자가 중얼거리듯이 말했다. 머리 밑으로는 계속 끈적거리는 피가 흘러내리고 있었다. 머리뿐이 아니라 그가 난자해놓은 몸 여기저기에서 피가 멈추지 않고 흘러내렸다.

"그런가? 너도 고깃덩어리에 지나지 않아."

콜린스가 다시 맹렬하게 허리를 움직이기 시작했다. 머리에서 흘러내린 피가 눈을 찔렀다.

콜린스가 갑자기 몸을 부르르 떨더니 허리를 꼿꼿이 세웠다.

"짐승."

여자가 낮게 말했다. 콜린스의 눈에서 살인의 광기가 이글이글 뿜어져 나오고 있었다.

사방은 캄캄하게 어두웠다. 농가에서는 희미한 불빛이 흘러나오고 여자의 고통스러운 신음이 그치지 않았다.

점점 밤이 깊어갔다. 콜린스는 숨이 끊어진 여자의 시체를 내려다보았다. 그의 손에는 날카로운 칼이 들려 있었다.

'비가 오니까 여기서 끝내지.'

그는 여자의 시체를 레인코트로 감싸 안아서 밖으로 나가 차 트렁크에 실었다. 밤중이라 사방이 캄캄하게 어두웠다. 공동묘지는 농가에서 불과 2킬로미터밖에 떨어져 있지 않았다.

입구에서 차를 세우고 트렁크에서 시체를 꺼내 어깨에 둘러 멨다. 공동묘지는 빗속에서 기괴한 모양으로 웅크리고 있었다. 어둠 속에서 비석들 사이를 지나 한쪽에 버리고 나왔다.

'경찰이 어떻게 수사를 하는지 지켜보자.'

존 노먼 콜린스는 경찰이 결코 자신을 검거하지 못할 것이라고 생각했다.

공포에 휩싸인 미시간대학교

1969년 3월 20일. 지난밤에 이어 비가 부슬부슬 내리고 있었다.

경찰에서는 미시간대학교의 여학생 수잔 마이어가 실종되었다는 신고가 들어왔다. 더글러스 형사는 긴장하여 그녀의 행적을 추적했다. 그러나 그녀를 찾지 못하고 밤이 지났다.

이튿날 아침 반 브렌타운십에 사는 13세의 소년이 집에 들어왔을 때 손에 선물 포장 박스가 들려 있었다.

"얘, 그게 뭐냐?"

소년의 어머니가 물었다.

"선물이요."

"누가 너에게 선물을 했어?"

"선물한 게 아니고 공동묘지에서 놀다가 주워 왔어요."

"남의 걸 가져오면 안 돼. 돌려주러 가자."

어머니가 소년을 데리고 텐튼 공동묘지로 갔다. 묘지에는 뜻밖에 노란 레인코트에 덮인 젊은 여자의 시체가 있었다.

"세상에!"

소년의 어머니는 끔찍한 여자의 시체를 보고 경악했다. 그녀는 즉시 경찰에 신고했다. 경찰관들이 즉시 달려왔고 연락을 받은 더글러스 형사도 현장에 도착했다. 살해당한 여자는 불과 하루 전 게시판에 메모를 남겨놓고 실종된 미시간대 법학생 수잔 마이어였다. 나이는 23세였다. 그녀는 자기가 입었던 레인코트와 소설 사본으로 덮여 있었다. 시체는 알몸이었고 구타당하고 칼에 수십 번 찔린 상처가 있었다.

'연쇄 살인이야.'

더글러스 형사는 현장에 출동하여 수잔 마이어의 시체를 살폈다. 시체의 모습이 다른 사건과 약간 다른 점도 있었지만, 전체적으로 보았을 때 연쇄 살인이 분명했다.

더글러스 형사는 수잔 마이어의 행적과 친구들에 대해서 대대적으로 수사를 실시했다.

시체는 검사소로 옮겨져 부검이 실시되었다. 검시관들은 피해자의 두개골이 둔기로 가격당했고 얼굴의 한쪽 면이 함몰된 것을 확인해주었다.

수잔 마이어의 시체가 발견된 텐튼 공동묘지의 주위에서 수사가 시작되었다. 그러나 공동묘지라 목격자가 전혀 없었다. 시체는 다른 곳에서 살해되어 옮긴 것이 확실했다.

'대체 왜 이렇게 목격자가 없는 거지?'

더글러스 형사는 탐문수사를 계속하면서 불안했다.

학생들이 잇달아 살해되자 미시간대학교는 공포에 술렁이기 시작했다. 피해자들이 잔인하게 살해되었기 때문에 여학생들은 남학생들을 의심하기 시작했다.

"왜 우리 학교 학생들이 살해되는 거야?"

"우리 학교에 불만을 가진 사람이 있어."

미시간대학교에는 온갖 소문이 나돌았다. 그러나 존 노먼 콜린스는 잘생긴 백인 학생이어서 여학생들에게 의심받지 않았다.

3월 25일, 수잔 마이어의 시체가 발견된 지 나흘 만에 도로에서 조금 떨어져 있는 빈집에서 또 하나의 시체가 발견되었다. 그녀는 16세로 메리 스켈톤이라는 고등학생이었다.

'악마가 이제는 고등학생까지 죽이는구나.'

더글러스 형사는 보이지 않는 살인마에 대해서 분노했다.

메리 스켈톤의 시체가 발견된 곳은 조안 셀의 사체가 발견된 곳에 불과 몇백 미터밖에 떨어져 있지 않았다. 그녀도 잔인하게 구타를 당하고 흉기에 찔려 있었다. 심지어 채찍으로 때린

자국도 있었다.

"살인마가 시체를 가지고 장난을 했다면서?"

"사람이 어떻게 그렇게 잔인할 수가 있지?"

미시간대학교 학생들은 불안과 공포에 떨었다. 미시간대학에 다니는 자녀를 둔 시민들도 불안에 떨었다. 미시간대학은 밤이 되면 캠퍼스가 유령의 마을처럼 변했고, 학교와 가까운 다운타운도 밤이 되면 텅텅 비었다.

시민들은 살인자를 잡지 못하는 경찰을 비난했다. 경찰은 시민들의 비난을 받으면서 수사에 임했다. 미시간대학 인근의 모든 카운티 경찰이 동원되어 수사에 임했고 특별수사본부도 설치되었다. 그러나 경찰의 이러한 노력에도 불구하고 4월 16일 오전 6시 30분, 입실란티의 황량한 도로에서 소녀의 시체가 발견되면서 발칵 뒤집혔다.

1969년에 미시간대학교 일대에서 이미 세 명의 학생들이 살해된 것이다. 그러나 살인자는 그림자도 잡히지 않고 있었다.

미시간 일대의 시민과 학생들은 공포에 떨었다.

소녀의 시체는 흰색 블라우스와 브래지어만 착용하고 있었다. 가슴과 엉덩이, 복부 등에 수십 군데의 상처가 있었다.

소녀는 13세의 루이스 바솜이라는 초등학생으로 밝혀졌다. 그녀는 친구의 집에서 돌아오다가 납치되어 살해되었다.

'초등학생까지 살해하다니!'

더글러스 형사는 살인자를 잡지 못하는 자신에게 화가 났다. 연쇄 살인사건이 벌어지고 있는 미시간대학교 주위의 시민들은 무능한 경찰을 비난하면서 시위를 벌이기까지 했다. 그러나 사건은 그것으로 끝나지 않았다.

살해되고 두 달이 조금 지난 6월 9일. 10대 소년 셋이 북쪽 도로에서 길가에 버려져 있는 또 한 명의 여자 시체를 발견했다.

피해자는 젊은 여성이었고 알몸이었다. 여러 곳에 슬래시(빗금) 형태의 상처와 자상이 있었다. 목은 척추를 통해 절단되고 범인이 총을 쏠 때 반사적으로 손을 들어 막은 듯 손에도 총상이 있었다. 신발 하나를 찾을 수 없었으나 옷가지는 시체 주위에 버려져 있었다.

'슬래시 상처가 대부분 유엽상(柳葉傷)이다. 이는 살아 있을 때 생긴 상처야.'

더글러스 형사는 시체를 보고 긴장하여 마른침을 삼켰다.

사람이 살아 있을 때 날카로운 것에 베이면 버드나무 잎사귀 모양으로 상처가 생긴다. 죽었을 때 베이거나 찌른 상처는 벌어지지 않는다.

'결국, 이 여학생에게도 살인 유희를 한 것인가?'

더글러스 형사는 살인자가 여학생을 납치한 뒤에 유희를 즐겼다고 생각했다. 결정적인 사망 원인은 얼굴에 쏜 총이다.

엉겁결에 손을 들어 막으려고 해서 여자의 손바닥에 탄환이 스치고 지나간 자국이 있었다.

'살인자는 미지의 장소로 여학생을 납치했다. 곤봉 같은 흉기로 머리를 때려 쓰러트렸다. 이어 칼로 여학생을 베고 찔렀어. 도망을 가지 못하게 발목을 때리고, 여학생이 울면서 비명을 지르는 것을 들었겠지. 그리고 고통스러워하는 여학생의 옷을 벗기고 강간하고, 강간이 끝난 뒤에 또 칼로 난자하고……. 이 놈은 인간이 아니고 괴물이야.'

피해자의 신원은 다음 날 아침에 밝혀졌다. 25세의 엘리스라는 대학원 학생으로 친구의 파티에 참석하고 돌아오다가 납치되어 살해되었다. 몇 가지 유류물이 현장에서 수거되었으나 용의자를 수사 선상에 떠올릴 정도는 못되었다.

미시간대학은 공포에 휩싸였다. 경찰은 1,000명 이상의 성범죄 전과자들을 수사했다. 더글러스 형사는 잠도 자지 않고 살인자의 추적에 나섰다.

특별수사본부는 살인자를 체포하는 데 결정적인 증거를 제시하는 사람에게는 42,000달러의 현상금을 걸었다.

수사에 진전이 없자 시민사회의 요구로 네덜란드 출신의 심령술사가 왔다.

그는 워시트노 카운티의 살인사건 현장을 샅샅이 둘러보았다.

"살인자는 미국 이외에서 태어났고, 백인이다. 25세가 되지 않았고 오토바이를 타고 다닌다."

심령술사 하코스가 예측했다. 그는 언론에 공개되지 않은 피해자의 상태도 밝혀 경찰을 놀라게 했다. 그러나 수사는 답보상태에서 벗어나지 못하고 있었다.

수사는 장기화되었다.

'반드시 살인마를 잡을 것이다.'

더글러스 형사는 살인마를 꼭 검거해야겠다고 생각했다.

워시트노 카운티에 살인마의 범죄를 연구하는 기관도 설치되었다. 그들은 살인자의 심리를 분석하고 방대한 데이터를 작성하여 형사들에게 제공했다.

마지막 살인사건은 1969년 여름에 일어났다. 피살자는 7월 23일에 실종되었고 대대적인 수색으로 7월 26일 휴런 리버파크의 숲이 우거진 협곡에서 발견되었다.

시체는 너무나 많이 손상되어 있었다. 그녀의 목, 어깨, 유두, 유방이 흉기에 찔리거나 불에 탔다. 살인자가 여자를 고문하면서 비명을 즐긴 것이다.

질 내부에는 찢어진 팬티가 삽입되어 있었다.

'아아, 정말 잔혹한 놈이다.'

더글러스 형사는 몸을 부르르 떨었다.

피해자는 '카렌 슈'로 18세의 미시간대학 학생이었다. 미시간대학은 공포에 사로잡혀 살인자가 괴물일 것이라는 흉흉한 소문이 나돌았다. 인간이라면 도저히 그와 같이 잔인한 살인을 저지르지 않을 것이라고 생각했기 때문이다.

경찰은 카렌의 행적조사에 나섰다. 그녀는 오후에 헤드피스(머리띠)를 사러 입실란티 다운타운에 있는 가발가게에 들렀다. 가발가게 주인 다이애나는 카렌이 머리띠를 살 때 밖에 파란색 오토바이를 타고 있는 젊은 청년을 보았다고 진술했다. 검은 머리에 줄무늬 스웨터를 입은 청년이었다. 카렌은 그의 오토바이를 타고 사라졌다고 했다.

'살인자는 오토바이를 타고 다니는 사내다.'

더글러스 형사는 숨이 막히는 것 같은 긴장감을 느꼈다. 그는 지난 2년 동안 그림자도 찾을 수 없었던 살인자에 가까이 다가가고 있다고 생각했다.

경찰은 오토바이 소유자들에 대해 집중적으로 수사했다.

더글러스 형사는 카렌이 타고 갔다는 오토바이에 대해 수사하면서 존 노먼 콜린스를 강력한 용의자로 지목했다.

목격자들이 진술한 인상착의와 흡사했다.

경찰은 수색영장을 발부받아 존 노먼 콜린스의 집을 기습했다. 예상대로 그의 집에서 피해자들의 소지품과 일부 범행도구가 발견되었다.

그러나 콜린스는 완강하게 살인을 부인했고 거짓말탐지기 조사도 거부했다. 그러나 목격자들의 진술과 그의 집에서 찾아낸 몇 가지 유류품들이 결정적인 증거가 되었다.

존 노먼 콜린스는 마침내 기소되었고 배심원 전원으로부터

유죄평결을 받았다. 그는 살인혐의를 부인하면서 항소했으나
기각되었다.

가면에 둘러싸인 살인자의 어린 시절

존 노먼 콜린스는 1947년 6월 17일 캐나다 온타리오에서 태
어났다. 그의 아버지는 그가 어릴 때 떠나서 어머니 로레타와
함께 미국의 디트로이트로 건너왔다.

그는 자애로운 어머니에게서 좋은 교육을 받으면서 자랐다.
초등학교와 중학교 때는 공부를 잘했고, 고등학교 때는 스포츠
에 재능을 보였다. 그는 풋볼과 야구 선수로 활약했고 운동부
의 주장을 맡을 정도로 활동이 뛰어났다.

존 노먼 콜린스의 친구들은 그를 말할 때면 '조용', '예의', '겸
손', '존중', '좋은' 등의 단어로 말했다. 그러나 살인사건이 발생
한 뒤에 여자들이 은밀하게 털어놓은 이야기는 달랐다. 존 노
먼 콜린스와 사랑을 나눈 여자들은 그가 섹스를 할 때 폭력적
이었다고 진술했다. 또 그가 거짓말과 도둑질을 잘한다는 진술
도 잇따랐다. '도둑질'과 '거짓말'은 연쇄 살인마가 가진 공통점
이기 때문에 연쇄 살인사건의 중요한 포인트가 될 수도 있다.

고등학교를 졸업한 존 노먼 콜린스는 교육학을 공부하기 위
해 미시간대학교에 진학했다. 그는 미시간대학교에서 공부하
면서 도둑질을 하기 시작했다. 그를 잘 모르는 사람들은 그가
잘생기고 예의바른 학생이라고 생각했으나 무서운 실인본능이

내면에 잠재하고 있었다.

결국 그는 8명의 여자들을 잔인하게 살해해 미시간대학교를 발칵 뒤집어놓고 공포에 떨게 만들었던 것이다.

살인의 본능과 유희

미시간대학교의 연쇄 살인사건은 살인자가 대학생이라는 사실에 테드 번디 살인사건과 함께 미국사회에 큰 충격을 주었다. 그는 불량한 학생도 아니었고, 가정환경이 나쁘지도 않았다. 여러 스포츠에 재능이 있고 예의가 발라 여학생들에게도 인기가 있었다.

희생자들이 대부분 여대생들이었기 때문에 모범생도 믿을 수 없다는 소문이 나돌았다.

존 노먼 콜린스는 여학생들을 살해하면서 쾌감을 느꼈다. 살인을 마치 유희처럼 즐겼고 점점 중독이 되어갔다. 연쇄 살인마들은 두 번째 사건을 1년, 혹은 여러 달이 지나서 저지르는데 나중에는 주기가 점점 빨라져 2, 3일 만에 저지르는 것을 볼 수도 있다. 이는 유영철 사건이나 다른 연쇄 살인사건에서도 얼마든지 발견할 수 있다.

존 노먼 콜린스가 우리에게 남긴 것은 무엇인가? 그는 왜 잔인한 살인을 저질렀는가? 살인본능에 대해서 명쾌하게 답을 내릴 수는 없다. 인간은 누구나 살인본능을 갖고 있지만 이를 이

성으로 통제하기 때문이다.

이는 살인이 중독성을 갖고 있다는 사실을 의미한다.

존 노먼 콜린스(John Norman Collins)
여대생을 노린 미시간대학교의 살인자. 칼과 총으로 피해자를 살해하고, 시체를 훼손하고 아무렇게나 방치해놓는 잔혹한 모습을 보였다. 1947년에 태어나 현재 무기징역을 살고 있다.

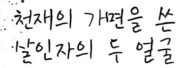

천재의 가면을 쓴 살인자의 두 얼굴

살인은 누가 일으키는가?

대부분 연쇄 살인은 저학력, 무지한 인물이나 결손가정 등 불우한 환경에 있는 사람들이 저지른다고 생각해왔다.

미국의 전설적인 살인자 에디 게인을 비롯하여 악녀의 대명사 벨 거너스, 힐사이드 교살자, 김대두, 유영철과 같은 살인자들은 무지하면서도 환경적으로 불우한 어린 시절을 보내왔다. 그러나 미시간대학교의 존 노먼 콜린스는 대학생이자 백인이고, 학교에서도 좋은 평가를 받았으나 살인을 유희로 생각한다는 점이 사람들을 깜짝 놀라게 했다.

사람들은 대학생이 살인한다는 사실에 충격을 받았다. 그러나 존 노먼 콜린스는 예고편에 지나지 않았다.

1970년대에 현대 범죄사에 한 페이지를 장식할만한 중요한 연쇄 살인사건이 발생했다. 왜냐하면 테드 번디가 등장하면서 이제는 살인자가 화이트칼라층에서도 등장할 수 있다는 사실을 알게 되었고 그 이후 범죄소설이나 추리소설, 영화와 드라마까지 화이트칼라가 연쇄 살인범으로 등장하게 되었기 때문이다.

테드 번디는 약 30여 명(정확한 숫자는 아직도 밝혀지지 않고 있다)의 젊은 여자들을 닥치는 대로 강간한 뒤에 잔인하게 살해하여 전 세계적으로 악명을 떨치게 되었다.

그는 지적이고 부유한 환경에서 성장했다. 그러나 내면적으로는 깊은 상처를 갖고 있었다.

테드 번디의 연쇄 살인사건은 범죄학적인 측면에서도 많은 교훈을 남겼다.

여자에게 빼앗긴 동정

테드 번디는 1946년에 태어났다. 원래의 이름은 시어도어 로버트 번디인데, 테드 번디로 더 잘 알려져 있다.

그가 자라던 유·소년시절은 제2차 세계대전이 끝나고 소련과의 대립으로 냉전시대가 시작되던 시절이었다. 그의 어머니 엘리너 루이스는 백화점 여직원으로, 한 남자를 만나 사랑에 빠졌다. 그녀가 테드 번디를 임신했을 때 남자는 그녀를 버렸다.

엘리너 루이스는 미혼모 시설에서 테드 번디를 낳고 필라델

피아에서 사는 부모에게로 돌아왔다. 엘리너의 부모, 테드 번디의 외조부모와 외조모는 테드 번디를 자기가 낳은 아이로 출생신고를 했다. 그래서 그는 외조부모를 부모로 알고 어머니인 엘리너를 누나라고 불렀다.

외조부 사무엘 코엘은 부유하고 조용한 사람이라고 알려졌지만, 때로는 폭력적이기도 했다. 그는 개나 고양이를 발로 차기도 하고 테드 번디의 이모인 줄리아를 계단에서 던지기도 했다.

정확하게 밝혀지지는 않으나 외조부는 딸을 성폭행했을 것이라는 의심을 받기도 했다.

테드 번디의 친엄마인 엘리너는 요리사 조니 번디와 재혼을 하고 집을 떠났다. 테드 번디는 부유하게 사는 외할아버지와 외할머니 슬하에서 자랐다. 조부모는 테드 번디가 영리하고 착했기 때문에 점점 귀여워하게 되었다.

엘리너는 결혼할 때 집에 두고 온 테드 번디를 잊을 수 없어서 그가 자기의 아들이라는 사실을 고백했고, 조니 번디는 테드 번디를 아들로 받아들였다. 테드 번디가 번디라는 성을 갖게 된 것은 이러한 사연 때문이었다.

테드 번디도 정상적인 가정에서 자랐다고 볼 수 없다. 누나라고 알고 있던 여자가 어머니로 바뀐 현실이 그의 정신세계에 중대한 영향을 미쳤을 것으로 보인다. 그러나 조니 번디는 테드 번디를 아꼈다.

엘리너는 조니와 결혼을 한 뒤에 네 명의 아이들을 더 낳았다. 조니는 테드 번디와 친하게 지내기 위해 신문 배달하는 것을 돕고, 함께 캠핑을 가기도 했다. 그러나 테드 번디는 조니 번디를 좋아하지 않았다.

테드 번디는 보이스카우트 활동을 하는 등 외면적으로 학교 생활도 적극적이었다. 그는 윌슨고등학교를 수석으로 졸업하자 장학생으로 퓨젯대학에 다녔다.

1966년이 되자 그는 워싱턴대학에서 중국어를 공부했다. 지적이고 미남이어서 여학생들의 시선을 한몸에 받았다.

그는 자라면서 평범한 미국 청소년들처럼 자유분방한 청소년기를 보냈다. 그는 부유하고 잘생겼기 때문에 여학생들에게 인기가 좋았다. 그는 약간 내성적인 성격을 갖고 있었기 때문에 먼저 접근하지는 않았다.

테드 번디가 처음 사귄 여성은 스테파니 브룩스라는 이름의 연상의 여자였다. 그가 친구 집에서 술에 취해 잠이 들었는데 스테파니가 달려들었다.

"누, 누구야?"

테드 번디는 놀라서 소리를 질렀다.

"나야. 스테파니!"

여자가 웃으면서 테드 번디에게 키스를 퍼부었다.

"스테파니……."

"내가 너를 좋아하는 거 아니? 너는 내가 싫어?"

"아니 그런 건 아니지만……."

"다른 애들은 갔어. 이 방에는 우리 둘뿐이야."

테드 번디는 술에 취해 스테파니 브룩스와 사랑을 나누고 연인이 되었다.

테드 번디는 대학을 중퇴하고 아르바이트를 했다. 스테파니는 야망이 없어 보이는 테드 번디에게 실망하기 시작했다. 스테파니가 점점 멀어지는 것을 느낀 테드 번디는 캘리포니아에 있는 스탠포드대학교 여름학기에 다녔다. 스테파니도 그를 따라 캘리포니아로 갔다. 그는 스테파니에게 잘 보이기 위해 캘리포니아 대학의 여름학기에 등록했으나 인내심이 없어 다 마치지 못했다. 스테파니는 이러한 테드 번디가 마음에 들지 않아 결별했다.

스테파니와 헤어진 테드 번디는 워싱턴대학으로 돌아와 법학부에 등록하여 심리학을 공부했다. 그는 학업에 뛰어난 성적을 보였고 교수들은 그가 훌륭한 학자가 될 것이라고 생각했다.

확실히 테드 번디는 천재적인 두뇌의 소유자였다. 그러나 그의 내면에는 항상 어두운 그림자가 자리 잡고 있었다. 그는 포르노 잡지와 관음증에 집착했다.

테드 번디는 이 무렵 자신에 대한 출생의 비밀까지 알게 되었다. 그가 사생아가 아니라 외조부 사무엘 코엘의 아들이라는 소문도 나돌았다.

테드 번디는 유복한 삶을 살고 있었고 공부도 잘했다. 그러한 그가 연쇄 살인마가 된 것은 그의 정신에 충격적인 일이 있었기 때문이다. 그것은 스테파니와의 결별도 있을 수 있었으나 출생에 대한 비밀이 더욱 컸을 것이다.

사생아라거나 이혼녀의 아들이라는 것은 미국사회에서 충격적인 일이 아니다. 하지만 소문처럼 자신이 외조부인 사무엘 코엘의 아들이라면 상황은 달라진다. 폭력적인 외조부인 사무엘 코엘이 자신의 딸을 성폭행하여 테드 번디를 낳았다면 머릿속이 뒤집어졌을 것이다.

'아랫도리가 헐거운 기집년들을 죽여버리겠어.'

테드 번디는 살인계획을 세우기 시작했다. 한편으로는 공화당의 정치 행사에서 활동하는 등 활발하게 움직이기 시작했다.

1973년 테드 번디는 캘리포니아의 공화당 정치 행사에 참여하여 다시 스테파니를 만났다. 스테파니는 테드 번디와 맹렬하게 사랑에 빠졌으나 이번에는 테드 번디가 배신했다.

살인자의 공격성

스테파니와의 결별이 테드 번디에게 어떤 영향을 미쳤을까.

상류사회에 대한 박탈감, 분노조절 장애 등 그의 정신이 이 시기에 폭발한 것은 분명했다. 그러나 그것도 테드 번디의 공격성을 폭발시킨 전적인 요인이라고 볼 수 없었다. 테드 번디는 무엇인가 중요한 영향을 받았으나 밝혀지지 않았을 뿐이었다.

어느 날 테드 번디는 학교에서 집으로 돌아오다가 불이 켜진 방에서 젊은 여자가 옷을 벗는 것을 보았다. 그 모습을 보자 이상한 열기가 그의 뇌리를 후려쳤다. 그래서 그는 매일같이 여자의 집 앞을 서성거리기 시작했다. 하지만 여자가 옷을 갈아입는 일은 쉽게 눈에 띄지 않았다. 그러나 그는 어둠 속에서 여자가 옷을 갈아입는 모습을 상상하고, 여자를 강간하는 망상과 여자를 강간한 뒤에는 살인하는 상상을 했다. 그러자 얼굴이 화끈거리고 몸이 떨렸다.

어느 날 테드 번디는 길에서 동전을 줍는 여자의 머리를 곤봉으로 내리쳤다. 곤봉을 잘못 내리쳐서 여자는 쓰러지지 않고 날카로운 비명을 질렀다. 테드 번디는 깜짝 놀라서 뒤도 돌아보지 않고 달아났다.

'왜 실패를 한 것일까?'

테드 번디는 실패한 이유를 곰곰이 생각했다. 그것은 자기가 살인하는 것을 너무나 두려워했기 때문이라는 사실을 깨달았다. 테드 번디는 좀 더 강해져야 한다고 생각했다.

　1974년 1월 3일 테드 번디는 한 여학생의 뒤를 몰래 따라갔다. 여학생은 이름이 조니 렌즈로 지하방에 살고 있었다.

　그녀는 밤이 늦었을 때 침대에 엎드려 책을 읽다가 방문이 열리는 소리를 들었다. 조니 렌즈가 몸을 일으키자 테디 번디가 달려들었다. 그녀가 소리를 지르기도 전에 테드 번디는 그녀의 머리를 곤봉으로 내리쳤다. 그녀는 비명을 지르면서 정신을 잃었다.

　그는 피가 흐르는 조니 렌즈의 옷을 벗기고 강간했다. 시간이 흘러 그녀는 의식이 돌아왔고 테드 번디에게 저항하려고 했다. 그러자 테드 번디가 또다시 곤봉을 내리쳤다. 조니 렌즈는 다시 의식을 잃었다.

　테드 번디는 강간을 마친 뒤에 조니 렌즈를 잔인하게 곤봉으로 때리고 칼로 찔렀다. 조니 렌즈는 병원에 실려 가 기적적으로 살아났으나 범인이 누구인지 기억하지 못했다.

　테드 번디는 조니 렌즈를 강간했으나 만족하지 못했다.

　이튿날 테드 번디는 먹이를 노리는 야수처럼 주택가를 어슬렁거리고 돌아다니기 시작했다. 그가 폭스바겐을 몰고 한적한 주택가를 돌아다닐 때 거실에서 옷을 갈아입는 여자의 모습이 보였다. 그녀는 워싱턴대학에 다니는 21세의 '린다 할리'라는 여학생이었다.

테드 번디는 차를 세우고 주위를 살폈다. 주택가는 인적 없이 조용했다. 테드 번디는 차에서 내려 잔디밭을 가로질러 린다 할리의 집으로 들어갔다. 현관문은 열려 있었다.

"누구야?"

린다 할리가 깜짝 놀라 소리를 질렀으나 테드 번디는 아무 말도 하지 않고 그녀에게 달려들어 목을 졸랐다. 린다 할리는 필사적으로 저항했으나 이내 축 늘어졌다. 테드 번디는 밖을 살핀 뒤에 린다 할리를 안아서 자기 차에 태우고 인적 없는 샘마미쉬 호수로 달려갔다. 린다 할리가 눈을 떴으나 그는 그녀를 강간하고 살해했다.

이때부터 그의 강간과 살인은 계속되었다.

테드 번디는 여러 방법으로 여자들을 납치했다. 결말은 비슷했다. 대부분 자신의 폭스바겐에 태워서 범행 장소로 이동하는 것이었다.

1974년에서 1975년 8월까지 미국의 유타 주에서는 약 8건의 강간, 살인 사건이 발생했다. 경찰은 바짝 긴장했고 미국은 공포에 떨었다. 유타 주에 이어 워싱턴 주에서도 섹스와 관련된 연쇄 살인사건이 잇달아 발생했다. 몇 번인가 여자가 가까스로 유혹의 순간을 빠져나온 적도 있었다.

'캐롤 다론치'는 쇼핑센터에서 쇼핑을 하다가 잘생긴 청년의 유혹을 받았다. 그녀는 그의 폭스바겐이 있는 곳까지 동행했다. 그러자 테드 번디가 수갑을 채우고 연장으로 머리를 때리려고 했다. 캐롤 다론치는 비명을 지른 뒤에 수갑 찬 손으로 차문을 열고 달아났다.

살인마 테드 번디에게서 운 좋게 두 번째로 살아난 여자였다.

광기의 폭발, 강간과 살인

테드 번디의 연쇄 살인은 1974년부터 집중적으로 발생한다. 무엇이 그를 연쇄 살인마로 만든 것일까. 그는 왜 1974년에 집중적으로 강간과 살인을 저지른 걸까. 이 부분에 대해서는 누구도 명쾌하게 결론을 내리지 못하고 있다.

테드 번디는 내면적으로 갖고 있던 공격성과 포학성을 새해가 되자마자 드러내기 시작했다.

1974년부터 1월부터 발생한 살인사건을 요약해 보자.

1월 3일: 조니 렌즈는 지하실에 있는 방에서 습격당했지만, 기적적으로 살았다.

1월 4일: 카렌 스파크(18). 자신의 침대에서 곤봉으로 폭행을 당한 뒤 살해되었다.

2월 1일: 린다 앤 할리(21). 잠든 동안 몽둥이로 때려 납치, 성폭행을 당한 뒤에 살해되어 버려졌다.

3월 12일: 도나 게일 맨슨(19). 버그린주립대학에서 열리는 재즈콘서트에 가다가 납치당하여 살해되었다.

4월 17일: 수잔 일레인(19). 센트럴워싱턴주립대학에서 회의에 참석한 후 실종되어 살해되었다.

5월 6일: 로베르타 캐슬린(22). 오리곤주립대학에서 실종되어 살해되었다.

6월 1일: 브렌다 캐럴(22). 선술집에서 돌아오다가 실종되어 살해되었다.

6월 11일: 조지앤 호킨스(18). 남자친구의 기숙사에 들렸다가 돌아오다가 납치되어 살해되었다.

테드 번디는 왜 이렇게 많은 여학생을 유인하고 살해했을까

테드 번디는 반사회적인 인격장애자였고 오직 쾌락만 추구했다. 특히 강간과 살인을 동시에 저질러 미국 사회에 큰 충격을 주었고, 이때부터 연쇄 살인, 시리얼 킬러(Serial Killer)라는 말이 유행하게 되었다.

그는 여자들을 납치하여 강간하고 살해하는 데 쾌감을 느끼는 성도착증 환자였다.

그가 여자들을 유인하는 방법은 간단했다.

호킨스는 기숙사로 돌아오다가 팔에 깁스를 한 테드 번디를 만났다. 테드 번디는 폭스바겐을 세워 두고 지나가는 호킨스를 불렀다.

"하이."

테드 번디가 호킨스에게 말했다. 호킨스가 돌아보자 팔에 깁스를 한 청년이 서류가방을 앞에 놓고 있었다.

"무슨 일이에요?"

"도와줄래요? 내가 팔을 다쳐서요. 가방을 차에 실어주세요."

"그래요."

호킨스는 웃으면서 서류가방을 차에 실었다. 그때 곤봉이 그녀의 머리를 내리쳤다. 그녀는 비명도 지르지 못하고 쓰러져 차에 옮겨진 뒤에 사라졌다.

테드 번디에 의해 희생된 여학생 중 상당수가 이런 방법으로 살해되었다.

그의 살인은 쉬지 않고 계속되었다.

그는 노란색의 폭스바겐을 끌고 다니면서 여자들을 태우고 망치로 때렸다. 여자가 혼절하면 차를 끌고 숲 속으로 달려가서 강간하고 살해했다.

1974년 7월 14일, 제니스 앤 오트(23)는 대낮에 샘마미쉬 호수공원에서 납치되어 살해되고, 같은 날 데니스 마리 내술런드(19)도 같은 공원에서 납치되어 사라졌다.

"아가씨, 미안하지만 나 좀 도와줄래요?"

팔에 깁스를 한 남자가 제니스 오트에게 말을 건넸다.

"무얼 도와드려요?"

제니스 오트가 긴 머리카락을 손으로 쓸어 올리면서 물었다.

"보트를 차로 옮겨야 돼요."

"그래요?"

"나는 테드 번디예요."

"나는 제니스."

두 사람은 악수를 했다. 제니스 오트는 이후 사라졌다.

데니스 마리 내슐런드는 남자친구와 함께 호수에서 놀다가 팔에 깁스를 한 남자가 여자들에게 도움을 청하는 것을 보았다. 여자들은 거절하는 듯했고, 남자는 난처한 표정이었다. 그래서 데니스 내슐런드는 화장실에 가다가 자신이 도와주겠다고 자청하여 따라갔다가 납치되었다.

데니스는 마치 꿈을 꾸고 있는 듯한 기분이었다. 사내는 눈이 완전히 뒤집혀 있었다.

아아, 이렇게 사악한 자가 있을까. 보트를 차에 옮기게 도와달라고 팔에 깁스를 한 사내가 선한 미소를 지었을 때는 착한 대학생일 것이라고 생각했는데 악마로 돌변한 것이다.

데니스는 팔다리가 묶여 힘겹게 몸을 비틀면서 거칠게 저항하고 있었다. 그러나 테드 번디는 데니스의 몸속으로 진입하여 맹렬하게 거친 호흡을 내뿜으며 짐승 같은 짓을 저질렀다.

'어떻게 도망을 치지?'

데니스는 도망을 치고 싶었지만, 그녀도 묶여 있었다.

제니스가 난행을 당하는 데니스를 보고 고통스러워하자 테드 번디는 오히려 그녀를 쳐다보고 사악하게 웃었다.

'도망쳐야 돼. 도망치지 않으면 죽일 거야.'

제니스는 피눈물을 흘리면서 사내를 쏘아보았다.

"아!"

테드 번디가 데니스에게서 떨어져 일어났다. 그는 주위를 둘러보다가 오두막 귀퉁이에 있는 무거운 돌을 집어 들었다. 데니스는 축 늘어진 채 흐느끼고 있었다.

"맙소사."

테드 번디가 무거운 돌멩이로 데니스의 머리를 내리쳤다.

제니스는 너무나 끔찍한 모습을 목격하고 처절한 비명을 질렀다. 그러나 다음은 그녀의 차례였다.

사내는 그녀를 눕히고 옷을 벗겼다. 제니스 오트도 결국 처참하게 능욕되고 살해되었다.

젊은 여자들, 특히 여대생들이 실종되거나 시체로 발견되자 워싱턴 주 경찰은 비상이 걸렸다. 그들은 피해자 행적과 목격자에 대한 탐문수사를 대대적으로 했다. 그러자 피해자들이 깁스한 남자와 이야기를 하는 것을 보았다는 목격자들이 나타나기 시작했다.

제니스 오트가 깁스를 한 남자와 이야기를 할 때 자기 이름이 테드라고 말한 것을 들은 사람도 있었다.

이 무렵 테드 번디는 맥 앤더스라는 이혼녀를 사귀고 있었다. 그녀는 그보다 연상이었고 초등학교에 다니는 딸이 있었지만, 테드 번디에게 헌신적이었다. 그녀는 진심으로 테드 번디를 사랑했지만, 그는 쾌락을 좇아서 자주 말다툼을 했다.

테드 번디가 잇달아 살인을 저지르자 워싱턴이 떠들썩했다.

'이젠 여기서 있을 수 없어.'

테드 번디는 경찰 수사가 계속되자 불안해졌다.

경찰은 깁스한 남자를 대대적으로 찾기 시작했다.

테드 번디는 교활했다. 그는 워싱턴 주를 떠나 유타 주로 활동무대를 옮겼다. 하지만 유타 주에서도 살인사건이 잇달아 발생했다.

10월 2일: 낸시 윌콕스(16). 납치되어 살해되었다.

10월 18일: 멜리사 앤 스미스(17). 파자마파티를 하러 가다 실종되었다. 그녀는 이 지역 경찰서장의 딸이었는데, 시체로 발견되었다.

10월 31일: 로라 앤 에메(17). 실종되어 포크 계곡에서 등산객에게 발견되었다.

11월 8일: 캐롤 다론치(18). 납치될 뻔했다가 탈출하여 살아남았다.

11월 8일: 데브라 켄트(17). 학교에서 연극을 마치고 동생을 데리러 갔다가 실종되어 살해되었다.

테드 번디는 광기의 살인마로 변했다. 그는 닥치는 대로 여자들을 유인하거나 납치하여 강간하고 살해했다. 정상적인 인간이 아니라 포학한 야수에 지나지 않았다.

1975년이 되자 테드 번디는 살인 무대를 콜로라도 주로 옮겼다.

1월 12일: 카린 캠벨(23). 스노우 매스 호텔 복도에서 사라져 근처 비포장도로에서 발견되었다.

3월 15일: 줄리 커닝햄(26). 술집에 가는 길에 실종되어 시체로 발견되었다.

4월 6일: 데니스 올리비슨(25). 부모님의 집에 자전거를 타고 가다가 납치되어 살해되었다.

5월 6일: 르넷 컬버(12). 아이다 호 근처에 있는 알라 메다 중학교에서 납치되어 살해되었다.

6월 28일: 수잔 커티스(15). 브리검영대학의 청소년 문제 회견을 마치고 실종되어 살해되었다.

1974년에서 1975년 사이 수많은 여대생과 젊은 여성이 실종되거나 살해되었다. 그 바람에 테드 번디가 약 100명에 이르는 여성들을 살해했을 것이라고 주장하는 사람들도 있다.

테드 번디가 살해한 사람들은 대부분 젊은 여성들이었다. 정신과 학자들이나 심리학자들은 테드 번디가 어떤 이미지에 집착하고 있는 것이 아닌가 하고 의심했다.

1975년 8월 16일 멜리사 사건을 수사하던 밥 헤이워드 경사는 솔트레이크 외곽을 순찰하다가 반대편에서 달려오는 폭스바겐을 발견했다. 경찰이 차를 자세하게 살피기 위해 헤드라이트를 상향등으로 바꾸자 폭스바겐이 빠르게 달아났다.

'우리 마을에는 저런 차가 없다.'

헤이워드는 즉시 폭스바겐을 추격하기 시작했다.

테드 번디는 경찰차가 추격하자 긴장했다. 그러나 경찰이 자기를 살인자로 지목할 리 없다고 생각했다.

'멜리사를 살해한 놈일지도 몰라.'

밥 헤이워드 경사는 서장의 딸을 살해한 살인마를 잡아야 한다고 생각했다. 서장의 딸은 파자마 파티에 참석하기 위해 피자가게에서 피자를 사 가자고 나온 뒤에 알몸의 시체로 발견되었다.

살인자는 워싱턴 주, 콜로라도 주, 오리건 주, 유타 주 등에서 발생했기 때문에 전문수사관들 수백 명이 동원되어 방대한 용의자 목록을 뽑아 미국 전역의 경찰서에 팩스로 보냈다.

밥 헤이워드 경사는 매일 아침 경찰서에 출근하면 용의자 목록을 확인하곤 했다. 어쩌면 살인마를 검거할 절호의 기회가

왔는지도 모른다고 생각했다.

테드 번디는 빠르게 달렸다. 그때 경찰차가 달려왔다.

'젠장!'

테드 번디는 정류장 앞에 차를 세웠다. 경찰차가 그의 차를 에워싸더니 경찰들이 우르르 내렸다.

"면허증 좀 보여주세요."

밥 헤이워드는 운전석에 있는 잘생긴 청년을 쏘아보면서 내뱉었다.

"왜 이래요? 내가 뭘 잘못이라도 했어요?"

테드 번디가 퉁명스럽게 내뱉었다.

"난폭 운전! 당장 차에서 내려!"

밥 헤이워드가 단호하게 말했다. 테드 번디는 자기를 에워싼 경찰들을 본 뒤에 마지못해 차에서 내렸다.

"잘 감시해."

밥 헤이워드는 동료 경찰들에게 말한 뒤에 트렁크를 열었다. 트렁크에서 쇠지레, 곤봉, 수갑, 팬티스타킹 등이 나왔다. 밥 헤이워드는 바짝 긴장했다.

"그놈 수갑 채워. 미란다원칙 고지하고."

밥 헤이워드가 다시 소리를 질렀다.

경찰 중 하나가 수갑을 채우고 미란다원칙을 고지했다. 다른 경찰들이 어리둥절하여 그에게 다가왔다. 밥 헤이워드는 앞 좌석에서 자동차등록증을 꺼냈다.

"무슨 일이야?"

"살인자인 것 같아. 빨리 형사들에게 연락하고 경찰서로 연행해."

자동차등록증을 살핀 밥 헤이워드가 긴장하여 낮은 목소리로 말했다. 테드 번디는 솔트레이크경찰서로 연행되었다.

솔트레이크 형사들은 테드 번디를 철저하게 조사했다. 그들은 폭스바겐의 트렁크에서 나온 증거물들이 살인사건과 연관이 있는 것이 틀림없다고 생각하여 감정을 의뢰했다.

테드 번디는 범행을 부인했다. 형사들은 그를 취조하면서 살인사건이 일어난 각 경찰서로 날아가 자료를 수집해 왔다.

테드 번디의 사진을 본 캐롤 다론치는 그가 살인마가 틀림없다고 진술했다. 캐롤 다론치는 테드 번디가 자신을 납치하려고 했다고 증언했다.

경찰들은 테드 번디의 연인이었던 매기 앤더슨도 경찰서로 불러 테드 번디의 행적에 대해 인터뷰를 했다.

매기 앤더슨은 여러 해 동안 테드 번디와 사귀고 있었다. 결혼하지는 않았으나 동거하는 사이였다.

그녀는 테드 번디를 좋은 남자로 생각해 그와 결혼하기를 원했다. 그러나 테드 번디는 결혼을 하지 않았다.

여러 해를 테드 번디와 같이 지내게 되자 그의 수상한 점이 눈에 띄기 시작했다. 그래서 그녀는 실종사건이 화제가 되면서 테드 번디를 은밀하게 경찰에 신고하기까지 했다.

그러나 확실한 증거가 없었기 때문에 경찰은 간단한 조사 후 풀어줬다. 테드 번디가 다시 체포되자 매기 앤더슨은 그의 행적에 대해 자세하게 진술했다.

테드 번디는 기소되었다. 그는 변호사도 선임하지 않고 해박한 법률 지식으로 자신을 변호했다. 배심원들은 그의 뛰어난 말솜씨에 감탄했다.

'검찰이 확실한 증거를 내놓지 못하면 무죄다.'

배심원들은 심리가 모두 끝나면 무죄를 평결할 것이라고 생각했다. 그러나 테드 번디는 사형이 선고될까 봐 불안했다.

1978년 12월 30일. 테드 번디는 교도소의 천장을 뚫고 탈출했다. 미국인들은 공포에 떨었다. 언론이 대대적으로 보도하고 경찰은 수배령을 내리고 수색과 검문에 나섰다. 그러나 테드 번디는 검거되지 않았다.

1979년 1월 13일이 되었다. 테드 번디는 따뜻한 남쪽 지방인 플로리다의 탤러해시에 나타났다. 그는 탤러해시의 여대생 기숙사에 침입하여 곤봉으로 4명의 여학생을 마구 구타했다. 아수라의 지옥과 같은 참상이 벌어졌다.

테드 번디는 여대생은 구타하다가 옷을 벗긴 뒤에 능욕하고 이빨로 몸을 물어뜯었다. 여학생은 처절한 비명을 지르면서 고통스러워했다. 다른 여학생은 손으로 목을 졸라 살해했다. 두 여학생은 숨졌으나 두 여학생은 간신히 목숨을 건졌다.

여학생 기숙사를 나온 테드 번디는 근방에 있는 다른 여학생의 집을 습격했다. 여학생이 비명을 지르려고 하자 곤봉으로 머리를 후려쳤다. 여학생은 두개골이 부서져 죽었다. 그때 전화벨이 울리는 바람에 테드 번디는 현장에서 달아났다.

테드 번디는 훔친 차를 가지고 다니다가 경찰의 불심검문에 걸려 체포되었다. 그는 매혹적인 말솜씨로 자신이 살인사건 현장에 있었던 것은 우연에 불과하다고 주장했지만, 치과의사가 희생자의 둔부에 있는 잇자국과 테드 번디의 잇자국이 동일하다는 감정을 하는 바람에 살인이 입증되었다. 그의 재판은 길고 지루하게 계속되다가 사형이 선고되었다.

테드 번디는 1989년 전기의자로 사형이 집행되었다.

무엇이 그를 악마로 만들었는가

테드 번디는 유영철 살인사건과 유사한 점을 갖고 있다. 테드 번디의 살인 도구는 주로 곤봉이었고, 유영철은 망치를 주로 사용했다. 그들은 살인을 습관적으로, 중독자처럼 계속한 것도 유사한 점이다. 유영철은 시체를 잔인하게 훼손했고 인육을 먹었다고 말하기도 했다. 테드 번디와는 약간 다른 점이다.

유영철이 테드 번디를 모방했을 수도 있다.

테드 번디를 수사하던 로니 앤더슨 형사는 그가 타던 폭스바겐을 경매로 사서 창고에 보관했다가 1997년 경매에 붙쳐 다시 화제가 되었다.

테드 번디 살인사건은 범인이 무지막지한 살인마가 아니라 법률에 해박한 수재이고 엘리트적인 청년이라는 사실에서 범죄의 새로운 양상을 보여주는 사건이라고 볼 수 있다. 이 사건에서 악마는 우락부락한 범죄형이 아니라 천재형의 부드럽고 미남형의 얼굴을 갖고 있을 수도 있다는 교훈을 남겼다.

테드 번디 사건은 〈아메리칸 사이코〉라는 영화의 모티브가 되었고, 〈테드 번디〉라는 실명 영화가 제작되기도 했다.

테드 번디 연쇄 살인사건은 20세기 범죄사에서 중요한 위치를 차지하고 있지만, 그의 내면에 존재하고 있는 살인 본능이 폭발한 이유는 찾을 수 없었다. 많은 범죄학자가 그를 연구했으나 결론을 내리지 못했다. 테드 번디는 악마의 화신이었다. 이 사건에서도 많은 여자가 차로 유인되었다.

여자들은 모르는 남자의 차를 절대로 타지 말아야 한다.

테드 번디(Ted Bundy)
연쇄 살인사건의 새로운 전형을 보여준 살인범. 1974년부터 1978년까지 수많은 여성을 살해했다. 얼마나 많은 수의 여성을 죽였는지 알 수 없을 만큼 살인을 저질렀다. 1946년에 태어나 1989년 전기의자에서 생을 마감했다.

구혼
연쇄 살인사건

살인자들, 특히 연쇄 살인자들은 대부분 남자다. 그러나 연쇄 살인자 중에는 동거녀나 연인들이 함께 사건을 저지르는 경우도 적지 않고, 여성 연쇄 살인마도 적지 않다. 살인의 본성은 남성이든 여성이든 누구에게나 공통으로 존재한다고 볼 수 있다.

어떻게 해야 살인을 피해야 하는가? 어떻게 해야 살인을 막을 수 있는가?

사실 그것은 인류가 지성과 문명이라는 것을 갖추기 시작했을 때부터 가장 큰 고민거리였을 것이다.

인간은 식욕과 성욕으로 살아간다고 한다. 살인도 식욕과 성욕에 의해 발생한다.

식욕은 권력과 지배력을 상징하는데 결국은 종족을 보존하려는 본능 때문이다. 인간은 종족을 보존하기 위해 식량이 필요할 때나 자신에게 위기가 닥칠 때 그리고 종족을 번식시키고 싶을 때 살인을 하게 된다. 그러나 종족 번식에 필요 없는데도 섹스를 하고 유희를 위해 살인을 하는 것이 인간이다.

살인의 연속성은 복잡한 인과관계를 갖고 있고 그 중심에 있는 것이 욕망과 광기다. 미국의 여성 살인마 벨 거너스도 욕망과 광기의 살인마다.

도끼를 든 여성 살인자

달이 높이 떠올랐다. 어느 골짜기에서인지 늑대 우는 소리가 음산하게 들렸다. 캐롤린이 눈을 뜨자 코끝으로 비릿한 냄새가 풍겼다. 캐롤린은 그 냄새에 가슴이 뛰는 것을 느꼈다.

집 뒤에서는 누군가 땅을 파는 소리가 들렸다. 캐롤린은 촛불을 켜려다가 멈칫했다.

'또 게스트 룸에서 무슨 일이 벌어지고 있구나.'

캐롤린은 공포가 밀려와 잠을 이룰 수 없었다. 내일은 게스트 룸에서 붉은 핏자국을 닦아내야 한다고 생각하사 얼굴이 찌푸려졌다.

어머니 벨 거너스가 사내를 살해하고 있는 것이 틀림없다고 생각했다.

게스트 룸에 머무는 사내의 얼굴이 떠올랐다. 그는 프랭크라고 불리는 남자였는데 위스콘신 주에서 왔다고 했다.

캐롤린은 잠이 오지 않았다. 달은 점점 높이 떠오르고 집 밖에서 삽질하는 소리가 들렸다. 레이 렘피어가 땅을 파고 있는 소리였다.

'분명히 사람을 죽이려는 걸 거야.'

캐롤린은 어머니인 벨 거너스가 사람을 죽이고 있을 것이라고 짐작했으나 한 번도 살인하는 것을 본 적은 없었다.

그녀는 조심스럽게 침대에서 일어나 창으로 갔다. 푸른 달빛이 가득한 게스트 룸 옆에서 레이 렘피어가 땅을 파고 있는 것이 보였다.

레이 렘피어는 어머니의 정부이자 노예였다. 낮에는 농장에서 허드렛일을 하고 밤에는 어머니의 침대에서 잤다.

레이 렘피어는 우직하고 지능이 떨어지는 사내였다. 그는 농장에서 일하면서 벨 거너스에게 절대적으로 복종했다.

'어머니가 무엇을 하는지 봐야겠어.'

언젠가 게스트 룸을 몰래 엿본 일이 있었다. 어머니는 실오라기 하나 걸치지 않은 알몸으로 남자의 위에서 격렬하게 엉덩이를 흔들어대고 있었다.

"한 번만 더 게스트 룸을 훔쳐보면 죽여버릴 거야."

이튿날 아침 어머니가 그녀에게 눈을 부릅뜨고 말했다. 캐롤린은 공포에 질려 고개만 끄덕거렸다.

한번은 벨 거너스가 도끼로 남자를 살해하는 것도 본 일이 있었다. 그녀가 도끼를 내리치자 피가 사방으로 튀고 처절한 비명이 터져 나왔다. 캐롤린은 너무나 놀라서 숨이 멎는 것 같았다. 그날 이후 캐롤린은 어머니와 눈을 마주치지 않았다.

"사내놈들은 모두 악마야. 여자를 괴롭히려고 태어난 족속들이다."

평소 벨 거너스는 남자들을 증오하고 있었다.

그래서 남자를 증오할 거면 죽이고 돈이라도 빼앗아야 한다고 말하고, 캐롤린에게 게스트 룸의 핏자국을 닦아내게 했다.

'남자와 그짓을 하나?'

캐롤린은 조심스럽게 방을 나와 게스트 룸으로 갔다. 그녀는 발걸음 소리를 죽이고 문에 귀를 갖다 댔다. 그런데 방 안이 조용했다.

캐롤린은 문에 더욱 바짝 귀를 갖다 댔다. 가슴이 방망이질 하듯이 뛰고 이마에서 땀방울이 비 오듯이 흘러내렸다.

캐롤린은 문을 살며시 열었다.

"헉!"

캐롤린은 가슴이 철렁했다. 방 안에는 위스콘신 주에서 온 사내가 피투성이가 된 채 죽어 있었다.

"네년이 내 말을 듣지 않고 훔쳐봐?"

등 뒤에서 어머니의 목소리가 들렸다. 그녀의 손에 도끼가 들려 있었다.

"어, 엄마!"

캐롤린의 얼굴이 하얗게 변했다.

어디선가 늑대의 음산한 울음소리가 들려왔다. 농장은 푸르디푸른 달빛에 묻혀 있었다. 그리고 그 푸른 달빛을 뚫고 처절한 비명이 울려 퍼졌다.

악녀의 구혼광고

햇볕이 따뜻한 날이었다. 벨 거너스는 집 앞의 포치에 앉아서 졸고 있었다. 요한슨은 그가 지나갈 때마다 눈웃음을 치면서 손을 흔들던 캐롤린이 보이지 않아 의아하게 생각했다.

"벨 아줌마, 무얼 하세요?"

청년 요한슨이 지나가다가 물었다.

"보면 모르겠니?"

벨 거너스가 퉁명스럽게 내뱉었다. 요한슨은 약간 머쓱한 표정이 되었다.

"좋은 날씨에요. 캐롤린은 집에 없나요?"

"없다."

"그렇군요. 어디에 갔어요?"

요한슨은 캐롤린이 며칠째 보이지 않아 궁금했다.

"캘리포니아 대학에 갔다. 이제 만나기 쉽지 않을 거다. 캐롤린에게 할 말이 있냐?"

"아닙니다. 혹시 도울 일이 있으면 말씀하세요."

"친절하구나. 저녁때 와서 장작이라도 좀 패줄래? 용돈은 주마."

"네."

요한슨은 인사를 하고 멀어져갔다. 그는 두 번 다시 캐롤린을 만날 수 없었다.

인디애나 주 라 포르테의 벨 거너스

그녀는 미국을 충격으로 몰아넣은 여성 살인마였다. 그녀가 살인대상으로 한 남자들은 대부분 구혼광고를 보고 찾아온 사람들이었다.

> ### 구혼광고
>
> 나는 40세의 노르웨이 출신 여성으로 인디애나 주에서 아름다운 농장을 경영하고 있는 과부입니다. 성실하고 마음이 따뜻한 배우자를 찾고 있습니다. 저와 함께 행복한 여생을 보낼 신사분은 편지를 주세요.

노르웨이 이민자들을 대상으로 발간되는 시카고의 한 일간지에 결혼을 원하는 중년 여자의 광고가 실렸다. 노르웨이 출신 이민자들은 여자가 낸 구혼광고에 비상한 관심을 기울였다.

"여자가 구혼광고를 내다니 분명히 못생겼을거야."

"그래도 농장을 경영하고 있다잖아? 상당히 부유한 여자가 분명해."

남자들은 술을 마시면서 구혼광고로 화제를 삼았다.

노르웨이 이민자들이 구혼광고에 관심을 기울이던 어느 날 다른 광고가 실렸다. 이번에는 자신의 나이와 키, 몸무게와 사진까지 실려 있었다.

신문에는 뚱뚱한 여자가 세 아이와 함께 찍은 사진이 실려 있었다. 여자가 약간 뚱뚱해 보이기는 했지만, 아이들은 귀족 같은 분위기가 풍겼다. 그녀는 자신의 재산까지 공개하여 남자들의 눈길을 끌었다.

"좋은 가정인 것 같아. 이런 가정을 이끌고 있다면 우아한 귀부인이겠지."

노르웨이 이민자인 한 사내가 광고를 뚫어지게 살폈다. 그는 미네소타에서 사는 존 모에이라는 사내였다.

그는 인디애나 주 라 포르테에 있는 벨 거너스의 농장을 찾아갔다.

"광고를 보고 찾아왔습니다만 벨 거너스 씨인가요?"

농장 앞에서 뚱뚱한 여인을 보자 존 모에이가 물었다.

그는 30대 후반의 잘생긴 사내였다.

"네. 제가 벨 거너스입니다."

모에이는 여자의 뚱뚱한 모습을 보고 실망스러운 표정을 지었다. 그러나 사진에서 이미 여자를 보았고 그는 이민자로서 어려운 삶을 살고 있었다. 몸이 뚱뚱하다고 하더라도 농장을 소유하고 있으니 결혼하면 농장주인으로 행복하게 살 수 있다고 생각했다.

벨 거너스는 포치에서 세 아이와 함께 앉아 있었다. 딸들은 모두 여섯 살이 채 못 되어 보일 정도로 어렸다.

"저는 모에이라고 합니다."

모에이와 벨 거너스는 인사를 나누었다. 벨 거너스는 모에이를 집으로 들어오게 하여 차를 대접하면서 이야기를 나누었다.

모에이는 벨 거너스에게서 무엇인가 신비한 분위기가 풍긴다고 생각했다. 집 안 분위기도 어둡고 조용했다.

벨 거너스는 농장을 구경하고 싶다는 그의 제안을 거절하고 먼 길을 왔으니 목욕을 하고 쉬라고 요구했다. 그녀는 손수 불을 때서 목욕물을 데워주기까지 했다.

'너무 엄격한 거 아닌가?'

모에이는 약간 실망했다. 그러나 미망인이 아이들을 키우기 위해서는 어쩔 수 없는 일이라고 생각했다.

이내 저녁 시간이 왔고 만찬이 시작되었다. 아이들은 조용히 식사를 했고 벨 거너스는 모에이에게 농장에 머물러달라고 청했다. 모에이는 부인의 뜻이라면 신세를 지겠다고 점잖게 대꾸했다.

"노르웨이에서 언제 미국에 왔어요?"

거너스가 상냥하게 웃으면서 물었다. 만찬에 와인까지 나왔기 때문에 모에이는 점점 즐거워졌다. 어쩌면 술기운이 오르기 시작했기 때문인지 모른다.

"5년 정도 되었습니다. 집은 미네소타입니다."

"무슨 일을 하세요?"

"선원 일과 노동도 했습니다."

"여기에 온다고 누구에게 이야기했나요?"

"아니요. 광고를 보고 청혼을 하러 온다는 것이 쑥스러워요."

모에이가 얼굴을 붉히면서 웃었다.

거너스도 술을 마셔 근엄하던 얼굴이 밝아졌다.

농장에서 허드렛일을 하는 레이 램피어라는 사내는 충직했다. 식사는 함께 해도 그들의 대화는 방해하지 않았다.

"솔직하게 물어볼게요. 재산은 좀 있나요?"

"여기 오는 여비를 준비하려고 집을 담보로 1,000달러 대출을 받았습니다."

모에이는 순진할 정도로 솔직하게 말했다.

거너스가 입은 드레스는 앞 부분이 터져 있어서 크고 하얀 가슴이 절반이나 드러났다. 그는 그녀의 가슴에서 눈을 떼지 못했다.

"농장 일도 하실 수 있어요?"

"물론입니다. 저는 아주 건강합니다."

모에이는 세 딸을 키우고 있는 모에이가 가정적인 여자일 것이라고 생각했다.

'나를 싫어하지 않는 거야.'

모에이는 그렇게 생각했다.

그날 밤 모에이가 자는 방에 벨 거너스가 잠옷 차림으로 들어왔다. 그녀는 90킬로그램에 이르는 거구였으나 모에이는 그녀와 함께 꿈같은 하룻밤을 보냈다.

'이 여자가 너무 외로웠구나.'

여자의 욕망은 거침없이 남자를 리드했다. 벨 거너스는 밤이 깊어서야 자기 방으로 돌아갔다.

모에이는 동녘이 훤하게 밝았을 때 잠에서 깨었다.

모에이는 벨 거너스에게 아침 커피를 대접 받고 농장을 둘러보았다. 농장은 광대하여 그의 마음을 사로잡았다.

농장에는 남자들이 거의 없었다. 수백 마리의 소를 방목하고 있었으나 레이 렘피어가 혼자 일을 하고 있었다.

'나는 여기서 일을 하면서 살아야겠군.'

모에이는 농장을 돌아보면서 거너스와 살아도 나쁘지 않을 것이라고 생각했다. 지난밤에 벨 거너스는 요부처럼 그에게 안겼다.

벨 거너스는 농장의 일을 하고 요리를 했다.

낮에 모에이는 거너스의 환심을 사기 위해 장작을 패거나 농장의 일을 거들고, 밤에는 풍만한 몸매의 거너스를 품에 안고 뒹굴었다. 거너스는 자기가 만족할 때까지 그를 끌어안고 놓아주지 않았다. 모에이는 거너스의 과도한 성적 욕망에 지치기 시작했다.

'뭔가 수상해.'

모에이는 은밀하게 거너스와 헤어져 떠날 준비를 했다.

그가 농장을 떠날 생각을 한 것은 농장의 창고 때문이었다.

그는 창고가 자물쇠로 굳게 잠겨 있는 것을 보았다.

"창고에는 무엇이 들어 있소?"

거너스와 차를 마시면서 물었다.

"농기구가 들어 있어요. 그곳에 가면 안 돼요."

벨 거너스가 얼음가루가 날릴 것처럼 차갑게 말했다.

"창고를 왜 잠그는 거요?"

"도둑이 있으니까요."

거너스는 대수롭지 않은 일이라는 듯이 대답했다.

모에이는 거너스의 대답을 신뢰할 수가 없었다.

그는 거너스 몰래 농장의 창고를 살펴보기로 했다. 그러나 그의 계획은 실행되지 못했다.

"창고는 기웃거리지 마세요."

거너스가 단호하게 말하여 모에이는 창고에 가까이 갈 수 없었다.

"아까는 미안했어요."

저녁 식사 시간에 거너스가 사과했다

"괜찮소."

"대신, 술을 대접할게요. 아주 비싼 위스키예요."

거너스는 모에이에게 위스키를 계속 권했다. 모에이가 식당에서 일어나려고 했을 때는 취하여 거너스가 부축해야 했다.

'이 여자는 요부로구나.'

모에이가 술에 취해 침대에 쓰러지자 거너스가 옷을 벗고 달려들었다. 격렬한 밤의 행사가 끝이 나자 모에이는 거너스의 풍만한 가슴에 안겨 잠이 들었다.

얼마나 시간이 지났을까.

모에이는 무엇인가 이상한 기분에 눈을 떴다. 자기 눈을 믿을 수 없는 일이 벌어져 있었다. 거너스가 도끼를 들고 사악하게 웃고 있었다.

"거너스, 무얼 하려는 거요?"

모에이가 놀라서 소리를 질렀다.

"쓸모없는 인간을 처분하려는 거야."

거너스가 도끼를 휘둘렀다. 모에이는 비명을 질렀다. 피가 사방으로 튀고 격렬한 고통이 엄습해왔다. 그러나 그의 고통은 더 이상 계속되지 않았다. 거너스가 또다시 도끼를 휘둘렀고 그는 의식을 잃었다.

모에이가 의식이 돌아온 것은 시간이 한참 지났을 깨였다. 그는 희미한 빛 속에서 자신이 창고의 음습한 지하실에 갇혔다는 사실을 알게 되었다.

'맙소사!'

더욱 놀라운 일은 지하실에 수십 개의 해골과 뼛조각이 뒹굴고 있다는 사실이었다.

'시, 시체 저장소!'

모에이는 너무나 무서운 광경에 의식을 잃었다. 모에이는 결국 창고의 지하실에서 도끼로 맞은 상처 때문에 고통스러운 죽음을 맞이했다.

여성 살인자에게서 도망친 남자

모에이를 도끼로 살해한 벨 거너스는 다시 구혼광고를 냈다. 그녀의 구혼광고에 편자를 보낸 남자 역시 노르웨이 이민자 출신으로, 이름은 조지 앤더슨이었다.

앤더슨은 광고에 있는 주소로 편지를 보냈다.

당신의 편지를 잘 받았습니다. 편지를 보니 당신이 훌륭한 신사라는 것을 알 수 있습니다. 당신의 사랑을 받을 수 있다면 세상의 어떤 여자도 나보다 행복하지 않을 것입니다. 사랑하는 아이들이 당신의 이름을 말할 때 그것은 음악처럼 달콤할 것입니다. 빨리 나에게 달려오세요.

앤더슨은 거너스의 편지를 받고 감동했다. 그는 설레는 마음으로 기차를 타고 라 포르테로 왔다.

"앤더슨! 당신이 왔군요."

거너스는 앤더슨을 친절하게 맞이했다. 앤더슨은 거너스가 183센티미터가 넘는 큰 키에 90킬로그램의 거대한 몸이어서 조금 실망했다. 그러나 검은색의 드레스에 하얀 블라우스를 떠받치고 있는 거대하고 육감적인 가슴에 매료되었다.

저녁 식사를 하면서 앤더슨은 미주리에 있는 재산을 처분하고 거너스와 결혼하기로 합의했다.

앤더슨은 손님 방에서 묵게 되었고 그날 밤 거너스의 풍만한 육체를 안았다.

앤더슨은 거너스가 과도한 성적 욕망을 가지고 있다고 생각했으나 싫은 것은 아니었다. 다만, 거너스의 집에 무엇인지 알 수 없는 음습한 기운이 흐르고 있는 것을 느낄 수 있었다.

우연히 앤더슨은 참대 밑에서 도끼를 발견하고 의아했다.

'왜 피 묻은 도끼가 방에 있는 거지?'

그는 방안을 세밀하게 살폈다. 그러자 말라붙기는 했으나 붉은 자국들을 여기저기서 찾을 수 있었다. 그것은 피가 말라붙은 것이 분명했다.

앤더슨은 소름이 끼쳤다.

그날 밤 앤더슨은 어떤 기척에 눈을 떴다. 그러자 잠옷 차림의 거너스가 촛불을 들고 그의 얼굴을 들여다보고 있었다.

"무슨 일이오?"

앤더슨이 놀라서 소리를 질렀다.

"앤더슨, 당신과 자려고 왔어요."

거너스가 촛불을 끄고 침대로 올라왔다. 앤더슨은 어둠 속에서 거너스가 뒤에 도끼를 감추고 있는 것 같은 기분을 느낄 수 있었다.

"앤더슨, 사랑해요."

거너스가 잠옷을 벗고 그에게 달려들었다. 앤더슨은 그녀와 사랑을 나누면서 정신을 집중했다.

"마실 것을 가지고 올게요."

사랑이 끝나자 거너스가 키스를 하고 게스트 룸을 나갔다. 그녀의 잠옷이 침대에 흉물스럽게 뒹굴고 있었다.

앤더슨은 자신의 옷을 챙겨서 창문을 넘어 정신없이 달아나기 시작했다.

그는 한참을 달린 뒤에야 뒤를 돌아보았고 아무도 따라오는 기척이 없자 그제야 옷을 입었다.

앤더슨은 기차를 타고 다시 미주리 주로 돌아갔다.

앤더슨은 벨 거너스의 구혼광고를 보고 찾아온 사람 중에 유일하게 살아남은 사람이 되었다.

앤더슨이 탈출하자 벨 거너스는 보안관이나 경찰의 조사를 받을 것을 우려하여 살인 행각을 멈췄다.

앤더슨이 경찰에 신고할까 봐 걱정을 하던 거너스는 몇 달이 지나도 아무런 낌새가 없자 다시 살인 행각에 나섰다.

위스콘신 주에서 홀아비가 찾아온 것은 앤더슨이 거너스의 농장을 탈출하고 얼마 되지 않았을 때였다. 그는 요한슨이라는 이름을 갖고 있었고 60세가 가까웠다. 그러나 거너스의 농장에서 머물기 시작한 지 닷새도 되지 않아 사라졌다.

그는 딸에게 인디애나 주에 있는 부유한 과부와 결혼을 하러 간다고 말한 뒤에 떠나서 돌아오지 못했다.

욕망과 탐욕의 이중주

벨 거너스는 포치 의자에 앉아서 몸을 흔들고 있었다.

햇볕이 따뜻하고 바람이 뺨을 간질이면서 불어왔다. 그녀는 어디선가 노르웨이에서 널리 불리는 솔베이지의 노래가 들려오는 것 같았다. 노르웨이 사람들이 모두 좋아하는 노래였다.

솔베이지는 사랑하는 페르퀸트라는 남자가 떠나자 그가 돌아오기를 기다리면서 하염없이 베를 짠다. 봄이 가고 겨울이 오고 다시 봄이 온다. 페르퀸트는 돌아오지 않지만, 그녀의 기다림은 계속된다. 솔베이지의 슬픈 사랑을 그린 노래를 들을 때마다 노르웨이 사람들은 슬픔에 잠긴다.

'떠나지 못하게 했어야지. 배신하면 죽이든가……'

거너스는 혼잣말로 중얼거렸다.

해가 설핏 기울고 있었으나 일을 하고 싶지는 않았다.

"저녁이 준비됐나요?"

농장에서 일한 밴이 집 모퉁이를 돌아왔다.

그는 30대의 청년인데 건들대고 있었다.

"주방에 준비해놓았어."

"내일 아침에 떠날 겁니다. 후임이 오지 않더라도 말입니다."

"후임은 올 거야. 걱정하지 마."

"돈도 준비되었겠지요?"

"물론이야. 은행에서 찾아왔네. 내일 아침에 떠날 때 지불하지. 주방에 술도 있으니 마셔."

"알겠습니다."

밴이 건들대면서 집으로 들어갔다.

거너스는 의자에 앉아서 거대한 몸을 흔들기 시작했다. 그녀는 눈을 지그시 감고 밴을 어떻게 처리할까 고민했다.

밴은 캘리포니아에서 온 떠돌이였고 그녀의 농장에서 두 달 동안 일을 했다. 그런데 그녀에게 이제 떠나겠다고 통보한 것이다.

"나를 두고 떠나는 것은 용서할 수 없어."

거너스는 인기척을 느끼고 눈을 떴다. 그녀의 앞에 건장한 40대 사내가 서 있었다.

"거너스 씨? 텍사스에서 온 트레버라고 합니다."

트레버가 거너스에게 손을 내밀었다.

"반가워요."

거너스가 의자에서 일어나 트레버의 손을 잡았다.

"읍내에서 잡부를 모집한다는 이야기를 들었습니다. 맞습니까?"

"맞아요. 일하는 사람이 내일 떠나겠다고 했어요."

"주급으로 얼마를 주십니까?"

"얼마를 원해요?"

거너스가 허름한 옷차림의 사내를 살피면서 물었다.

"먼저 있던 사람만큼 주세요."

"좋아요. 언제부터 할 수 있어요?"

"내일부터 하지요."

"그래요."

트레버는 거너스와 악수를 하고 돌아갔다. 거너스는 그가 돌아간 뒤에도 오랫동안 의자에 앉아 있었다.

이내 해가 떨어지고 어둠이 내리기 시작했다. 골짜기 어디에 선가 늑대가 음산하게 우는 소리가 들렸다.

거너스가 집으로 들어가 보니 밴은 술에 취해 있었다.

"먼저 자겠습니다. 내일 아침에 두 달 동안 일한 임금을 준비해주시기 바랍니다."

밴이 방으로 들어가기 전에 술 냄새를 풍기면서 말했다.

"염려 마. 한 푼도 빠지지 않게 줄 거야."

거너스가 음산하게 웃었다.

밴은 게스트 룸으로 돌아오자 침대에 벌렁 누웠다. 내일은 이 기분 나쁜 집을 떠난다고 생각하자 한결 마음이 편안했다. 술을 많이 마신 그는 이내 곯아떨어졌다.

거너스가 도끼를 들고 게스트 룸에 나타난 것은 밤이 깊었을 때였다.

'내 돈을 가지고 떠나겠다고? 한 푼도 줄 수 없어.'

거너스는 깊이 잠들어 있는 밴을 향해 도끼를 내리쳤다.

살인자의 농장

1908년 4월 28일, 인디애나 주 라 포르테에 있는 벨 거너스의 농장에서 대형 화재가 발생했다. 불길은 순식간에 그녀의 아름다운 2층집을 모두 태웠다.

레이 렘피어는 새벽에 자욱한 연기 때문에 깨어났다.

그는 아이들과 거너스를 불렀으나 대답이 없었다.

그는 속옷 차림으로 창문으로 뛰어나와 마을로 달려가 도움을 청했다. 그러나 마을 사람들이 달려왔을 때 농장은 이미 잿더미가 돼 있었고, 그 속에서 아이들 셋과 여자의 시체가 발견되었다.

여자 시체에는 머리가 없어서 마을 사람들을 경악하게 했다.

보안관이 달려와 여자의 시체를 살피고 방화에 대해 조사했다. 레이 렘피어도 집중적인 조사를 받았다.

레이 렘피어는 벨 거너스가 살인자고 사람들을 죽인 뒤에 달아난 것이라고 진술했다.

"여자가 살인했다는 말인가? 누구를 죽였다는 것인가?"

보안관 샘 오취리가 레이 렘피어를 심문했다.

"구혼광고를 보고 찾아온 남자들입니다."

"결혼하러 온 남자들을 왜 죽이는가?"

"결혼은 거짓이고 돈을 빼앗기 위한 것입니다."

"어떻게 죽였는가?"

"도끼로 절단하고 찢어 죽였습니다."

샘 보안관은 레이 렘피어의 말이 거짓이라고 생각했다. 여자가 그토록 끔찍한 일을 저지를 것이라고는 상상도 할 수 없었기 때문이다.

그러나 레이 렘피어는 지능이 낮은 사내였다. 그가 모든 일을 꾸몄을 것이라고는 확신할 수 없고 아무런 증거도 없었다.

"시체는 어디 있는가?"

"창고 아래에 있습니다."

샘 보안관은 그의 진술에 따라 창고 지하실을 살폈다. 그의 진술대로 창고에는 수십 구의 시체가 버려져 있었다.

시체는 오래되어 부패하고 뼈밖에 남아 있지 않은 것이 많았는데, 사람의 모양을 갖춘 것 중에는 절단되고 찢어진 것들이 있어서 살해당할 때 잔혹하게 살해되었다는 사실을 알 수 있었다.

샘 보안관과 마을 사람들은 창고의 시체를 보고 경악했다. 그러나 농장 뒤에도 시체가 묻혀 있었다. 굴착기로 흙더미를 파헤치자 또다시 수십 구의 시체가 발굴되어 마을이 발칵 뒤집혔다.

"이것이 모두 벨 거너스의 짓인가?"

"그렇습니다. 그 여자는 희대의 살인마입니다."

"당신은 무엇을 했나? 몇 년 동안 고용인으로 일만 했나?"

"저는 일만 했습니다."

"그 여자와 잠을 자지 않았나?"

레이 램피어는 선뜻 대답하지 않고 눈치를 살폈다.

"그 여자와 잠을 잤지?"

"잠을 자기는 했어도 사람을 죽이지는 않았습니다."

"당신은 그 여자의 정부야."

샘 보안관은 레이 렘피어를 구속하고 조사했다. 그 결과 벨 거너스는 라 포르테의 농장에서 최소 40명이 넘는 남자들을 살해한 것으로 밝혀졌다. 많은 남자가 그녀와 결혼을 하기 위해 찾아왔다가 살해되었는데, 살인 동기는 기이한 욕망과 돈 때문이었다.

왜 여자가 살인마가 되었는가?

벨 거너스는 1859년 11월 11일 노르웨이 셀부라는 지방에서 태어났다. 8남매 중 막내였는데 그녀가 태어난 지 얼마 후 노르웨이의 번화한 도시 트론트하임으로 이사했다. 그녀는 시골에서 살 때는 행복했으나 도시로 이사하면서 빈곤하게 되었다.

벨 거너스는 18세가 되었을 때 부유한 남자에게 강간을 당했다. 그녀를 강간한 남자는 부와 권력을 가지고 있었기 때문에 기소되지 않았다.

'나는 이런 놈들이 싫어.'

벨 거너스는 자신을 성폭행한 남자가 기소되지 않자 분노했다. 그러나 여자인 그녀가 할 수 있는 일은 아무것도 없었다.

그 무렵 노르웨이의 많은 사람이 미국에 이민을 갔다.

'그래. 나도 미국으로 가자.'

거너스는 미국으로 가기로 결심했다. 미국으로 가기 위해서

막대한 돈이 필요했기 때문에 거너스는 농장에서 3년 동안 일을 했다.

1881년, 21세가 된 벨 거너스는 언니 넬리 라슨과 함께 미국의 일리노이 주로 왔다. 그러나 그녀가 미국에서 할 일은 없었다.

그녀는 몇 년 동안 하녀로 일하다가 1884년 안톤 소렌슨과 결혼했다. 그들은 시카고에서 과자가게를 열었으나 장사가 되지 않아 곧 문을 닫았다.

거너스는 가난하게 살아야 했다. 소렌슨과의 사이도 점점 나빠졌는데 그는 술에 취해서 주먹을 휘두르기까지 했다. 거너스는 소렌슨과 같이 살고 싶지 않았다.

'나는 자유롭게 살고 싶어. 그러기 위해서는 돈이 필요한데.'

거너스는 오랫동안 고민을 하다가 보험에 대해서 생각했다.

그녀는 남편과 두 아이에게 모두 보험을 들었다. 마침 미국에서는 보험회사가 우후죽순으로 생겨 보험 열풍이 불고 있었다. 그녀는 보험 세일즈를 하면서 보험에 대해서 자세히 알게 되었다.

그녀가 보험을 들고 얼마 되지 않았을 때 아이들이 차례로 발열, 설사, 구토를 하는 등 급성 대장염 증세를 보이다가 사망했다.

한 의사는 중독사일 가망이 높다고 주장했으나 가족 주치의는 대장염 발작으로 인한 심장마비라고 결론을 내렸다.

거너스의 남편 안톤 소렌슨도 얼마 지나지 않아 같은 증세로 사망했다. 거너스도 안톤 소렌슨과 같은 증세를 보이면서 쓰러졌기 때문에 경찰은 의심하지 않았다. 경찰은 상한 우유로 인한 식중독이라고 결론을 내렸다.

벨 거너스는 보험회사에서 8,500달러의 보험금을 받았다. 당시에는 막대한 금액이었다.

거너스는 보험금을 수령하자 일리노이 주에서 인디애나 주 라 포르테에 농장을 사서 이사했다.

1901년, 벨 거너스는 라 포르테에 살면서 피터 거너스라는 사내와 재혼했다. 두 사람 사이에서 딸이 태어났는데 피터 거너스는 부엌에서 머리에 큰 상처를 입고 죽었다.

벨 거너스는 부엌에서 소시지를 자르는 칼이 선반에서 떨어져 그 칼에 맞아 남편이 죽었다고 신고했다. 경찰은 그녀를 의심했으나 살해했다는 증거가 없었다.

벨 거너스는 피터 거너스의 죽음으로 또 3,000달러의 보험금을 수령했다.

벨 거너스는 사악한 여인이었다.

그녀는 인디애나 주 라 포르테 카운티의 농장에서 남자들을 유인하기 시작했다. 구혼광고를 보고 찾아온 많은 남자를 도끼로 절단하고 찢어 죽였다.

마을에서 그녀의 일을 도우려고 찾아온 남자들, 허드렛일을 하고 돈을 벌려고 찾아온 남자들도 살해되었다. 캘리포니아 대학으로 공부를 하러 갔다던 딸 캐롤린도 머리가 없는 시체로 발견되었다.

레이 렘피어는 벨 거너스가 달아났다고 진술했으나 경찰은 집에서 발견된 시체가 벨 거너스라고 결론을 내렸다.

레이 렘피어는 벨 거너스의 공범이라는 경찰의 추궁을 완강하게 부인했다. 그러나 그는 징역 20년 형이 선고되었다.

욕망의 여성 살인마들

벨 거너스의 살인 행각은 미국을 충격 속에 몰아넣었다. 그녀가 죽지 않고 살아 있다는 주장도 끊임없이 제기되고, 그녀를 목격했다는 사람도 여럿이 나왔다.

그녀는 남자들을 살해하여 모은 재산이 25만 달러에서 32만 달러라는 주장도 나왔다. 공교롭게도 화재가 일어나기 전 그 돈이 모두 인출되어 벨 거너스가 살아 있을 것이라는 추정이 더욱 커졌다. 그러나 경찰이 사건을 종결시켰기 때문에 미궁에 빠졌다.

벨 거너스는 사악한 악녀이자 잔혹한 연쇄 살인마이다.

벨 거너스 사건은 여성의 살인의 본능에 대해서 다시 한 번 짚어 보는 계기가 되었다.

지금까지 일반적인 살인사건의 특징은, 여성은 연약하고 일방적으로 남자들에게 희생당하는 것으로 인식되었다. 그러나 벨 거너스 사건이 터지면서 여자들도 무서운 살인본능을 갖고 있다는 사실을 인식하게 되었다.

벨 거너스 이후 많은 여성 살인마가 등장했고 엽기적이고 잔혹한 사건도 적지 않았다.

여성 살인마의 경우 자기 아이들을 살해하는 사건이 적지 않아 충격을 주기도 했다.

벨 거너스(Belle Gunness)
욕망과 광기의 여성 살인자. 1859년 노르웨이에서 태어나 미국으로 이민을 온 이후 보험금을 노리고, 남편과 자녀들을 죽이는 치밀함과 잔혹함을 보여주었다. 미국에서 가장 타락하고 잔인한 여성 살인마로 알려졌다.

유인

때때로 우리는 악마를 만난다. 악마라고 불리는 살인자들은 멀리 떨어져 있거나 낯선 사람들이 아니라 우리 이웃에 있다. 그러기에 우리는 그가 희대의 살인마라는 사실을 알 수 없다.

그에게서는 피 냄새도 나지 않고 살인자라는 표식도 없다. 안개가 자욱한 밤이나 비가 부슬부슬 내리는 밤에 옷자락을 펄럭이면서 나타나는 것도 아니다. 그는 어느 날 갑자기 우리 앞에 나타나 칼을 휘두르고, 망치를 휘두르는 것뿐이다.

한국의 연쇄 살인사건은 김대두의 연쇄 살인사건을 시작으로 다양한 모습으로 발생해왔다. 그중에 1980년대에 발생한 화성 부녀자 연쇄 살인사건은 수많은 경찰력이 동원되었는데도 끝내 미궁에 빠져 우리를 안타깝게 하고, 이제는 공소시효까지 끝나 피해자 가족들과 시민들을 분노하게 한다.

화성연쇄 살인사건의 충격이 채 잊혀지기도 전에 살인중독자 유영철의 연쇄 살인사건이 발생하여 시민들을 충격에 빠트렸다.

인생의 출구가 없는 살인자

2004년 7월 18일, 유영철이 경찰에 체포되어 세상을 경악하게 만들었다.

유영철은 자그마치 26명을 살해했다고 경찰에서 진술했으나 법정에서 20명을 살해한 것이 인정되어 사형을 선고받았다. 20명이라고 해도 한국 현대사에서 전례가 없는 대량살인사건이었다.

경찰에 진술한 내용이 언론에 그대로 보도되지 않았으나 시체를 토막 내어 암매장하는 등 잔인하고 엽기적인 면에서도 그 어떤 살인마와도 비교할 수가 없다.

대법원 판례에 따르면 유영철은 사체를 절단하고, 망치로 잘게 부수는 등 소설이나 영화에서도 볼 수 없는 만행을 저질렀다.

유영철은 1970년 4월 전라북도 고창에서 태어났다. 아버지가 막노동을 해서 항상 집안은 가난했고 형제는 3남 1녀였다. 막내로 태어난 그는 어릴 때 서울 마포구 공덕동으로 이사하여 소년시절을 마포구 일대에서 보냈다.

아버지가 14세 때 죽자 홀어머니 슬하에서 자랐다. 비록 집안은 가난했으나 형제간에 우애는 좋았다.

그는 중학교 시절 단거리 달리기, 투포환, 기계체조 선수로 활동했을 정도로 체육에 남다른 소질을 보였고, 그림 그리기를 좋아하여 예술학교 진학을 꿈꾸었다. 그러나 그는 색약이었기 때문에 예술학교 진학을 포기하고 학력을 인정받지 못하는 K 공업고등학교에 진학하게 되었다.

공업고등학교는 기술 인력을 양성하기 위해 설립된 학교지만 차별과 소외감으로 방황하는 학생도 있었다. 유영철은 이 학교에 다니면서 학교생활에 적응하지 못하고 절도행위를 하는 등 비행을 저지르면서 자퇴했다.

그는 학교에서 나와 여러 가지 직업을 가졌지만 오랫동안 다니지 못했다. 이후 안마사 출신의 황 모 씨와 결혼을 전제로 사귀기 시작했다. 황 씨와 사귀면서 교회에도 나갔다. 그러나 동거를 앞두고 특수절도죄로 구속되었다. 유영철은 이때 집행유예로 석방되기를 간절하게 원했으나 징역 10개월의 실형을 선고받아 크게 낙담했다.

'신은 존재하지 않아. 내가 그렇게 간절하게 했는데도 들어주지 않았어.'

유영철은 실형이 선고되자 가지고 있던 나무 십자가를 부숴버리면서 분노를 쌓아갔다.

그는 교회를 증오하고 신을 저주했다.

교도소에서 출소한 유영철은 황 씨를 다시 만나 어머니 집에서 동거를 하면서 혼인신고까지 하고 아들을 낳았다. 유영철이 저지른 범죄는 음화판매(포르노 비디오 판매)와 경찰관을 사칭하여 퇴폐업소 업주를 협박하는 공무원 사칭범죄, 절도행위 등이었다. 이때까지 유영철의 범죄는 잡범 수준에 지나지 않았다.

범죄는 습관적이고 중독성이 있다. 바늘 도둑이 소도둑이 된다는 속담처럼 범죄도 발전하고 커진다. 작은 도둑질이 점점 큰 도둑질로 발전하고, 단순 절도에서 강도로 발전하고, 강도가 강도·강간이 되고, 강도·강간은 살인으로 발전한다. 유영철도 절도사건을 저지르다가 강간사건을 저질러 징역 3년 6개월을 선고받고 교도소에 들어가 복역했다.

"또 감방에 갔어? 이제 우리는 어떻게 살라는 거야?"

부인인 황 씨로서는 당연한 불만이었을 것이다. 그러잖아도 아들을 키우는 그녀에게 생활비를 제대로 갖다 주지 않고 오히려 생활비를 뜯어가고 있었기 때문에 진저리를 치던 참이었다.

황 씨는 유영철이 교도소를 전전하자 더 이상 견디지 못하고 결국 이혼을 청구했다.

'내가 교도소에 있는데 이혼을 요구해? 이건 나를 배신한 거야.'

유영철은 황 씨에게 이를 갈았다. 황 씨는 이혼 소송 재판이 벌어졌을 때 유영철에게 '개새끼'라는 욕설까지 퍼부었다. 유영철은 황 씨에게 배신감과 무능력한 자신에 대해 모멸감을 느꼈고 교도소에서 이혼을 당해 대사회적인 증오심을 더욱 키우게 되었다는 것이 프로파일러들의 견해다.

과연 그럴까. 유영철은 이혼에서 배신감을 느끼기도 했지만, 내면적으로 더욱 강력한 소외감을 느끼게 된 것이다. 그것은 고립을 의미하는 것이었고 고립에서 벗어나기 위해 분노가 폭발하는 계기가 되었을 뿐이었다.

유영철은 교도소에서 살해할 사람들의 숫자를 벽에 기록하고 신문의 연쇄 살인사건 기사를 주의 깊게 읽으면서 살의를 불태웠다. 특히 그는 교회와 부유층에 강력한 증오심을 가졌다.

유영철의 심경에 중요한 변화를 일으킨 것이 부인과의 이혼이었다.

2003년 9월 11일 유영철은 3년 6개월의 형기를 마치고 출소했다. 9월 11일은 오사마 빈 라덴에 의해 9·11 테러가 일어난 지 2년이 되는 날이었다. 언론이 다시 그날의 생생한 영상을 보여주면서 호들갑을 떨었다.

9·11 테러는 유영철에게 어떤 심리적인 영향을 미친 것이 분명했다. 오사마 빈 라덴과 같은 영웅이 되고자 하는 심리가 그의 내면에 자리 잡고 있었을 것이다.

유영철은 안에 있는 살인본능을 억제할 수 없었을까. 주위에 있는 누군가가 그의 살인본능을 어루만져서 순화시킬 수 없었을까.

그러나 유영철에게는 그러한 사람이 없었다.

살인연습

유영철은 범행을 생각하면서 살인의 가장 효과적인 방법을 연구했다. 그는 어머니 집에 기거하면서 과도로 개를 찔러 죽이는 등 살인연습을 했다.

그는 과도로 찔러도 개가 숨을 멈추지 않자 망치로 머리를 때렸다. 그러자 바로 숨이 끊어졌다.

유영철이 교도소에서 출소하자마자 살인연습을 실제로 하기로 한 것은 자기 인생에 출구가 없다고 생각했기 때문이다.

유영철은 이후 공격용 망치와 위협용 잭나이프, 지문이 묻어나지 않는 코팅 목장갑을 준비하여 가방에 넣고 다녔다.

유영철은 출소한 지 불과 13일째 되는 9월 24일 서울 강남구 신사동에 도착했다. 오전 10시경의 일이었다. 멀리 소망교회의 첨탑이 보였다. 그는 교회 근처까지 걸어갔다.

그는 한때 교회를 다녔었다. 교회의 종소리와 예배를 드리는 사람들의 모습에서 위안을 받고 찬송가를 불렀다. 그러나 교회는 그에게 아무것도 해주지 않는다고 생각했다.

'그들은 축복받고 나는 저주를 받았다. 나는 아무리 열심히 해도 부자가 될 수 없다.'

유영철은 교회를 보자 분노가 맹렬하게 솟구쳤다. 그러나 그는 교회를 범행 대상으로 삼지 않았다. 대신, 그는 교회 옆에 있는 단독 주택을 범행 대상으로 물색했다. 그 집은 담장이 높았고 정원수들이 아름답게 가꾸어져 있었다.

오전 10시라 집에는 아이들이나 젊은 사람들은 없었다.

그는 은퇴한 대학교수인 이 씨(71세)의 단독주택에 이르러 세무장갑을 끼고 뒤편 담장을 넘어 정원으로 침입했다. 집 안의 동태를 살핀 뒤에 세무장갑에서 코팅한 목장갑으로 갈아 끼고 잭나이프를 든 채 현관문을 열고 들어갔다. 안방에 인기척이 있었으나 2층으로 올라가 아무도 없는 것을 확인한 뒤에 안방문을 열어젖혔다.

"누구야?"

이 씨가 깜짝 놀라 일어났다.

"앉아."

유영철이 소리를 질렀으나 이 교수는 듣지 않았다. 유영철은 재빨리 잭나이프로 피해자의 목을 찔러 쓰러뜨린 후 망치를 바꾸어 들고 머리를 여러 차례 내리쳤다. 피가 사방으로 튀어도 그는 두려워하지 않았다.

"돈 줄게 이러지 말아요."

이 교수의 부인 이 씨(67세)가 공포에 질려 장롱 속에 있는 돈을 꺼내주려고 했다.

"내가 돈 때문에 이러는 줄 알아?"

유영철은 부인을 향해서도 여러 차례 망치를 내리쳤다. 유영철이 저지른 최초의 살인사건이었고, 살인마의 첫걸음이기도 하다.

유영철의 두 번째 살인사건은 2003년 10월 9일 오전으로 종로구 구기동에 있는 영광교회 근처에서 이루어졌다. 그는 다시 교회 근처에 나타난 것이다.

그는 강 씨(여, 85세)의 단독주택에 이르자 옆 담장을 넘어 정원으로 침입했다. 잭나이프를 든 채 현관문을 열고 들어가 거실 입구 왼편 화장실에 있던 강 씨를 망치로 내리쳐 살해한 후 인기척에 놀라 2층 계단을 통해 1층 거실로 내려오던 안주인 이 씨(여, 60세)의 머리도 여러 번 내리쳐 처참하게 죽였다. 이어 계단을 내려오던 이 씨의 아들 고 씨(35세)를 무릎 꿇게 하고 머리를 내리쳐 살해했다. 유영철은 한 집에서 3명이나 살해한 것이다.

유영철은 일주일 후인 2003년 10월 16일 오전 강남구 삼성동에 있는 행복교회 근처의 단독주택에 침입하여 피해자 유 씨(여, 69세)의 머리를 내리쳐 사망에 이르게 했다.

유영철은 11월 18일 종로구 혜화동 혜화성당 근처에 있는 피해자의 단독주택에 가스배관을 타고 침입하여 가정부인 배 씨(여, 53세)의 목에 잭나이프를 들이대고 안방으로 끌고 들어갔다. 그는 깜짝 놀라 자리에서 일어나려는 김 씨(87세)의 머리를 망치로 내리쳐 쓰러뜨렸다. 그리고 배 씨가 소리를 지르며 안방 바닥에 누워 있던 아기를 부둥켜안자 배 씨의 머리를 여러 차례 내리쳐 살해했다.

유영철은 불과 한 달 반 만에 노인 7명과 젊은 남자 1명을 살해했다. 이 사건이 알려지자 경찰은 발칵 뒤집혔다.

범인이 남기고 간 유일한 증거는 족적뿐이었다.

현상금 5,000만 원이 걸리고 1계급 특진이 걸렸다. 경찰은 전력을 기울여 범인 추적에 나섰다.

살인사건을 만나다

이 무렵 필자는 한국추리작가협회 사무국장 일을 하고 있었다.

당시 사무실이 옛날 마포구청 옆에 있었는데 하루는 경찰이 전화를 걸어왔다. 비가 부슬부슬 내리던 늦가을이었다.

"종로경찰서 강력계 형사인데 도움을 받고 싶어 전화를 드렸습니다."

강력계 형사들이 사무실을 방문해도 좋으냐고 물었다. 나는 좋다고 대답했고 그들은 추적추적 내리는 가을비를 맞고 찾아왔다.

나는 8명의 피해자가 살해된 사건을 전혀 모르고 있었다. 언론에서 드문드문 보도하고 있으나 자세하게 보지 않았기 때문에 그 사건에 대해서 알지 못했다.

강력계 형사들은 혜화동과 구기동에서 발생한 사건의 피해자는 망치를 맞고 잔인하게 살해되었는데 범인이 어떤 자인지 추리할 수 있느냐고 물었다.

그들은 사건 설명만 간단하게 할 뿐 현장 사진 한 장 보여주지 않았다.

당시에는 프로파일링하는 사람들이 많지 않아 범인을 추리하는 일이 쉽지 않았다. 추리작가라고 해서 실제 살인사건의 범인을 족집게처럼 잡아낼 수 있는 것이 아니다.

상부의 질책이 심해 지푸라기라도 잡는 심정으로 찾아온 것이라고 생각되었으나 나는 아무 정보도 없이 간단한 설명만으로 범인을 추리할 수 없었다. 그래서 별달리 그들에게 도움을 줄 수 없었다. 나중에 생각해보니 경찰은 공조조차 하지 않았던 것 같았다.

나는 유영철이 검거된 후에야 나를 찾아왔던 형사들을 떠올리고 쓴웃음을 짓고는 했다. 그 사건이 유영철과 같은 희대의 살인마 짓이라는 것은 상상도 못했기 때문이다. 추리소설에서 때때로 연쇄 살인마를 다루기는 했으나 이토록 엽기적인 사건은 잘 다루지 않는다.

유영철은 살인사건을 저지르면서 마포구 신수동의 고시원에서 생활했다. 언론에서 현장에 남아 있던 족적, 버팔로 신발에 대해서 보도하자 신발을 버리고 오피스텔로 거주지를 옮겼다.

경찰의 추적이 계속되자 살인을 잠시 중단했다. 그러나 살인에 중독된 유영철이 범행을 멈출 수는 없었다.

유영철은 인천 남동구 간석동 오거리 육교 부근에서, 공중전화로 불러낸 윤락녀 김 씨(여, 약 26세가량)에게 위조한 경찰관 신분증을 제시했다.

"윤락행위를 했으니 감방에 보내겠다."

유영철은 윤락녀를 위협하여 현금 10만 원을 갈취했다.

"윤락행위 알선으로 단속한다."

유영철은 보도방 여자까지 위협하여 현금 29만 원을 뜯어냈다.

유영철은 돈이 넉넉하지 않았다. 교도소에서 출소한 뒤에 전처 황 씨에게 용돈을 얻어 썼다. 그래도 돈이 부족하자 경찰관 사칭을 하면서 여러 사람에게 갈취했다.

위험한 경찰 놀이

유영철은 경찰의 추적을 경계하면서 전화방을 통해 윤락녀 이 씨를 알게 되었다.

유영철은 이 씨와 지속적인 관계를 갖기 시작했다. 그 바람에 잠시 살인을 멈추고 심리적으로 안정을 하게 되었다. 그러나 절도행위를 계속했기 때문에 서대문경찰서로부터 조사를 받게 되었다. 이 씨는 유영철이 조사를 받으면서 그가 전과자라는 사실을 알게 되었다. 그러나 유영철과 완전히 결별하지는 않았다.

이 씨는 다른 남자를 만난 일로 유영철과 심하게 말다툼을 했고 그가 성관계를 요구하자 선불을 달라고 말했다. 이에 격분한 유영철은 이 씨를 묶고 강제로 성관계를 하면서 목을 조르기까지 했다.

이 씨는 휴대폰 번호까지 바꾸면서 유영철을 멀리하기 시작했다.

'죽여버릴 거야.'

유영철은 이 씨를 살해하려고 생각했으나 그녀와의 통화기록 때문에 용의선상에 오를 것 같아 그만두었다. 대신 그는 이 씨에 대한 배신감을 다른 윤락녀들에게 갚기로 했다.

유영철은 여자들을 살해하기 위해 인터넷에서 연쇄 살인마들을 검색하고 살인하는 방법에 대해서 연구했다.

그는 살인을 한 뒤에 시체를 유기하는 방법까지 철저하게 살폈다. 또 살인하는 데 필요한 범행도구 등도 구입하여 본격적인 살인준비를 했다. 유영철은 심리적으로 기댈 곳이 없었다.

전처 황 씨를 살해하려고 생각하기도 했지만 아들이 고아가 될까 봐 참았다.

유영철은 2004년 3월 15일, 서대문구에 있는 전화방에서 전화를 걸어온 권소영(여, 23세, 가명)과 통화를 하여 신촌 로터리에 있는 다주쇼핑 앞에서 만났다.

"이 근처에 내 오피스텔이 있는데 거기서 샤워도 같이하고 재미있게 지내는 게 어때?"

유영철이 권소영을 유인하기 시작했다.

"오피스텔이요?"

"응. 아담해. 난 여관 같은 곳을 싫어해서……. 대신 돈을 더 줄게."

유영철은 권소영을 자신의 오피스텔로 유인해 함께 샤워를 하고 성관계를 했다.

"이젠 돌아갈래요."

성관계가 끝나자 권소영이 말했다.

"오늘 나하고 지내자. 돈 더 줄게."

유영철은 권소영을 돌려보내지 않았다. 권소영은 유영철이 이상하다고 생각했다.

날이 바뀌어 3월 16일이 되자 권소영은 도망을 치려고 했다. 유영철은 권소영의 머리채를 잡고 화장실로 끌고 들어가 양손으로 피해자의 목을 졸라 살해했다.

－피해자의 사체를 운반시 부피가 크면 발각될 우려가 있어 잭나이프(칼날 길이 약 15㎝가량)와 쇠톱, 가위 등으로 피해자의 목을 자르고 나서 사체의 형체를 알아볼 수 없도록 매우 잘게 토막을 내고, 해머(무게 약 4㎏)로 피해자의 머리 부위를 잘게 부수어 피해자의 사체를 손괴한

직후 위와 같이 손괴한 사체를 검정비닐봉지 10개 정도
에 나누어 담아 서강대학교 도서관 뒷산 등산로 나무 밑
까지 도보로 옮긴 다음, 삽으로 구덩이를 파서 묻어 피
해자의 사체를 은닉하고-

대법원 판례 기록이다. 유영철이 얼마나 잔인한 살인마인지
살펴볼 수 있는 대목이다.

유영철은 권소영을 살해한 뒤에 암매장했다. 사람을 살해하
는 일도 쉽지 않았으나 토막을 내어 암매장을 하는 것은 더욱
어려운 일이다. 그러나 유영철은 시체를 야산으로 끌고 가는
수고를 하면서도 살인 행각을 계속했다.

유영철은 살인을 저지르고 긴장했다. 경찰의 동정을 살폈으
나 자신을 추적하는 낌새가 전혀 없었다. 다시 살인본능이 발
동했다.

유영철은 4월 14일이 되자 황학동 노점상 안 씨를 살해했다.
40대인 안 씨는 비아그라와 불법 CD 판매업자였는데 유영철이
가짜 경찰관 신분증으로 단속하겠다고 접근했다. 경찰서에 자
주 출입했던 안 씨는 유영철이 수상하다고 의심했고 유영철은
정체가 발각될 것을 우려하여 그를 살해한 것이다.

전국을 공포에 떨게 한 연쇄 살인사건

유영철은 2004년 4월 중순 서대문구에 있는 전화방에서 전화를 걸어온 이지영(여, 20대 또는 30대 초반, 가명)과 통화를 한 뒤에 서대문구에 있는 녹색극장 옆에서 만났다.

"어디로 가요?"

이지영이 유영철에게 물었다.

"내 오피스텔로 가지. 돈을 더 줄게."

"어머, 오피스텔이 있어요?"

"그래. 그곳이 사랑을 나누기에는 아담하고 조용해서 좋아. 여관보다 낫잖아?"

유영철은 이지영을 자기 오피스텔로 유인했다.

"고향이 어디야?"

"전라도인데…… 왜요?"

"그래? 나는 전북 고창이 고향이야. 초등학교 때 서울로 이사 왔어. 고향 사람을 만나서 더 반갑네."

유영철은 이지영과 친밀하게 대화를 나누었다. 그때 이지영이 유영철의 수갑을 발견하고 수상하게 생각했다.

"수갑은 왜 가지고 있어요?"

"나는 정보과 형사야."

"정말? 거짓말이죠?"

유영철은 이지영이 자기를 의심하기 시작하자 순간적으로 당황했다. 그는 대꾸하지 않고 이지영에게 간시럼을 태워 화장실로 데리고 들어가서 머리를 숙이게 한 뒤에 선반 위에 있던 망치로 가격하여 죽였다. 이어 사체를 토막 내고 지문 감식에 걸리지 않게 하려고 열 손가락을 가위로 잘라 변기에 버렸다.

유영철은 봉원사가 있는 한방병원 근처 야산에 이지영의 사체를 암매장했다.

'함부로 몸을 파는 것들을 용서하지 않을 거야.'

유영철은 살인 행각에 양심의 가책을 전혀 느끼지 않았다.

그래서 그는 살인한 지 한 달도 되지 않아 또 범행 대상을 찾아다니기 시작했다.

2004년 5월. 유영철의 마수에 또 한 명의 여자가 걸려들었다. 그녀는 PC방에서 조건만남 쪽지를 보내다가 유영철의 눈에 띄었다.

"조건만남 하지 말고 나하고 즐기는 게 어때?"

유영철이 여자에게 은밀한 미소를 보냈다. 박미선(여, 25세, 가명)은 그렇게 하여 유영철을 따라 오피스텔로 유인당하여 살해되었다. 그녀도 봉원사 근처 한방병원 담장 근처에 암매장되었다.

유영철의 살인 행각은 행보가 더욱 빨라졌다.

유영철은 6월 1일 전화방으로 전화를 걸어온 조미영(여, 35세, 가명)을 유인하여 6월 2일 오피스텔에서 살해했다.

6월 4, 5일경 전화방으로 전화를 걸어온 장인숙(여, 25세, 가명)과 통화하여 오피스텔로 유인한 후 살해하고 암매장했다. 불과 사흘만의 일이었고, 사흘 후 다시 피를 찾는 흡혈귀가 되어 거리를 헤매기 시작했다.

유영철은 6월 7일 새벽 5시경 서대문구에 있는 여관에서 출장마사지사를 거느리고 있는 보도방으로 전화를 걸어 아가씨를 보내달라고 요청했다. 오경숙(여, 26세, 가명)이 오자 가짜 경찰관 신분증으로 위협하여 수갑을 채우고 오피스텔로 데려와 6월 9일 살해한 뒤에 암매장했다.

유영철의 살인에 중독이 되었기 때문에 자신을 향해 수사망이 좁혀져 오고 있다는 사실을 몰랐다.

그는 신촌 일대를 주 무대로 활동했다. 신촌 일대는 대학교가 밀집하여 많은 학생이 오가는 등 젊은이들의 거리가 형성되어 있었다.

6월 17일 밤 10시경. 유영철은 다시 살인 대상을 찾아 나섰다.

그는 서대문구에 있는 전화방으로 들어갔다. 요금은 한 시간에 만 원이었다. 전화방에 돈을 내고 앉아 있으면 여자들에게 전화가 걸려온다. 전화방에서 전화를 거는 여자 중에는 가정주부도 있었으나 매춘을 하는 여자들이 많았다.

유영철은 전화방으로 전화를 걸어온 유지선(여, 30세, 가명)과 신촌 현대백화점 앞에서 만나기로 약속했으나 동생 유미선(여, 27세, 가명)이 나왔다.

유영철은 유미선에게 30만 원을 주겠다고 유인하여 오피스텔로 데리고 와서 성관계를 하며 시간을 보낸 뒤에 6월 18일 살해하여 암매장했다.

6월 24일. 유영철은 은평구 불광동 소재 여관에서 출장마사지사를 호출하여 조장미(여, 28세, 가명)를 가짜 경찰관 신분증으로 위협한 후 택시에 태워 오피스텔로 끌고 와 성관계를 한 뒤 6월 25일 살해했다.

7월 1일 밤 11시경. 유영철은 강남구 역삼동 소재 역삼역에서 출장마사지를 거느리고 있는 보도방으로 전화를 걸어 아가씨를 보내달라고 요구했다. 이 무렵 출장 마사지사들은 15만 원에서 20만 원을 받고 있었다. 유영철은 그곳에 온 김세미(여, 26세, 가명) 양을 오피스텔로 데리고 와서 살해했다.

유영철은 7월 9일 또다시 보도방으로 전화를 걸어 아가씨를 보내 달라고 요구하여 권수경(여, 27세, 가명)이 오자 오피스텔로 유인하여 살해하여 시체를 암매장했다.

살인자를 쫓는 사람들

유영철은 뚜렷한 이유도 없이 출장 마사지사들을 유인하여 살해하고 있었다. 그러나 꼬리가 길면 잡히는 법이다.

유영철은 7월 12일 밤 11시경, 서울 관악구에 사무실을 둔 보도방에 전화를 걸었다.

"아가씨 있습니까?"

"네. 있습니다."

"그럼 좀 보내주십시오."

"위치가 어디입니까?"

유영철은 신촌 로터리에서 만나자고 요구했다. 보도방 사장 정인길(남, 38세, 가명)은 발신기에 뜬 휴대전화를 보고 임미령(여, 27세, 가명)을 보냈다. 그런데 7월 12일 자정이 지나 7월 13일 새벽 1시가 되었을 때 업소로 다급하게 전화가 걸려왔다.

"나 지금 납치되고 있어요."

임미령이 건 전화였다.

그 전화는 불과 한 마디를 남기고 끊어졌다. 전화를 받은 동료 마사지사가 통화를 시도해 보았지만 휴대폰이 꺼져 있었다. 이후 임미령은 연락도 끊기고 업소로 돌아오지도 않았다.

"대체 어떻게 된 거야? 정말 납치된 거야 아님 장난 전화야?"

마사지업소 주인 정인길이 화가 나서 말했다. 그는 자신이 데리고 있는 마사지사들이 잇달아 실종되어 잔뜩 화가 나 있었다.

"미령이가 장난 전화를 할 리 없어요."

동료 안마사가 말했다.

정인길 역시 임미령이 성실했기 때문에 장난이나 허위 전화가 아닐 것이라고 생각했다. 그러나 하루를 기다려도 임미령은 돌아오지 않았다.

7월 14일이 되자 업주 정인길은 마사지업소 사장 3명과 노문호(가명)에게 연락하여 범인을 잡자고 제안했다.

마사지업소 사장들은 최근에 마사지사들이 이유 없이 연락 두절이 되어 화가 나 있었다. 마사지사들에게 나름대로 대우를 해주어 사라질 이유가 없었다.

사라진 마사지사들은 전화도 받지 않고 동료들에게 연락도 하지 않았다. 그러한 차에 임미령이 납치되고 있다고 전화를 걸어온 것이다.

'분명 뭔가가 있어.'

정인길은 불길한 예감을 느끼고 마사지업소 사장들을 소집한 것이다.

"맞습니다. 조사를 해야 합니다. 어떤 놈이 우리 뒤통수를 치고 있는지 잡아야 합니다."

마사지업소 사장들이 동의했다.

정인길은 안면이 있는 서울경찰청 기동수사대 양 형사에게 전화를 걸어 임미령이 실종되었다고 말했다. 양 형사는 전화로 들은 내용을 가지고 수사에 착수했다.

7월 15일 새벽 2시, 임미령을 호출했던 전화가 다시 걸려왔다. 휴대폰 끝 번호가 '5843'이었다.

마사지업소의 전화는 수신할 때 발신자 번호가 뜨게 되어 있었다. 유영철이 전화를 걸자 임미령이 실종되었을 때 걸려왔던 전화번호와 같은 핸드폰 번호가 뜬 것이다.

정인길은 바짝 긴장했다. 의문의 사내는 신촌 G마트 앞으로 마사지사를 보내달라고 했다. 정인길은 즉시 양 형사에게 전화를 걸었다. 양 형사가 신촌 현장에서 잠복하고 마사지사가 출발했다. 업소 주인 정인길도 노문호와 마사지업소 사장 3명과 함께 따라갔다.

마사지사가 약속 장소에 도착했으나 감시당한다는 사실을 눈치챘는지 유영철은 모습을 감춘 채 마사지사가 글래머라 마음에 들지 않으니 교체해달라고 전화를 해왔다.

새 마사지사가 약속 장소로 나가자 유영철은 전화를 걸어 만날 장소를 인근 홍익대학교 앞으로 바꾸었다.

"이놈이 눈치챈 거 아니야?"

정인길은 바짝 긴장했다. 그들은 아직까지 유영철이 연쇄 살인마일 것이라고는 상상도 하지 못했다. 단순하게 임미령을 비롯하여 마사지사들을 납치했을 것이라고 생각했기 때문에 경찰을 대대적으로 동원하지 않았다.

양 형사 팀은 홍익대학교 근처에 잠복하고 정인길은 신촌 G마트 근처에서 잠복했다.

유영철도 무엇인가 불길한 예감을 느끼고 있었는지도 모르겠다.

그는 새벽 2시에서 4시까지 여러 차례 전화를 걸어 만나는 장소를 변경했다.

"뭐하는 거예요? 장난하는 거예요?"

업소에서 대기하던 마사지사가 신경질을 부리는 시늉을 했다. 그러는 동안 새벽 5시가 가까워졌다.

밤새도록 흥청대던 대학가가 인적이 끊어지고 날이 부옇게 밝기 시작했다. G마트를 감시하고 있는 정인길의 눈에 휴대폰으로 전화를 하는 30대 남자가 들어왔다. 뒤이어 업소에서 정인길에게 연락이 왔다.

"사장님, 남자가 전화했어요. G마트 뒤편으로 여자를 보내 달래요."

정인길은 자신도 모르게 전신이 팽팽하게 긴장되는 것을 느꼈다.

'저놈이다.'

정인길은 양 형사가 일러준 대로 덮치는 대신 양 형사에게 전화했고, 양 형사는 바로 출발할 테니 인근 순찰지구대에 연락해서 만일의 사태에 대비하라고 일렀다.

정인길은 지구대로 달려갔다. 지구대에는 몇 명의 경찰이 있었다.

정인길은 자신이 강력계 형사라고 거짓으로 말하고 지원을 요청했다. 순찰지구대 김중일(가명) 경장이 사복을 입고 따라 나왔으나 그사이 유영철의 모습은 사라지고 없었다.

'제기랄! 어디로 간 거야?'

정인길은 허탕을 친 것 같아 분노했다. 그런데 정인길이 철수하려고 할 때 기적처럼 유영철이 나타났다. 정인길은 업소 사장들과 노문호 그리고 김중일 경장과 함께 사방을 포위하며 덮쳤다.

"뭐야? 왜 이래?"

유영철은 격렬하게 저항했다. 정인길과 업소 사장들은 유영철을 제압했고, 김중일 경장이 수갑을 채웠다.

그때 홍익대 쪽에서 잠복하고 있던 양 형사가 달려왔다. 유영철이 격렬하게 저항했기 때문에 이빨에 물어뜯기고 머리를 들이받혔다.

"이 새끼야? 우리 여자들 어떻게 했어?"

정인길은 지구대에 도착하자 유영철을 숙직실에 넣고 마구 때렸다.

"우리 아가씨들 어떻게 했어?"

"제가 안 죽였어요!"

정인길은 묻지도 않는 말을 하는 유영철이 더욱 수상하다고 생각했다. 그는 유영철에게 사정없이 주먹을 휘둘렀다.

"삼성동과 구기동, 혜화동에서 죽은 부잣집 노인들은 내가

다 죽였어요. 아가씨들을 포함해서 모두 28명을 죽였어요."

유영철은 사시나무처럼 몸을 떨며 말했다.

그때 지구대 경찰관들이 유영철이 자백하는 말을 듣고 몰려들었다.

지구대에서 바로 마포경찰서에 보고하고 양 형사도 놀라서 서울경찰청 기동수사대 형사들을 불렀다.

살인마의 탈출과 체포

마포경찰서와 기동수사대가 유영철을 인수하기 위해 실랑이가 벌어졌다. 그러나 기동수사대가 인수하여 유영철의 신문에 들어갔다. 유영철은 처음에 범행을 완강하게 부인했다. 그러나 여러 가지 증거가 나왔고 그가 가지고 있던 소지품 중에 마사지사들 것도 발견되었다.

유영철은 자백과 번복을 되풀이하여 취조하는 형사들을 괴롭혔다.

7월 16일 자정이 조금 넘었을 때 유영철은 갑자기 입에 거품을 물고 발작을 일으켰다. 취조하던 형사들은 당황하여 유영철의 수갑을 풀어주고 담요를 덮어주었다.

유영철은 한참이 지나서야 진정했다.

"내가 11명을 살해해서 암매장했습니다. 현장으로 안내하겠습니다."

유영철이 형사들에게 말했다. 형사들이 반신반의하면서 출동준비를 하고 수사대를 나설 때 유영철이 앞에 있던 형사를 밀어버리고 달아나기 시작했다.

"저놈 잡아!"

두 형사가 소리를 질렀으나 유영철은 그대로 정문을 통과하여 사라지고 말았다.

유영철이 도주하자 서울경찰청 기동수사대는 발칵 뒤집혔고 전 형사들이 소집되어 체포 작전에 나섰다.

"유영철을 잡아오지 못하면 죽을 줄 알아."

기동수사대 수사대장이 형사들에게 명령을 내렸다. 유영철은 도주한 지 11시간이 지나 영등포역 앞, 횡단보도를 건너오다가 검거되었다.

유영철은 성폭력범죄, 강간살인, 1급 살인이 인정되어 12월 13일 사형 선고를 받았다. 그러나 사형이 집행되지 않아 아직도 복역 중이다.

살인중독자가 남긴 교훈

유영철의 살인 행각이 만천하에 드러나자 전 세계가 경악했다. 유영철은 왜 이렇게 잔인한 살인을 저지른 것일까.

부유층에 대한 분노, 세상에 대한 저주가 그의 뇌리에 가득 차 있다고 할 수 있으나 결국은 살인의 본성을 억제하지 못했기 때문이다. 연쇄 살인은 습관이고 중독이라고 할 수 있는데 가장 잔인하고 무서운 중독이다.

유영철은 미국의 잡지 〈라이프〉가 2008년 8월 6일에 보도한, 20세기를 대표하는 연쇄 살인자 30인의 한 사람으로 선정되어 대한민국을 다시 놀라게 했다.

유영철 사건은 〈추격자〉라는 영화로 제작되어 크게 화제가 되었다.

살인사건은 막을 수가 없는가.

한 마디로 잘라 말하면 막을 수가 없다. 살인은 인간의 본성이고 살인중독자들은 이를 통제하지 못한다. 다만 살인의 본성이 폭발하지 않는 사회, 소외된 계층이 없는 사회를 만들어 가는 노력을 해나가야 한다.

유영철

20세기를 대표하는 사이코패스. 불우한 가정형편과 이혼을 부자들과 여성들에 대한 탓으로 돌리고, 잔혹한 살인을 저질렀다. 2003년 9월부터 2004년 7월까지 20명을 살해했다. 1970년에 태어나 현재 복역 중이다.

사라진 소녀들의 비밀

연쇄 살인마는 우리 이웃에 있고 피해자도 항상 우리 이웃에 있다. 그래서 '이웃집 살인마'라는 말이 낯설지 않다.

연쇄 살인마를 우리는 사이코패스나 소시오패스라고 부르지만, 사실상 인간에게는 살인의 본성이 잠재하고 있다. 하지만 우리는 교육과 사회적 규범으로 살인이 옳지 않다는 것을 배우고 이를 실천한다.

사실 우리는 마음속으로 언제나 살인을 하고 있다.

연쇄 살인마들은 마음속의 살인을 억제하지 못하고 실행하는 자들이다. 우리는 본성에 따라 행동하는 자들을 살인자라 부르고 인간이라고 부르지 않는다. 그래서 그들은 인간의 탈을 쓴 것일 뿐 인간이 아니다.

1980년대 후반과 1990년대 초반 프랑스에서 일어났던 연쇄 살인사건은 소녀들이 범행의 대상이었다는 점에서 우리에게 충격을 주었다.

길에서 만난 살인자

1987년 12월 11일, 이자벨 라빌은 오세르의 학교에서 집으로 돌아오고 있었다. 날씨는 흐렸고 하늘은 어두운 잿빛이었다. 이자벨은 걸음을 빨리하면서 눈이 왔으면 좋겠다고 생각했다.

오세르는 파리에서 남쪽으로 170킬로미터 떨어진 작은 도시였지만, 로마시대에 건설된 유서 깊고 오래된 성당이 많았다. 이곳은 욘 강 연안에 있어서 포도농장이 많고 상공업이 발전했으나 인구는 4만 명 정도밖에 되지 않았다.

'눈이 오려나 보다.'

이자벨은 오후 5시부터 친구의 집에서 파티를 할 예정이었다. 그때 차 한 대가 그녀의 옆에 와서 멈췄다. 이자벨은 걸음을 멈추고 차를 응시했다. 차 유리창을 내린 중년 사내가 얼굴을 내밀었다.

"봉주르~"

사내가 인사말을 건넸다.

"봉주르~"

이자벨도 밝게 웃으면서 손을 흔들었다. 사내의 눈이 빠르게 그녀의 몸을 훑었다. 겨울이지만 이자벨은 체크무늬의 희고 붉은색의 짧은 스커트에 베이지색 스타킹을 신고, 위에는 흰색 파카를 입고 있었다.

"길을 묻고 싶은데 괜찮나요?"

"네. 물어보세요."

"시청 가는 길을 찾고 있는데, 어디로 가야 하나요?"

사내는 미소를 지으면서 부드럽게 물었다. 이자벨은 얼굴을 찡그렸다. 시청 가는 길은 도로마다 이정표가 있었기 때문에 누구나 쉽게 찾을 수 있었다.

"난 로마에서 와서 여기를 잘 몰라요. 학생은 어디까지 가요?"

"전 1킬로미터만 가면 돼요. 시청 가는 방향이죠."

"그럼 차에 타요. 학생 집으로 가는 곳까지 태워줄게요. 대신 시청 가는 길 좀 자세히 가르쳐주세요."

중년 사내가 환하게 웃으면서 말했다. 이자벨은 잠시 망설였다. 그러나 로마에서 왔다는 말에 이자벨은 비로소 사내가 길을 묻는 까닭을 이해했다.

이자벨은 로마에서 왔다는 사내에게 호감이 느껴졌다. 로마는 이자벨이 언젠가는 반드시 여행하겠다고 생각한 도시였다.

이자벨은 길을 모르는 사내에게 야박하게 거절할 수는 없었다. 날씨가 추워서 차를 타면 집에 빨리 갈 수 있을 거라는 생각도 들었다.

"타요, 학생."

사내가 차 문을 열어주었다. 이자벨은 웃으면서 차에 올라 탔다. 사내가 액셀러레이터를 밟자 차가 빠르게 달리기 시작했다.

"로마에서 관광 오셨어요?"

"관광 왔어요. 오세르는 뭐가 제일 유명해요?"

이자벨은 사내가 프랑스 말을 잘한다고 생각했다.

"생테티엔 성당이죠. 자그마치 천 년이 넘었어요."

차는 큰길로 가지 않고 샛길로 꺾어들었다.

이 길은 포도농장으로 가는 길이지만, 겨울에는 거의 사람들이 다니지 않는 길이기도 하다.

"아저씨, 길을 잘못 들었어요."

이자벨이 재빨리 말했다.

"그래?"

사내가 차를 세웠다. 이자벨은 사내가 차를 돌려 되돌아나갈 것이라고 생각했다. 그러나 사내는 의자 밑에서 날이 섬뜩한 칼을 꺼냈다.

"아, 아저씨!"

이자벨은 가슴이 철렁했다. 그녀의 얼굴에 사내가 칼을 갖다 댔다.

"말을 듣지 않으면 이 칼이 네 목을 그을 거야. 벌써 셋이나 이 칼에 죽었어."

사내가 음침하게 말했다. 이자벨은 소름이 오싹 끼치는 것을 느꼈다. 이러한 일은 상상도 못 했던 일이었다.

"죽고 싶나?"

"아, 아니에요. 살려주세요."

이자벨은 눈물을 흘리면서 사내에게 애원했다. 사내에게 길을 가르쳐주기 위해 차에 올라탄 것을 후회했다. 몸이 떨리고 눈물이 흘러내렸다.

"스타킹 벗어."

"아저씨……!"

"벗어!"

사내의 눈이 표독하게 빛을 뿜었다. 이자벨은 미적거리면서 스타킹을 벗었다. 눈물 때문에 앞이 보이지 않았다.

"팬티도 벗어."

"아저씨……, 제발……."

"죽고 싶어? 칼로 목을 찔러줄까?"

"벗을게요."

이자벨은 빠르게 팬티를 벗었다. 어머니와 아버지의 얼굴이 떠올랐다. 그들이 나타나 무서운 사내에게서 구해주었으면 싶었다. 그러나 그것은 현실에서 일어날 수 없는 일이었다.

문득 사내가 강간범일지도 모른다는 생각이 빠르게 뇌리를 스쳤다.

"손을 앞으로 내밀어."

이자벨은 사내가 시키는 대로 두 손을 내밀었다. 그러자 사내는 이자벨이 벗은 스타킹으로 두 손을 묶었다.

"입 벌려."

이자벨은 눈물을 흘리면서 입을 벌렸다. 그러자 사내가 그녀의 입에 팬티를 쑤셔 넣었다. 이자벨은 너무나 고통스러워 눈을 감았다.

차는 어둠 속을 빠르게 달렸다. 냉기가 차 안으로 스며들어 몸이 떨렸다. 그녀는 팬티와 스타킹을 벗어 몸이 떨리는 것이라고 생각했다.

이자벨은 어머니와 아버지를 생각하면서 울었다.

'엄마, 나 좀 구해줘.'

이자벨은 울면서 간절하게 기도했다.

중년 사내는 그녀를 트렁크에 태우고 어디론가 달려가고 있었다. 트렁크 안이 비좁아 몹시 고통스러웠다.

'이자는 나를 납치하는 거야.'

이자벨은 어쩌면 강간범이 아닐지도 모른다고 생각했다.

'아빠에게 돈을 뜯어내려는 것인지도 몰라.'

이자벨은 머릿속으로 온갖 상상을 했다.

만약 납치범이라면 돈만 건네주면 살아날 수 있을 것 같았다. 이자벨은 빨리 악몽이 끝나기를 바랐다.

'돈을 받았다고 반드시 살아날 수 있는 것은 아니야. 돈만 받

고 나를 죽일 수도 있어. 그럼 어떻게 하지?'

이자벨은 달리는 차에서 많은 생각을 했다.

'트렁크에서 나가게 되면 기회를 봐서 무조건 뛰어야 돼.'

이자벨은 사내가 살인자일지도 모른다고 생각했다. 로마에서 왔다는 것도 거짓말일 것이고 여자들을 강간하고 살해하는 악마일지도 모르는 것이다.

차는 빠르게 달리고 있었다. 사내의 차가 뷔시 앙 오트의 한적한 마을에 이른 것은 이미 짧은 겨울 해가 서산으로 넘어가 어두워졌을 때였다. 사내는 차가 멈춰 선 뒤에도 움직이지 않았다. 담배를 피우는지 담배 냄새가 트렁크 안에까지 풍겼다.

'시내는 아닌 것 같아.'

이자벨은 어둠 속에서 그렇게 생각했다. 사방이 기이할 정도로 조용했다.

차의 트렁크가 열린 것은 20분쯤 지났을 때였다.

"내려."

사내가 그녀를 들여다보면서 음침하게 말했다. 이자벨은 팔이 묶여 있어서 트렁크에서 나오는 일이 쉽지 않았다.

"내려!"

사내가 그녀의 머리를 움켜쥐고 트렁크에서 끌어내어 땅바닥에 팽개쳤다. 이자벨은 고통스러웠으나 그 순간에도 재빨리 사방을 휘둘러보았다.

'여기가 어디지?'

사방이 캄캄하여 어디인지 전혀 알 수 없었다. 다만 불빛도, 인적도 전혀 없었다.

"일어나."

사내가 칼을 들고 그녀에게 다가왔다.

그때 뒤통수로 강한 충격이 왔다. 그녀는 눈알이 튀어나오는 것 같은 기분을 느끼며 앞으로 고꾸라졌다. 얼굴에 모래알이 박혔다. 얼굴이 따가웠다. 그녀는 본능적으로 몸을 일으키려고 했다. 이번엔 옆구리로 강한 충격이 왔다. 고통 때문에 숨이 "컥!" 하고 막혔다. 옆구리를 움켜잡고 모랫바닥을 뒹굴었다. 그 바람에 입에 틀어박혀 있던 팬티가 빠져나왔다.

비로소 어둠 속에 서 있는 검은 그림자의 윤곽이 보였다. 사내였다. 누워서 보았기 때문인지 키가 거인처럼 컸다.

"아!"

이자벨은 짧게 신음을 토했다. 검은 그림자는 살인자였다.

"제발……."

이자벨은 눈물을 흘리며 애원했다.

"제발 죽이지 말아 주세요."

이자벨은 안타깝게 외쳤다. 남자의 발이 그녀의 가슴을 밟고 있었다. 그 순간 갑자기 눈앞이 환해졌다. 섬광처럼 밝은 빛이 그녀의 얼굴에 쏟아지고 있었다. 눈이 부셨다. 그 불빛이 그녀의 얼굴에 멎어 있었다. 얼굴을 확인하고 있는 모양이었다.

'제발!'

그녀는 마음속으로 부르짖었다. 플래시 불빛이 그녀의 가슴께로 옮겨갔다. 그녀는 자신이 울고 있다는 사실을 깨달았다.

그때 사내가 갑자기 그녀의 가슴 위로 엎어졌다. 그녀는 숨을 멈추었다. 어디선가 차소리가 희미하게 들려오고 있었다.

'아!'

그녀의 머릿속으로 섬광 같은 빛이 하나 스치고 지나갔다.

이제는 구원받을 희망이 있다. 차가 가까이 오면 소리를 질러야 한다. 그녀는 빠르게 그렇게 생각했다.

그때 사내가 갑자기 두 손으로 그녀의 목을 조르기 시작했다. 그녀는 몸부림을 쳐댔다. 숨이 컥컥 막혔다. 이자벨은 두 손으로 사내의 팔을 잡았다. 어떻게 하든지 목을 조르고 있는 사내의 손을 떼어내야 했다. 그러나 목을 조르는 사내의 손에는 더욱 힘이 가해지고 있었다.

그녀는 발버둥을 쳤다. 숨을 쉴 수가 없었다. 발로 모랫바닥을 차고 몸을 비틀며 격렬하게 저항했다. 그러나 소용이 없었다. 그녀는 눈앞이 캄캄해졌다.

얼마나 시간이 흘렀는지 알 수 없었다. 이자벨은 온몸을 엄습하는 한기를 느끼고 간신히 눈을 떴다. 그러자 자신이 실오라기 하나 걸치지 않았다는 것을 알 수 있었다. 그녀는 가슴이 꽉 막혀 터질 것 같았다. 이제는 눈물조차 나오지 않았다.

이자벨은 소리를 내어 울었다. 그녀는 악몽이 빨리 끝나기를 기다렸다.

날씨는 너무나 추웠다. 밤이 되면서 기온이 내려가 몸이 덜덜 떨렸다.

"한 가지 묻겠다. 첫 경험이냐?"

사내의 질문에 이자벨은 어리둥절했다. 그러나 그의 말에 대꾸하고 싶지 않았다.

"대답해!"

"싫어!"

"이년이!"

사내의 주먹이 이자벨에게 날아들었다. 이자벨은 다시 울음을 터트렸다. 그는 여자에게 엎드려 목을 조르기 시작했다. 여자가 발버둥을 치면서 저항했지만, 그의 완력을 당할 수 없었다.

이자벨 라빌. 불과 17세의 이 소녀는 길에서 푸르니레에게 납치되어 살해당했다.

살인자의 여자, 올리비아

어둠 속에서 담배 연기가 흩어졌다. 사내는 몸을 부르르 떨었다. 여자는 미동도 하지 않았다.

사내는 여자에게 떨어져 일어났다. 옷을 입고 담배를 끄고, 꽁초를 발로 밟아 뭉갰다.

밤이 깊어지자 날씨가 더욱 추워졌다.

'이 계집애를 어떻게 하지?'

사내는 잠시 생각에 잠겼다. 멀리 어둠 속에서 사용하지 않는 우물이 어슴푸레 보였다. 사내는 여자의 팔을 잡아 안아 일으키려고 했다. 그러나 축 늘어진 여자의 시체는 너무나 무거웠다.

"제길!"

사내는 투덜거리면서 여자의 팔을 잡아당겼다. 여자는 질질 끌려왔다.

우물은 30미터나 떨어져 있었다.

"휴!"

사내는 우물 앞에 이르자 한숨을 내쉬었다. 사방을 둘러보았지만 아무도 보이지 않았다. 그는 우물 속을 들여다보았다. 캄캄하게 어두운 우물엔 아무것도 보이지 않았다. 그는 여자를 안아서 우물 속으로 던졌다. 우물이 말라서 픽 하는 소리밖에 들리지 않았다.

'경찰이 조사하러 올지도 몰라.'

사내는 트렁크에서 삽을 꺼내 흙을 파고 메우기 시작했다.

흙을 완전히 메울 필요는 없었다. 그는 오로지 짐작으로 30센티미터 정도 두께로 흙을 덮었다.

"이제 됐어."

사내는 차에 올라타 집으로 돌아오기 시작했다.

"미셸……."

집에 도착하자 동거녀인 모니크 올리비아가 맞이해주었다.

"늦었어."

사내는 올리비아를 가볍게 포옹했다.

"씻을 거예요?"

"아니야. 내일 아침에 씻지."

사내는 옷을 벗고 침대로 올라가 올리비아의 옆에 누웠다. 그는 눈을 감고 창밖을 내다보았다. 그는 자신이 살해한 여학생을 머릿속에 떠올렸다. 깊은 우물 속에 시신을 버렸으니 시신은 나타나지 않을 것이다. 시신이 나타나지 않으면 살인의 증거도 없게 된다.

문득 창밖에서 누군가 자신을 지켜보고 있는 듯한 기분이 들었다.

'아니야. 내가 괜히 놀란 거야.'

그의 집은 소투 성이라고 불렸고 울창한 전나무 숲에 둘러싸여 있었다. 그는 전나무 숲을 지나가는 바람 소리를 들으면서 잠을 청했다.

10대 소녀의 가출사건

해가 지고 사방이 어두워도 이자벨이 돌아오지 않자 부모들은 불안해지기 시작했다. 그들은 학교에도 연락하고 친구들에게도 전화를 했다. 그러나 학교에는 다른 학생들과 함께 하교했다고 했고, 친구들은 만나지 않았다고 했다.

"10대니까 아직 친구들과 놀고 있을지 몰라요."

사람들은 이자벨이 잘 있을 것이라고 말했다. 그러나 이자벨은 시간이 흘러도 돌아오지 않았다.

이자벨의 부모는 뜬눈으로 밤을 새우고 이튿날 아침 경찰서에 신고했다.

"10대가 가출한 것일 수도 있다."

경찰은 대수롭지 않게 생각했다. 그러나 이자벨은 그날도 그 다음날도 돌아오지 않았다. 경찰이 마침내 대대적인 수색에 나서고 학교에서도 학생들에게 이자벨을 본 사람은 신고하라는 지시가 떨어졌다. 그러나 학교에서 집까지 이르는 하굣길 일대를 샅샅이 수색하고 목격자를 찾았으나 찾을 수 없었다.

이자벨의 부모는 딸이 누군가에게 납치되었을 것이라고 주장했다.

욘 주 일대에서 최근에 발생한 성폭력 사건에 미셸 푸르니레도 용의자로 지목되고 있었다.

"우리 아이는 한 번도 가출한 일이 없어요."

이자벨의 어머니는 경찰의 반응에 실망했다. 딸이 이렇게 갑자기 사라지다니!

그녀는 딸의 실종을 믿을 수 없었다. 남편도 이자벨을 찾기 위해 전력을 기울였다. 이자벨은 이미 사춘기를 지난 평범한 학생이라 부모들과 큰 마찰은 없다.

딸은 이틀이 되고 사흘이 되어도 돌아오지 않았다.

'딸이 실종되었으면 시내로 나갔을 텐데 이쪽 주택가를 향해 가는 걸 봤다는 친구들이 있지 않을까?'

이자벨의 어머니는 딸이 하교하는 길을 느릿느릿 걸었다. 혹시라도 딸이 무슨 신호를 남기지 않았는지 샅샅이 살폈다. 그러나 딸의 흔적은 전혀 찾을 수 없었다.

딸의 방도 샅샅이 살폈다. 그러나 딸이 가출할 만한 어떤 단서도 나타나지 않았다.

'유괴라면 전화가 올 거야.'

그러나 이자벨에 대한 전화는 전혀 오지 않았다.

'인신매매단에라도 팔려간 것인가?'

딸이 그러한 일을 겪고 있다면 견딜 수 없을 것이라고 생각했다.

'무슨 일인지 몰라도 무사히 돌아오기만 해라.'

이자벨의 어머니는 딸의 방에서 눈물을 흘리면서 울었다.

소아성애자의 연쇄 살인

프랑스와 벨기에를 오가면서 연쇄 살인을 저지른 미셸 푸르니레는 여기 기록된 사건 외에도 많은 강간사건과 폭행, 살인사건을 저질렀지만, 증거불충분 등으로 기소가 되지 않았다. 오히려 여러 사건 중에는 엉뚱한 인물들이 범인으로 체포되어 기소된 일도 있었다. 푸르니레는 교활하게 범행을 저지르고 은

폐했을 뿐 아니라 벨기에를 오가면서 범행을 저질렀기 때문에
용의자로 떠오르지도 않았다.

1987년 12월 11일, 오세르에서 하교 중에 실종된 이자벨
라빌(당시 17세)은 19년 뒤인 2006년 7월에 오세르에서 약
20킬로미터 떨어진 뷔시 앙 오트의 한 우물 속에서 사체로
발견되었다.
이자벨 라빌 사건은 오랫동안 실종사건으로 되어 있었으
나 푸르니레가 체포된 뒤에 자백하면서 실체가 드러났다.
가족들은 피지도 못하고 살해당한 딸의 백골을 보고 통곡
하여 보는 사람들을 안타깝게 했다.

1987년 살롱 앙 샹파뉴에서 실종된 파비엔 르루와(당시 20
세)는 근처의 숲에서 강간을 당한 뒤 사체로 발견되었다.
사인은 총상으로 밝혀졌다.
프랑스의 욘 주 일대는 강간사건이 자주 발생하고 있었다.
경찰은 파비엔의 살인범을 검거하기 위해 총력을 기울였
으나 용의자도 찾을 수 없었다. 푸르니레도 강간사건 용의
자로 지목되었으나 증거가 없어서 검거하지 않고 있었다.

1989년 3월 18일, 샤를 빌메지에르에서 실종된 잔 마리 데라모(당시 22세)는 푸르니레 소유의 사유지에서 사체로 발견되었다.

푸르니레는 올리비아와 함께 열차로 여행하다가 데라모를 유인하여 살해했다. 이 사건에는 처음으로 푸르니레의 동거녀 올리비아가 등장했다. 올리비아는 푸르니레가 저지르는 강간과 살인 범죄에 적극적으로 협조하여 중형을 선고받았다.

올리비아는 체포된 후에 조사하는 경찰관에게 푸르니레의 폭력 때문에 어쩔 수 없이 협조한 것이라고 진술했다.

푸르니레는 겉보기와 달리 폭력적이고 사악한 인물이었다. 그는 올리비아에게 접근하여 동거를 시작한 뒤에 폭력을 휘두르고 죽이겠다고 위협하여 자기 명령에 절대적으로 복종하는 노예로 만들었다.

1989년 12월 20일, 벨기에의 생 세르베에서 엘리자베스 브리셰(당시 12세)가 실종되었다.

푸르니레와 올리비아는 친구 집에서 나오는 브리셰에게 접근했다.

"얘, 아줌마가 몹시 아파서 그러는데 네가 좀 도와주겠니? 우리는 다른 곳에서 와서 병원이 어디 있는지 모른단다."

올리비아가 상냥한 목소리로 물었다.

"많이 아프세요? 제가 병원을 알고 있어요."

"그럼 우리 차에 타고 안내해줘라. 돌아올 때는 우리 차로 태워주마."

불과 12세의 브리셰는 이렇게 하여 푸르니레의 차에 올라 탔고 그녀는 가장 어린 희생자가 되었다.

푸르니레는 브리셰를 벨기에에서 납치하여 프랑스에 있는 자신의 집으로 끌고 갔다. 브리셰를 살해한 뒤에는 자신의 사유지인 소투 성에 매장했다.

소투 성은 3층 저택으로 울창한 전나무 숲에 둘러싸여 있었다.

이 무렵 푸르니레는 교도소에서 있을 때 친구에게 상당한 양의 금괴가 있다는 것을 알게 되었다. 푸르니레는 여기서 영화에 관련된 일을 하다 친구인 파리다 아미슈를 살해하고 금괴를 탈취하여 그 돈으로 소투 성을 구입한 것이다.

1990년 11월 24일 푸르니레와 올리비아는 법원에 소환되어 낭트에 왔다가 돌아가던 길에 낭트 교외 레제에서 길을 가던 나타샤 다네를 유괴했다. 다네는 불과 13세의 소녀였다. 다네는 낭트에서 70킬로미터나 떨어진 메르 해안에서 강간당한 시체로 발견되었다.

경찰은 목격자 탐문수사에 집중했다. 그 결과 다네가 실종된 시간에 그 길에서 검은색 밴을 보았다는 신고가 들어왔다.

경찰은 살인자가 주위에 있을 것이라고 생각하여 수사를 계속하다가 다네의 이웃 주민인 장 그로와가 비슷한 밴을 갖고 있다는 것을 알고 그 집을 대대적으로 수색했다. 그 결과 에타 (ETA) 조직원 셋이 숨어 있다가 검거되었다. 그들은 바스크 민족주의자들로 무장혁명세력이었다.

장 그로와는 투옥되어 조사를 받던 중 자살했고 다네 사건은 수사가 종결되었다. 그러나 푸르니레가 그 사건을 자신이 저지른 짓이라고 자백하면서 재조사를 하게 됐다.

푸르니레는 프랑스에서 납치한 뒤에 벨기에에서 살해하고 시체를 유기하여 경찰의 수사를 교란시켰다.

푸르니레는 어쩐 일인지 10년 동안 살인사건을 저지르지 않았다.

살인자를 검거하는 데 결정적인 공을 세운 소녀

미셸 푸르니레는 2003년 6월 26일 벨기에의 시네이 시에 있었다. 그는 부인 올리비아와 함께 시 외곽을 달리다가 마리 아상 시옹을 발견했다. 마리는 13세의 흑인 소녀로 집에서 불과 300미터밖에 떨어지지 않은 슈퍼마켓에 가고 있었다. 그때 그녀의 옆에 시트로엥 승용차가 와서 멎었다. 운전자는 머리가 하얘서 60세 정도 되어 보였고 뒷자리에는 안경을 쓴 여자가 앉아 있었다. 남자는 매부리코에 흰색 셔츠를 입고 있었다.

"나는 미술교사다. 학교까지 안내해 줄 수 있겠니?"

뒷자리에 앉아 있던 여자가 물었다.

"네. 좋아요."

마리는 상냥하게 대답하고 그들의 차에 올라탔다. 운전자는 빠르게 시내를 벗어났다. 마리가 뭔가 수상한 것을 눈치채고 소리를 지르려고 하자 차를 세우고 마리의 여자와 남자가 손발을 묶었다.

"소리를 지르면 죽여버리겠어."

남자가 그녀를 위협했다. 마리는 공포에 질려 고개를 끄덕거렸다.

미셸 푸르니레와 그의 동거녀인 올리비아였다.

마리는 겁에 질린 표정으로 얌전하게 앉아 있었다.

'이 사람들은 나를 납치하여 무얼 하려는 것일까?'

밴의 유리창에는 커튼이 있어 밖에서 안이 들여다보이지 않았다.

"네 부모는 부자냐?"

미셸 푸르니레는 간간이 마리에게 질문을 했다. 마리는 도망쳐야 한다고 생각했다. 여자는 뒤에 앉아 있었으나 커튼을 살짝 젖히고 밖의 동정을 살피고 있었다.

그때 신호등에 걸려 차가 멈춰 섰다. 마리는 교차로에 뛰어내리자 굴렀다. 마리의 손발이 묶여 있는 것을 보고 사람들이 우르르 몰려왔다. 마리는 사람들이 몰려들어 손발을 풀어주자 앙 하고 울음을 터트렸다.

"야!"

미셸 푸르니레가 소리를 질렀으나 교차로였다. 사람들이 손발이 묶인 소녀에게 몰려들고 있었다.

'젠장!'

미셸 푸르니레는 신호가 떨어지자 재빨리 운전을 하여 사라졌다.

경찰이 달려와 마리를 경찰서로 데려간 후 부모들이 달려왔다. 마리는 어머니와 아버지에게 안겨 울음을 터트렸다.

마리는 그녀를 납치한 차 번호를 외우고 있었다. 경찰은 즉시 차를 수배했고, 살인마 미셸 푸르니레와 동거녀 올리비아를 체포했다. 벨기에 경찰의 조사 과정에서 프랑스에서 발생한 살인사건에 연루되었다는 사실이 밝혀져 프랑스로 이첩되었다.

처음에 미셸 푸르니레는 범행을 완강하게 부인했다. 그러나 치밀하고 집요한 심문조사 끝에 7건의 살인사건에 대한 자백을 받아냈다.

미셸 푸르니레는 절대 감형이 없는 종신형을, 올리비아는 28년의 확정형을 받았다.

살인자가 집착한 처녀성

미셸 푸르니레는 프랑스 동북부 지방 뫼즈 강 연안에 있는 아르덴 주의 스당 시에서 태어났다. 스당이 공업도시였기 때문에 아버지는 금속노동자였고, 형 앙드레와 누나 위케트가 있었다. 아버지는 알코올중독자였고, 어머니는 과도한 성적 욕망을 가지고 있는 여인이었다.

특히 그의 어머니가 푸르니레와 근친상간을 한 것으로 밝혀져 충격을 준다. 이러한 가정에서 어린 시절을 보낸 푸르니레의 정신이 온전할 수 없었다. 그래서 푸르니레는 여성 혐오와 소아성애자가 되었고 폭력성을 갖게 되었다.

미셸 푸르니레는 그 탓인지 여자들의 처녀성에 집착했다.

그는 심문 과정에서도 처녀성을 갖고 있지 않은 여자들과 두 번 결혼했고, 처녀와 혼인을 하지 못한 것이 일생에서 가장 후회가 된다고 자백했다.

알코올중독자 아버지와 섹스중독자 어머니 사이에서 어린 시절을 보낸 미셸 푸르니레는 학교에 다니면서 도둑질을 하고 교활하여 좋은 친구들이 없었다. 또 푸르니레는 관음증까지 있었다. 그는 사람들이 섹스하는 것을 몰래 훔쳐보고는 했다.

푸르니레는 기술학교를 졸업하자 목공과 밀링공 등의 일을 했고 22세 때인 1964년 결혼을 했다. 그는 첫 번째 부인에게서 자식까지 낳았지만 3년 후 주먹을 휘둘러 실형을 선고받게 되자 이혼을 당했다.

'개 같은 년! 처녀도 아닌 주제에 이혼을 요구해?'

푸르니레는 차가운 감옥에서 전처를 향해 이를 갈았다. 그는 1년이 지나자 교도소에서 출감했고 1970년에 재혼했다.

푸르니레는 재혼을 한 뒤에도 폭력, 절도, 관음증 등을 저질렀고 이 때문에 체포되어 5년형을 선고받고 수감되었다. 두 번째 부인도 그에게 이혼을 요구했다 .

푸르니레는 5년형을 선고받았으나 가석방으로 출소하여 모니크 올리비아와 동거한 후 욘 주로 이사했다 .

올리비아는 때때로 푸르니레의 살인사건에 가담했다. 이는 미셸 푸르니레가 올리비아에게 주먹을 휘둘렀기 때문이었다. 푸르니레는 라빌의 사건 이전에도 여러 차례 살인사건을 저질렀다고 올리비아는 진술했다.

롤리타 콤플렉스

푸르니레의 연쇄 살인사건은 한 편의 영화와 같았다.

그는 파라다 아미슈를 살해하고 금괴를 강탈하여 성까지 구입했다. 또 특이하게 소아성애자의 범죄 성향을 갖고 있어서 소녀들을 납치하여 강간한 뒤에 살해했다.

그는 여성들의 처녀성에 집착했는데 그것이 소아성애자가 되는 계기가 된 것으로 범죄심리학자들이 추정했다. 대부분 연쇄 살인마들이 그렇듯이 자동차를 이용하여 소녀들을 유인했는데 올리비아까지 가담하여 소녀들을 안심하게 했다.

소아성애자는 문학적 표현으로 '롤리타 콤플렉스'라고 부르는데 의학용어로는 소아기호증이다. 하지만 소아기호증이 있다고 해서 전부 살인을 저지르는 것은 아니다. 그러나 16세 이하의 미성년자를 대상으로 소아성애 취향을 갖는 것은 어린이들이 보호되어야 한다는 점에서 지양되어야 할 성적 취향이다.

미셸 푸르니레(Michel Fournire)
어린 소녀만 노린 살인자. 프랑스와 벨기에를 오가며 젊고 어린 여성을 상대로 강간과 살해 등의 중범죄를 저질렀다. 그의 아내 모니크 올리비아도 범죄에 가담한 사실이 드러나 당시 프랑스 사회를 경악하게 했다. 1942년 태생으로 종신형을 받고 현재 복역 중이다.

2부

쾌락 살인:

비명과 가학을 즐기는 연쇄 살인마들

미궁 속으로 사라진 범인

살인사건은 언제 어디서나 일어나고 있다. 그렇다면 살인마는 어떤 사람을 노리는가?

우리는 연쇄 살인마들이 대부분 여자나 어린아이들을 노리고 있다는 사실을 주목해야 한다. 연쇄 살인사건이 사람들의 이목을 끌기 시작했을 때부터 지금까지 살인마들은 어린아이들과 부녀자들을 범행 대상으로 삼아왔다. 특히 미성년자 중에는 소녀들이 주로 범행 대상이 되었다. 이는 소녀들을 포함한 부녀자들이 자신보다 약하고 성적 유희까지 즐길 수 있기 때문이다.

그러나 성적인 유희가 살인의 주목적은 아니다. 살인마들의 변태성향인 성적인 유희는 일부분이고, 납치, 고문, 살인에 더 많은 쾌감을 느꼈다. 때론 성적인 유희와 가학성에 대한 쾌감이 동시에 나타나고 있는 경우도 종종 있다.

살인마들은 부녀자들이라고 해도 범행이 쉽고 다른 사람들의 눈에 띄지 않는 으슥한 골목이나 산길 등에서 범행을 저질렀으며 이러한 곳으로 유인되기 쉬운 매춘부들이 범행 대상이 되었다.

살인사건의 전설

신사의 나라, 남자들의 예의가 바른 나라라고 널리 알려진 영국에는 '찢어 죽이는 잭'으로 유명한 살인마가 있었다. 1888년에 살인사건이 발생했으니 기록으로 남은 살인사건 중 가장 오래된 살인사건의 하나이다. 잭 더 리퍼의 살인사건이 100여 년이 지난 지금에 와서도 화제가 되는 것은 그의 사건이 엽기적이고 잔혹하면서 범인이 검거되지 않았기 때문이다.

잭 더 리퍼 사건은 여러 차례 영화화되었고 많은 추리소설이나 공포소설에 영감을 주었다.

그의 살해수법은 매우 잔인했다. 매춘부의 목을 베고, 국부를 도려내는 등 엽기적인 범죄는 영국 사회, 특히 매춘부들을 공포에 떨게 했다. 기독교적인 관점에서 보면 매춘부는 사회악이지만, 당시 런던은 급속한 도시화와 산업혁명으로 몸살을 앓고 있었다. 공장노동자와 도시 빈민들의 급증 속에서 여자들은 굶주림에서 벗어나기 위해 매춘에 나설 수밖에 없었다.

산업화의 부산물인 여성노동자들이 돈을 위해 런던으로 대

거 유입되어 귀족과 신흥 부자들에게 착취당해 가난한 공장노동자나 매춘부로 전락했다. 여성 지위 향상의 시대적 흐름을 앞두고 많은 여성이 성매매의 길로 접어들었다. 이때 살인자는 가장 고통스럽고 가난하게 사는 매춘부들을 살인 대상으로 삼았다.

19세기 중반 영국은 아일랜드 이민자를 비롯하여 많은 이민자가 유입되면서 주요 도시에 인구가 급증했다. 런던에도 많은 이민자와 농민들이 몰려들면서 빈민화가 가속화되었다. 직장과 주거 조건의 악화로 도시 빈민자들은 강도·폭력과 알코올에 의존했고, 질병과 굶주림에 시달렸다.

1888년 10월, 런던 경시청은 화이트채플에서만 매춘부를 고용하고 있는 업소는 62개이며 여기서 일하는 매춘부는 약 1,200명에 달한다고 추정했다.

르네상스시대가 귀족들이 부패한 시대였다면 산업혁명이 이루어진 1800년대는 서민들, 즉 일반 시민들이 부패하는 시기였다. 특히 산업화는 성의 개방을 가져오고, 서민들이 역사의 전면에 등장하는 시기였다.

옛날에는 군주나 귀족들이 역사의 전면에 등장했지만, 이제는 다수를 이루는 서민들이 역사의 전면에 등장할 차례였다.

첫 번째 살인사건

살인은 오스본 스트리트, 도싯 스트리트 등에서 일어났다. 많은 살인사건 중에 잭 더 리퍼의 짓으로 평가되는 것은 다섯 건이었다.

메리 앤 니콜스는 영국 런던의 화이트채플에서 활약하는 42세의 매춘부로, 유대인이 많이 사는 런던의 이스트엔드에서 살고 있었다.

그녀는 남편이 병으로 죽자 매춘부로 전락했다. 이미 거리에는 매춘부들이 넘쳐났기 때문에 나이가 많은 그녀는 손님을 받아서 살아가기가 쉽지 않았다. 며칠에 한 번 간신히 손님을 유혹하는 데 성공하여 돈을 벌기 때문에 그녀는 궁핍하게 살았다.

1888년 8월 31일 새벽 2시, 그녀는 런던탑을 바라보면서 손님들을 유혹하기 위해 거리를 배회했다. 새벽인데도 후텁지근했다. 매춘부들을 사려는 남자들이 거리에 몰려다니고 있었다. 그녀는 매춘부들 틈에 끼어서 지나가는 남자들에게 추파를 던졌다. 그러나 그녀에게 말을 거는 남자도 없었고, 그녀의 얼굴을 살피는 남자도 없었다. 그녀는 포주 노릇이나 해야 제격인데, 그럴 여력이 되지 않아 아직도 매춘부 노릇을 하는 것이다.

'젠장! 오늘도 공치는 건가?'

그녀는 담배를 피워 물었다.

새벽이 되면서 런던에 안개가 점점 짙어져오고 있었다. 공장과 강 때문에 런던은 안개의 도시로 불릴 정도로 안개가 자주 끼었다. 안개가 끼면 손님들을 받는 것이 더욱 어려워진다.

"뭐야? 안개가 내리잖아?"

"손님도 없는데 안개마저 내리면 어떻게 해?"

매춘부들이 여기저기서 안개가 밀려오는 것을 보고 투덜거리기 시작했다. 그녀는 매춘부들이 몰려 있는 골목에서 다른 쪽으로 걸어갔다. 매춘부가 많은 곳에서는 젊은 매춘부들과 경쟁하여 남자들을 유혹할 수가 없다. 남자들은 젊은 매춘부들과 그녀를 비교한 뒤에 젊은 여자를 사려고 할 것이기 때문이었다.

그녀는 벅스 거리 근처 담벼락에 등을 기댔다. 이곳은 비교적 한산한 곳이었다.

안개는 점점 짙어져 오고 붉은 벽돌 건물들이 꿈결인 듯 희미해 보였다.

그때 그녀의 눈이 커졌다. 한 남자가 그녀 쪽으로 뚜벅뚜벅 걸어오고 있었다. 보도블록을 밟는 남자의 구두 발자국 소리가 기묘한 여운을 끌면서 들려오고 있었다.

남자는 검은 옷을 입고 있었다. 가슴에 금줄이 달린 시계가 매달려 있었다. 그녀는 남자를 향해 다가갔다. 남자는 그녀가 다가오는 기척을 느끼고 걸음을 멈췄다. 안개와 어둠 때문에 얼굴을 확실히 알아볼 수가 없었다.

"이봐요. 재미 보고 가요."

그녀는 남자에게 바짝 다가가서 말을 건넸다. 그리고 남자를
유혹하기 위해 스커트를 무릎 위로 살짝 걷어 올렸다. 남자의
눈빛이 화살처럼 날아와 그녀의 허벅지에 꽂혔다.

어두운 것이 오히려 다행한 일인지 몰랐다. 적어도 남자는
그녀의 나이에 대해서 모를 테니 말이다.

"재미라고 했나?"

남자가 웃으며 물었다. 기분 나쁠 정도로 음산한 목소리였다.

"그래요. 나를 음미해요."

그녀는 스커트를 더욱 바짝 걷어 올렸다. 사내가 그녀에게
가까이 다가왔다. 그녀는 사내가 닿을 듯이 가까이 오자 얼음
처럼 차가운 기운을 느꼈다.

"여기서도 괜찮은가?"

남자의 손이 그녀의 엉덩이에 닿았다. 착각이었을까.

그 순간 남자의 손이 파충류의 촉수처럼 차고 미끌거리는 듯
한 기분을 느껴 그녀는 자신도 모르게 몸을 부르르 떨었다. 그
러나 그녀는 돈이 다급했다. 남자가 파충류라고 해도 그에게
몸을 팔아서 돈을 벌어야 했다.

"그럼요. 어디서든지 환영이에요."

"잘됐군. 사실은 나도 재미있는 일을 해보고 싶어서 여기에
왔어."

"호호호. 그러시다면 저를 잘 만난 거예요. 저는 남자들에게

서비스를 잘해요."

그녀는 유쾌하게 웃었다. 얼핏 보았으나 남자의 옷이 고급스러워 보였다. 이런 남자라면 상당히 많은 돈을 화대로 지급할지 모른다고 생각했다.

"그럼 자리를 옮길까?"

남자가 물었다.

"어디로요?"

"저쪽에 사람들이 없는 곳이 있어. 여기는 사람들이 지나다녀서 싫어."

남자가 턱짓으로 벅스 거리 뒷골목을 가리켰다.

벅스 거리는 사람들이 좀처럼 다니지 않는 한적한 곳이었다. 공장지대가 밀집해 있어서 높고 긴 담들이 길게 이어져 있었다. 남자가 그곳으로 가자고 말한 것은 으슥한 곳에서 섹스를 하기 위한 것이라고 그녀는 생각했다.

잭 더 리퍼인 그는 메리 앤 니콜스와 함께 벅스 거리를 향해 걷기 시작했다. 주위에는 인적이 전혀 없었다. 그는 앞을 보고 걸음을 또박또박 떼어놓았다. 그녀의 얼굴에서 싸구려 화장품 냄새가 진하게 풍겼다.

"어디까지 가는 거죠?"

그녀가 물었다. 거리는 점점 으슥해지고 있었다. 밤안개는 지척이 분간되지 않을 정도로 자욱하게 깔렸다. 남자의 얼굴조

차 또렷이 보이지 않았다.

"여기가 적당하겠군."

잭 더 리퍼가 걸음을 멈췄다. 메리 앤 니콜스도 걸음을 멈추고 그를 쳐다보았다.

그가 주머니로 손을 가져갔다. 그녀는 이제 그가 주머니에서 화대를 꺼내는 것으로 생각했다. 그러나 주머니에서 꺼낸 것은 날이 예리한 비수였다. 어둠 속에서 비수의 날이 하얗게 빛을 뿌렸다. 등줄기로 소름이 오싹 끼쳐왔다.

'아!'

그녀는 자신도 모르게 낮게 비명을 삼켰다. 그녀는 비명을 지르고 사람들에게 구원을 청해야 한다고 생각했으나 이상하게 입이 떨어지지 않았다. 남자는 번개처럼 뒤에서 그녀를 끌어안고 입을 틀어막은 뒤에 목을 찔렀다. 그녀는 눈앞으로 붉은빛이 가득해지는 것을 느꼈다. 그녀의 목에서 피가 콸콸대고 흘러내렸다.

"아, 안 돼."

그녀는 머릿속에서 짧게 소리를 질렀다.

'내가 이렇게 죽는구나.'

그녀의 짧은 인생이 주마등처럼 뇌리를 스치고 지나갔다. 오늘은 세 사람의 손님에게 치마를 벗었고 그들에게 받은 돈으로 술을 마셨다. 그러나 더 이상 생각할 수가 없었다. 자기도 모르게 눈물이 흘러내렸다.

살인자가 예리한 흉기로 그녀의 복부를 베었다.

"헉!"

안개 속으로 사라진 살인마

메리 앤 니콜스의 시체가 발견된 것은 이날 새벽 4시였다. 잭 더 리퍼가 범행을 저지른 지 불과 30분밖에 되지 않았을 때였다.

순찰을 돌던 화이트채플의 존 닐 경찰관은 길바닥에 여자가 쓰러진 채 목에서 흘러내린 낭자한 핏자국을 보고 얼굴을 찌푸렸다.

밤안개 때문에 시체의 모습을 자세히 살필 수는 없었다. 그러나 플래시로 시체를 살피자, 목이 반쯤 잘려져 있었고 복부가 참혹하게 난자되어 있었다.

존 닐 경찰관은 끔찍한 시체의 모습에 몸을 떨었다. 이내 다른 경찰관들이 왔고 헨리 무어 경감도 도착했다.

"누가 이런 짓을 했지?"

헨리 무어 경감은 시체를 살피면서 구역질이 올라오는 것 같았다.

"술주정꾼이겠지요. 술주정꾼이 아니면 누가 이런 짓을 저지르겠습니까?"

"강간했나 살펴봐."

헨리 경감은 건성으로 시체를 살폈다. 매춘부가 살해되었으니 정복 경관의 말대로 포주나 술주정꾼, 그도 아니라면 가난한 노동자의 짓일지도 모른다고 생각했다.

경감은 메리 앤 니콜스의 옷을 벗기고 국부를 세밀하게 검사했다. 그러나 강간당한 흔적은 보이지 않았다.

헨리 경감은 메리 앤 니콜스에게 불만을 품고 있는 남자의 소행으로 생각했다. 매춘부들과 손님들 사이에는 항상 잦은 마찰이 있었다. 벅스 거리에는 돈을 더 뜯어내려는 매춘부들과 돈을 내지 않으려는 가난한 노동자들은 항상 으르렁거리고 싸웠다. 게다가 먼저 돈을 받은 뒤에는 손님들을 무시하는 매춘부들도 있었기 때문이다.

"이봐. 메리를 죽인 놈은 미치광이야. 미치광이를 본 적 없어?"

경찰은 형식적인 조사를 했다. 목격자 수사와 탐문수사도 건성으로 했다. 사건이 엽기적이기는 했으나 피해자가 매춘부였기 때문에 대수롭지 않게 생각했다. 살인자를 잡으면 좋고, 잡지 않아도 상관이 없었다.

메리 앤 니콜스의 살인사건을 수사하는 런던 경찰에 편지 한 통이 배달된 것은 사건이 발생한 지 일주일쯤 되었을 때였다.

… 나는 매춘부들을 증오하는 사람이다. 세상을 더럽히는 매춘부들에게 경종을 울리기 위해 매춘부를 죽였다. 앞으로도 살인은 계속된다. 나는 더러운 매춘부들을 잔인하게 살해할 것이다. 그 더러운 암캐들의 목젖을 찔러 쓰러트린 뒤에 배를 찢어발길 것이다.

메리 앤 니콜스를 살해한 잭 더 리퍼로부터…

헨리 경감은 비로소 긴장했다. 메리 앤 니콜스의 살인사건은 우연한 사건이 아니기 때문이다.

살인마 잭은 앞으로 사건이 더 일어날 것이라고 경고하고 있었다. 게다가 경찰을 우롱하고 있었다. 경찰 대부분은 살인마 잭의 편지를 믿지 않았지만, 수사에 참여하고 있는 헨리 경감은 불길한 기분을 느꼈다.

'범인은 도착적인 성격이거나 변태성욕자다. 메리 앤 니콜스의 살인은 시작에 지나지 않을 것이다.'

헨리 경감은 비로소 메리 앤 니콜스의 살인사건에 집중했다.

검시의인 루엘린 박사가 달려와 시체를 육안으로 살피고 사인이 예리한 흉기로 목을 절단한 것이라고 말해줬다.

그녀는 스커트가 아래로 벗겨져 있었다. 하체가 고스란히 드러나 있었으나 난행을 하지는 않았다. 그녀를 죽인 것이 강간이 목적이 아니라는 것은 명백했다.

헨리 경감은 화이트채플 일대를 오가는 남자들을 조사했으나 범인에 대해서 윤곽조차 잡을 수 없었다. 헨리 경감은 그날 밤에 화이트채플의 매춘부들과 관계한 남자들도 모조리 조사하고 매춘부들의 기둥서방이나 포주들도 일일이 소환하여 알리바이를 추궁했다.

"너, 그날 밤에 뭘 했어?"

"뭘 하긴 뭘 해요? 집에서 잤지."

"이거 왜 이래? 자네가 그날 밤에 화이트채플의 창녀촌에서 기웃거리는 것을 본 사람이 있대."

"생사람 잡지 말아요."

용의자들은 완강하게 부인했다. 매춘부들과 잠을 잤다고 인정을 하는 사람들은 거의 없었다. 특히 사회적으로 신분이 높은 사람들일수록 더욱 완강하게 부인했다.

왜 매춘부를 살해했을까?

수사는 장기화되었다.

메리 앤 니콜스가 죽은 지 9일째 되는 날이었다. 47세의 매춘부인 애니 채프먼은 거주하던 싸구려 여관에서 쫓겨나 거리를 배회하고 있었다. 그녀는 결핵과 영양실조로 죽어가는 불행한 여인이었다.

"내 집에서 송장을 치울 수는 없어!"

여관 주인은 방세를 내지 못하는 그녀를 가차 없이 내쫓아 그녀는 노숙할 수 밖에 없었다. 그래도 겨울철에 쫓겨나지 않고 초가을에 쫓겨난 것이 천만다행이었다.

"여보세요. 재미 좀 보고 가요."

애니 채프먼은 굶주린 배를 움켜쥐고 남자들을 유혹하기 시작했다. 그러나 남자들은 그녀를 거들떠보지도 않았다.

"빵 한 조각만 사주시면 돼요."

애니 채프먼은 가냘픈 목소리로 애원했다.

"저리 비켜!"

남자들은 그녀를 거칠게 밀쳤다. 나이도 있고 결핵과 영양실조로 노파처럼 쭈글쭈글한 피부를 가지고 있는 애니 채프먼에게 남자들이 섹스를 하려고 할 리 없었다.

그녀는 먹을 것을 사기 위해 어떻게 해서든지 남자들을 유혹하려고 했으나 헛된 노력이었다. 그녀는 몇 시간 동안을 거리에서 남자들을 유혹했으나 허탕쳤다.

"여기서 무엇을 하는 거요?"

그때 한 남자가 그녀에게 접근해왔다. 그는 좋은 옷을 입고 있었다.

"보면 모르세요? 재미 보려면 나한테 말씀하세요."

애니 채프먼이 누런 이를 드러내놓고 웃었다.

"매춘부요?"

남자의 목소리는 음산했다.

"그래요."

"동냥을 구하면 돈을 주려고 했는데……."

"난 동냥 따위는 받지 않아요. 몸을 팔아서도 얼마든지 먹고 살 수 있으니까."

애니 채프먼이 눈꼬리를 추켜올렸다.

그녀는 몸을 팔지언정 자기는 거지가 아니라고 생각했다.

남자는 그녀에게 한베리 거리로 가자고 말했다. 남자가 부유해 보였기 때문에 애니 채프먼은 고개를 끄덕거렸다.

그녀는 남자가 요구하는 대로 한베리 거리로 느리게 걸어갔다. 메리 앤 니콜스가 잔인하게 살해된 벅스 거리에서 불과 100미터도 떨어지지 않은 곳으로, 계단과 나무 울타리로 되어 있는 누군가의 집이었다.

"여기예요? 이제는 더 갈 수 없어요."

애니 채프먼은 불길한 기운을 느끼면서 남자에게 물었다. 남자에게 다가갈수록 서늘한 기운이 느껴졌다.

"뒤로 돌아서요."

남자가 차갑게 말했다.

"왜요?"

"난 수줍어하는 성격이라 쳐다보면 옷을 벗지 못해."

"별꼴이야."

애니 채프먼은 낄낄대고 웃으면서 등을 돌렸다. 그 순간 사내의 손이 그녀의 입을 틀어막고 칼이 목을 찔렀다.

"아악!"

애니 채프먼은 처절하게 비명을 지르면서 저항했다. 그러나 그녀의 비명은 오래가지 못했다. 남자의 예리한 칼이 그녀의 전신에서 춤을 추었기 때문이었다.

공포에 떠는 런던

헨리 경감은 애니 채프먼의 시체를 보고 몸을 부르르 떨었다. 경관 중에는 돌아서서 구토하는 자도 있었다.

애니 채프먼의 시체는 너무나 참혹했다.

그녀는 예리한 비수로 목이 반쯤 잘린 채 복부가 완전히 갈라져 있었다. 이번에는 골반을 절개하여 자궁까지 도려낸 상태였다.

칼을 다루는 솜씨가 너무나 뛰어나서 경찰은 완전히 기가 질렸다.

거리는 온통 애니 채프먼의 피로 범벅이 되어 있었다.

"도대체 범인이 어떤 놈인데 이렇게 잔인한 살인을 저지르지?"

헨리 경감은 경악했다.

그는 시체 주위를 면밀하게 살폈다. 그리고 경찰 검시관을 불러 시체를 검시하게 했다. 그동안 그는 목격자 수사와 탐문 수사를 벌였다. 그러나 밤중이었기 때문에 수사가 쉽게 이루어지지 않았다.

날이 서서히 밝아왔다.

"칼을 다루는 솜씨가 전문가인 것 같다고 합니다."

헨리 경감의 부하인 피들러 형사가 몸을 부르르 떨며 말했다. 그는 최근에 노팅힐에서 일어난 몇 건의 살인사건을 해결한 베테랑 형사였다.

"어느 정도인데?"

"경찰 검시관의 말로는 자궁을 들어낼 때 적출된 자궁이 손상되지 않도록 질 부위까지 정확하게 칼질을 했다는 것입니다. 그 정도의 솜씨를 가지고 있는 사람은 흔치 않다는 것입니다."

"그럼 칼이 메스라는 말인가?"

"그럴 가능성이 큽니다."

헨리 경감은 낮게 한숨을 내쉬면서 보통 사람은 아닐 것이라 판단했다. '범인이 그 정도로 칼을 잘 다루는 자라면 일반 사람은 아닐 것이다. 그렇다면 계획적인 살인일 것이고 범인을 검거하는 것은 불가능할지도 모른다'는 불안감이 뇌리를 엄습해 왔다. 다만, 의사나 이발사, 가축을 도축하는 자가 살인자일지도 모른다는 막연한 추측을 했다.

메리 앤 니콜스의 살해사건 때처럼 애니 채프먼의 살인사건도 범인이 남긴 증거나 유류품은 전혀 없었다.

1888년에 벌어진 사건이므로 그 당시 지문 감식은 아직 개발되지 않았을 때였다.

머리카락이 발견된다고 해도 크기나 모양 따위로 겨우 식별하는 것이 고작이었다. 머리카락으로 혈액형을 알아내거나 DNA를 분석할 수도 없었다. 유일한 수사 방법은 목격자에 의한 알리바이 추적이었다.

결국 애니 채프먼 사건도 미궁에 빠지고 말았다. 런던 시민들은 불안과 공포에 떨었다. 살인마가 활개를 치고 돌아다니는데도 경찰은 그를 잡지 못하고 있었다.

살인자에게서 온 편지

그때 또다시 잭 더 리퍼의 편지가 날아왔다.

이번에는 경찰이 아니라 센추럴 통신사였다. 편지는 '저승에서 보내는 편지……'라는 첫 구절로 시작했다. 편지에서 자신은 여전히 매춘부들을 증오하고 있고 살인을 계속할 것이라고 선언을 한 것이었다.

신문은 이 편지를 대대적으로 보도했다. 신문의 타이틀은 '찢어 죽이는 잭' 혹은 '난도질 잭에게 편지가 오다!'라는 식으로 되어 있었다. 이때부터 '찢어 죽이는 잭'은 영국의 최고 살인마로 불리게 되었다.

헨리 경감은 대규모의 경찰력을 동원하여 화이트채플 일대에 비상망을 쳤다. 영국의 경찰은 매춘부들을 상대로 메스처럼 날카로운 칼을 사용하는 의사와 이발사 등을 손님으로 받은 일이 있는지 조사했다. 그러나 매춘부들은 그런 사람을 손님으로 받은 일이 없다고 잘라 말했다.

매춘부들은 자신들의 동료가 살해되었는데도 불구하고 경찰에 비협조적이었다.

화이트채플에서 두 건의 잔인한 살인사건이 발생해도 매춘부들은 여전히 영업하고 있었다.

헨리 경감은 초조했다. 살인사건은 또다시 일어날 것이 분명했다. 그런데도 용의자들에 대한 수사는 전혀 진전이 없었다.

9월 30일, 엘리자베스 스트라이트라는 매춘부가 어떤 남자와 이야기를 나누고 있는 모습이 동료 매춘부들의 눈에 띄었다. 매춘부들은 엘리자베스 스트라이트가 돈 많은 손님을 유혹하는 데 성공한 모양이라고 생각했다.

남자는 키가 175센티미터 정도 되었고, 고급스러운 코트를 입고 있었다.

"리즈가 드디어 손님을 물었군."

"키다리 리즈는 또다시 거짓말을 할 거야. 우리 남편과 나는 아이들과 함께 프린세스 앨리스 호를 타고 있었죠. 호화 유람선 앨리스 호 아시죠? 배가 침몰하는 바람에 700명의 승객들이 모두 죽었잖아요? 남편과 아이들은 배가 침몰하는 바람에 죽고 저만 기적적으로 살아나서 이 짓을 하고 있어요. 흑흑……."

한 여자가 엘리자베스 스트라이트의 흉내를 내자 다른 여자들이 일제히 웃음을 터트렸다.

리즈는 엘리자베스 스트라이트의 다른 이름이고, 그녀는 손님들을 유혹할 때면 그와 같은 거짓말을 했다.

여자들은 담배를 피우며 엘리자베스 스트라이트가 남자와 이야기하는 것을 보았다. 이내 두 사람이 팔짱을 끼고 버나즈 가를 향해 걸어가기 시작했다.

헨리 경감은 그날도 피들러 형사와 함께 화이트채플 거리에 있었다. 두 번째 살인사건이 발생한 지 20일이 지났기 때문에 또 살인사건이 발생할 우려가 있었다.

정복 경찰관들은 화이트채플의 곳곳을 한 시간에 한 번씩 순찰했다. 매춘부들이 경찰 때문에 손님이 없다고 투덜거릴 정도로 그들은 만일의 사태에 대비하여 철저하게 순찰을 하고 있었다.

9월 30일 새벽 1시, 헨리 경감과 피들러 형사가 버나즈가의 노동자 클럽 앞에 이르렀을 때 한 사내가 허겁지겁 달려왔다. 그는 헨리 경감의 얼굴을 알아보고 소리를 질렀다. 헨리 경감은 그 소리가 무슨 소리인지 알아들을 수 없었다. 그를 향해 달려오는 사내의 얼굴이 하얗게 변해 있었다.

"뭐라고 말하는 거야. 똑바로 말해."

헨리 경감이 불길한 예감을 느끼면서 소리를 질렀다.

"경감님, 사람이 죽었어요!"

사내가 헨리 경감에게 말했다.

"어디인가?"

"이 건물 뒷담입니다."

헨리 경감은 피들러 형사와 함께 노동자 클럽 뒷담으로 달려갔다. 엘리자베스 스트라이트가 담벼락에 기대앉아 있는 것처럼 죽어 있었다. 시체의 목이 반쯤 잘려져 있었는데 아직도 피가 흘러내리고 있었다. 그러나 인적을 느낀 탓인지 범인은 목을 자르는 일 외에는 다른 짓을 저지르지 않았다.

"빨리 경찰에 비상을 걸어!"

헨리 경감은 다급하게 피들러 형사에게 지시했다. 피들러 형사가 호루라기를 길게 불었다. 그가 부른 호루라기 소리가 어둠 속에서 음산하게 울려 퍼졌다.

잭 더 리퍼는 노동자 클럽이 있는 거리에서 하운드 티치 근처로 걸어갔다. 하운드 티치가에는 화이트채플의 경찰서가 있었다.

경찰은 밤이 되자 분주하게 움직이고 있었다. 그러나 경찰서에는 아직 엘리자베스 스트라이트의 살인사건이 보고되지 않았을 것이었다.

그는 엘리자베스 스트라이트를 살해하고 그녀를 눕혀놓고

난도질을 하려고 했다. 그때 짐마차가 골목으로 달려오는 소리
가 들려왔다.

'제기랄!'

잭 더 리퍼는 엘리자베스 스트라이트의 시체를 해부하려다
가 그만두었다. 잘못하면 짐마차꾼에게 잡힐 우려가 있었기 때
문이다.

그는 칼을 품속에 감추고 어둠 속으로 몸을 감추었다.

잠시 후에 짐마차꾼이 노동자 클럽으로 뛰어들어가 사람이
죽었다고 소리치는 것이 들려왔다. 노동자 클럽에서 술을 마시
던 사람들이 우르르 뛰어나오는 소리도 들렸다.

잭 더 리퍼는 더 이상 그곳에 머물러 있어 봤자 소용이 없다
고 생각했다.

연속되는 살인사건

캐서린 에드워즈는 비숍 스케이트 경찰서를 나오자 침을 퉤
퉤 뱉었다. 그녀는 위스키를 너무 많이 마셔 거리에서 소란을
피웠기 때문에 경찰서에 구류되었다가 석방된 것이다.

그녀는 알코올중독자였다. 머리는 검은색이고 눈이 큰 편이
있다. 한때 방직공장에 다녔으나 해고되어 매춘부 생활을 하고
있었다. 공장에서 여공으로 일하다가 남자에게 버림받고 사생
아를 낳은 뒤에 매춘굴로 전락하는 것은 그 당시 영국 서민층
여자들의 한 전형이었다.

캐서린 에드워즈는 자기 생활을 비관했다.

그녀는 늘 술에 취해서 사람들과 싸웠다.

그날도 술에 취해 싸우다가 경찰에 연행되었다.

"흥! 내 돈으로 술 사 먹고 떠드는데 경찰이 무슨 상관이야?"

캐서린 에드워즈는 분이 풀리지 않아 소리를 지른 뒤에 주머니를 뒤져 담배를 찾았다. 그러나 담배가 없었다. 그때 검은 코트를 입은 한 사내가 그에게 금박케이스로 된 담뱃갑을 내밀었다.

"어? 친절한 신사분이시네. 나와 연애할래요?"

캐서린 에드워즈는 눈웃음을 치며 교태를 부렸다. 사내는 그녀를 위아래로 훑어보았다.

"좋습니다. 그럼 마이터 광장까지 같이 가시겠습니까?"

사내가 정중하게 물었다.

"물론이죠. 돈만 주신다면……."

캐서린 에드워즈는 그를 따라갔다. 그녀는 잭 더 리퍼의 네 번째 희생자가 되었다.

시체 해부자

잭 더 리퍼는 마치 신의 손(외과의사)이 되기 위한 연습을 하듯이 캐서린 에드워즈의 시체를 해부했다.

그가 모든 일을 마친 것은 20분 정도 지났을 때였다. 그의 솜씨는 점점 발전했다. 그는 캐서린 에드워즈의 시체를 해부한 자신의 솜씨에 만족했다.

그는 모든 일을 마치자 유유히 어둠 속으로 사라졌다.

9월 30일 새벽 1시 45분, 헨리 경감은 사건 현장에 도착했다. 사건 현장은 너무나 처참했다. 캐서린 에드워즈의 시체는 넝마처럼 예리한 칼에 베어 있었다. 복부가 절개되어 있고 얼굴에도 여러 곳에 절창이 있었다. 마구 난도질을 한 것이 아니라 상당히 세심하게 주의를 하여 칼자국을 낸 듯한 상처였다. 귀와 입술에도 연습하듯이 가늘고 예리한 칼로 절개한 흔적이 있었다.

그는 캐서린 에드워즈의 눈꺼풀까지 잘라내었다. 그리고 해부를 하듯이 가슴에서 질까지 일직선으로 절개한 상태였고 신장이 사라져 있었다.

"범인은 외과의사가 틀림없습니다."

피들러 형사가 몸을 떨며 말했다. 헨리 경감은 눈을 질끈 감았다가 떴다. 살인자의 칼 솜씨가 너무나 예리했다.

"정말 무서운 놈입니다. 수술 연습을 하는 것 같습니다."

피들러 형사가 고개를 절레절레 흔들었다.

"의사가 범인이라고 단정 지을 수는 없어."

"그럼 도축을 하는 놈일까요?"

"일단 외과의사들을 조사해."

헨리 경감이 짤막하게 말했다. 시체의 모습은 너무나 참혹했다. 헨리 경감은 참혹한 시체의 모습에 전율했다.

범인은 의사인가 이발사인가?

런던 이스트엔드에 경찰이 대대적으로 투입되었다. 그러나 범인을 검거하는 것은 쉬운 일이 아니었다.

살인마가 하룻밤에 두 사람의 매춘부를 참혹한 모습으로 살해했는데도 경찰은 살인마의 단서조차 잡지 못하고 있었다.

'유대인은 공연히 비난받는 것이 아니다.'

며칠 후에 잭 더 리퍼가 쓴 듯한 벽의 글씨가 발견되었다. 사건 현장에서 불과 50미터도 되지 않는 굴스턴 거리의 벽이었고, 피해자의 옷에서 잘라낸 천 조각이 그곳에 버려져 있었다. 천 조각에서 피가 발견된 것을 보면 살인마가 나이프를 닦은 것으로 보였다.

신문은 연일 찢어 죽이는 잭에 대하여 대대적으로 보도했다. 헨리 경감은 전담 수사반을 편성했다. 그들은 의사나 한때 외과의사로 해부를 한 적이 있는 모든 사람을 용의선상에 올려놓고 조사를 하기 시작했다. 그것은 도축업자들도 마찬가지였다. 그러나 용의자들은 많아도 결정적인 증거를 찾을 수는 없었다.

화이트채플의 연쇄 살인사건은 영국 최대의 살인사건이 되고 말았다. 잭 더 리퍼는 살인사건을 저지를 때마다 통신사나 경찰에 자신이 살인을 저질렀다는 사실을 알렸다.

캐서린 에드워즈를 살해한 뒤에는 화이트채플 자경단의 단장 러스크에게 편지와 소포를 보냈다. 소포에는 사라졌던 캐서린 에드워즈의 신장이 들어 있었다. 러스크 단장은 공포에 사로잡혔다. 살인마가 자기를 알고 있다고 생각하자, 온몸에 소름이 끼쳤다.

경찰은 더욱 많은 인원을 투입하여 화이트채플을 감시했다.

10월은 조용하게 지나가고 11월 9일이 되었다. 이날은 런던 시장의 취임식이 있는 날이었다. 전날부터 런던 시내는 들떠 있었고 여기저기서 축하행사가 벌어지고 있었다.

낮에는 런던 시장의 축하 행렬이 하운드 티치를 지나갔다. 거리는 밤이 되어도 들떠 있었다. 밤이 되자 많은 사람이 술에 취해 사창가로 몰려왔다.

매춘부들은 네 번째 살인사건이 일어났을 때는 공포에 사로잡혀 매춘하는 것을 꺼렸으나 여러 날이 지나자 다시 거리에 나가 호객을 하기 시작했다.

런던에서 사는 매춘부들의 생활은 비참했다. 그녀들은 매춘을 하면서도 굶주리는 것이 일과였다. 살인마의 위협이 사라진 것은 아니었지만 그래도 일을 해야 했다.

잭의 마지막 희생자

메어리 자네트 켈리는 25세의 매춘부였다.

잭 더 리퍼에게 살해된 매춘부들은 대부분 중년 여자들이었지만, 그녀는 젊고 건강했다.

166

메어리 켈리는 술을 좋아하여 손님들에게 받는 돈을 모두 술을 사는 데 낭비했다. 그래서 모은 돈이 전혀 없고 심지어 방세도 밀려 있었다.

11월 9일 새벽. 그녀는 한 남자를 유혹하여 방으로 데리고 들어갔으나 그는 무일푼의 빈털터리였다.

"재수 없는 새끼!"

메어리 켈리는 욕을 퍼붓고 그를 내쫓은 뒤에 다시 거리로 나왔다.

메어리 켈리는 거리에서 서성거리다가 그를 만났다. 그는 금줄이 달린 고급 회중시계를 가슴에 늘어뜨리고 있었고 수염이 보기 좋게 양쪽 끝으로 말려 올라가 있었다. 상당히 부자이면서 인텔리라는 것을 알 수 있었다.

메어리 켈리는 그를 유혹하기로 했다.

"멋쟁이 신사분이시네. 댁과 연애를 하면 얼마나 좋을까?"

메어리 켈리는 그에게 눈웃음을 쳤다.

"몇 살이지?"

남자의 목소리는 부드럽고 음침했다.

"스물다섯."

"이 근처에 방이 있나?"

"네. 저기 도세트가의 10번지에 있어요."

"같이 갈까?"

"신사분께서 좋다면……."

메어리 켈리는 유쾌하게 웃으며 그의 팔짱을 끼고 그녀의 방을 향해 걸어갔다. 그리고 그녀는 자기 방에서 처참하게 살해되었다.

그녀는 피부가 곱고 예쁜 여자였다.

그는 여자들을 살해하면서 섹스를 하지 않았으나 그녀만은 예외였다. 메어리 자네트 켈리는 희대의 살인마 잭 더 리퍼와 섹스를 한 뒤에 살해되었다. 시체는 완전히 해부되어 있었다. 가슴과 복부가 갈라지고 모든 내장이 적출되어 있었다. 마치 해부 연습을 한 듯한 처참한 모습이었다.

역사 속으로 사라진 살인자

영국은 발칵 뒤집혔다. 불과 3개월 만에 발생한 다섯 건의 잔혹한 연쇄 살인의 피해자들이 매춘부들이라고 해도 영국 시민들은 분노했다.

신문은 연일 무능한 경찰을 비난했다. 그러나 영국을 공포와 흥분의 도가니로 몰아넣었던 연쇄 살인사건은 갑자기 뚝 끊겼다.

영국 경찰은 메어리 켈리의 사건에서도 살인자를 검거하지 못했다. 범인을 검거하지 못했기 때문에 이 사건은 영국의 범죄사에서 중요한 위치를 차지하게 되었고, 전 세계적으로 알려져 많은 추측을 불러일으켰다. 그러나 자칭 잭 더 리퍼라고 밝

힌 살인마가 검거되지 않아 진정한 살인의 동기나 원인은 끝내
밝혀지지 않았다.

　잭 더 리퍼 살인사건은 연쇄적으로 일어났고, 매춘부들을 상
대로 했으며, 살인자에게서 온 편지로 런던 시민들을 공포로
몰아넣었기 때문에 많은 추리소설에 영감을 주었고 영화화되
기도 했다.
　잭 더 리퍼는 경찰의 비상한 경계 감시 상태에서도 연쇄적으
로 살인을 저지르며 경찰 수사를 비웃었다. 살인자는 이후 전
혀 나타나지 않고 역사 속으로 사라졌다.

잭 더 리퍼(Jack the Ripper)
런던을 공포로 떨게 한 살인마. 1888년 8월부터 석 달 동안 런
던의 화이트채플에서 다섯 명이 넘는 매춘부를 살해했다. 희생
자들은 하나같이 목이 반쯤 해부되고, 복부가 절개되는 등 극
도로 잔인한 방법으로 살해당했다. 지금까지도 누가 범인인지
밝혀지지 않았다.

친절한 식인종

인간이 인간을 먹는 풍습을 카니발리즘이라고 한다. 봉건시대에는 세계 여러 나라에 식인 풍습이 있었지만 현대에 와서 사라졌다. 그러나 일부 범죄자들이 여전히 식인을 하여 큰 충격을 주고 있는데, 일본과 프랑스를 충격 속에 몰아넣었던 사가와 잇세이 인육 사건이 대표적이다.

사가와 잇세이라는 일본인은 1981년 파리에서 네덜란드 여학생을 살해하고 식인을 했다.

그는 엽기적인 살인마인데도 프랑스에서 정신질환자라는 사실 때문에 불기소처분되고 정신병원에 수용되었다가 일본으로 추방되었다. 그는 일본에서도 재판을 받지 않고 정신병원에 수

용되었다가 1년 만에 퇴원한 뒤에 책을 출간하여 베스트셀러가
되는 등 방송까지 출연하여 활발하게 활동하고 있다.

한밤중의 비명

1924년 12월 21일이었다. 폴란드 국경에 가까운 독일의 셸레
지아 브로츠와프의 한 아파트에서 다급하게 소리를 지르면서
젊은 사내가 뛰어나왔다. 인근에 있던 사람들이 어리둥절하여
그를 쳐다보았다. 피투성이 사내 뒤에는 도끼를 든 사내가 쫓
아오고 있었다.

"사람 살려!"

피투성이 사내는 공포에 질려 소리를 질렀다. 거리에 있던
사람들이 우르르 몰려왔다.

한밤중이었다. 크리스마스를 앞두고 거리는 들떠 있었다. 도
끼를 든 사내는 사람들을 보고 그제야 당황한 표정을 지었다.

"무슨 일이오?"

사람들이 도끼를 든 사내에게 물었다.

그는 카를 덴케로 60세에 가까운 노인이었다. 몸은 뚱뚱한
편이었고 검은 색깔의 머리에 콧수염을 기르고 있었다.

그는 부랑자와 노숙자들을 돌봐왔기 때문에 거리에서 좋은
평가를 받는 사내였다. 노숙자들은 그를 아빠라고 부르면서 따
랐다.

"아무것도 아니오. 저자가 내 돈을 훔쳐서 달아난 거요."

카를 덴케가 당황한 표정으로 대답했다.

"머리에 피가 나는데……."

"도망을 치다가 문에 부딪친 것이오."

카를 덴케는 여전히 피가 흐르는 사내를 쏘아보았다.

"거짓말이오! 저 사람이 나를 죽이려고 했어요. 경찰을 불러줘요."

머리에서 피가 흐르는 사내가 소리를 질렀다. 사람들은 그가 피를 흘리고 있었지만 부랑자로 보였기 때문에 믿지 않았다.

그는 사람들이 믿지 않자 눈치를 살피다가 어디론가 사라져버렸다.

카를 덴케는 슬그머니 집으로 들어가버렸다.

사내는 피를 흘리면서 경찰서로 달려갔다.

"누구에게 맞은 거야?"

경찰은 남루한 옷차림의 부랑자가 문을 열고 들어오자 눈살을 찌푸렸다.

"카를 덴케가 사람을 죽였어요."

사내는 공포와 불안에 떨면서 말했다.

"카를 덴케가?"

경찰도 사내의 말을 믿지 않았다. 경찰은 카를 덴케를 잘 알고 있었다. 그는 비록 부자는 아니지만 노숙자와 부랑자를 돌보고 있는 사내였다. 경찰은 그런 그가 사람을 죽였다는 말에 수긍할 수 없었다.

"피부터 멈추게 해봐. 당신 이름 뭐야?"

경찰은 사내의 머리에서 흐르는 피를 멈추게 하려고 수건으로 닦고 지혈제를 바른 후 의사를 불렀다.

"내 이름은 올리비아요. 카를 덴케가 가브리엘을 죽였어요. 도끼로 내리쳤어요."

올리비아가 소리를 질렀다. 도끼로 내리쳤다는 말에 경찰서에 있는 사람들의 시선이 일제히 올리비아에게 쏠렸다.

"거짓말 아니야?"

"내가 왜 거짓말을 하겠어요? 가서 집을 수색해 보면 알 거 아니에요?"

경찰은 반신반의했으나 카를 덴케의 집으로 달려갔다.

어두운 거리에 하얀 눈발이 날리고 있었다.

"무슨 일이오?"

카를 덴케는 경찰관들이 들이닥치자 불만스러운 표정으로 쏘아보았다.

"덴케, 당신이 사람을 죽였소?"

"미쳤소? 내가 왜 사람을 죽이겠소?"

"올리비아라는 사람이 신고했소."

"그 사람은 부랑자로 우리 집에서 밥을 얻어먹고 있소. 돈을 훔치려다가 발각되자 그런 말을 한 거요."

"집을 수색하겠소."

경찰은 펄펄 뛰면서 소리를 지르는 카를 덴케를 밀치고 들어가서 수색하기 시작했다.

경찰은 카를 덴케의 집에서 수상한 항아리를 발견했다. 뚜껑을 열자 항아리에 소금에 절인 인체가 들어 있었다.

"이게 뭐야? 시체 아니야?"

경찰은 덴케를 체포하고 집 안을 샅샅이 수색했다. 그러자 부랑자들의 옷가지와 카를 덴케가 식인을 한 사실을 기록한 일기장이 나왔다.

그간 카를 덴케는 31명을 살해하여 인육을 먹거나 팔았다. 일부에서는 그가 42명을 살해했을 것이라고 추정하기도 했다. 그러나 카를 덴케가 체포된 지 하루가 지났을 때 그가 멜빵바지 끈으로 목을 매 자살을 하여 심문은 할 수 없었다.

인육 살인자의 집

독일 경찰은 카를 덴케의 인육 살인사건을 철저하게 비밀에 부쳤다. 그 바람에 카를 덴케 인육 살인사건은 소수의 사람만 알게 되었고 곧바로 잊혀졌다.

1997년 한 도서관에서 이 사건을 조사한 보고서가 발견되면서 독일과 폴란드가 발칵 뒤집혔다. 인육 살인사건이 발생한 셀레지아 지역이 2차대전 후부터 폴란드 영토가 되었기 때문이었다.

보고서에 따르면 카를 덴케는 약 31명의 부랑자 또는 노숙자를 살해하여 인육을 먹거나 시장에서 돼지고기라고 거짓말을 하여 팔았다.

수색에서 드러난 증거도 공개되었다. 냄비에 있던 사람의 엉덩이 부분 인육, 무수한 뼛조각과 해골, 팔과 다리, 어깨, 살해 도구와 인육을 요리한 도구 등이 보고서에 상세하게 기록되어 있었다.

그가 입었던 멜빵바지 끈도 인체의 가죽으로 만든 것이었다.

카를 덴케가 자살하면서 그가 어떻게 사람을 죽였는지, 그가 인육을 먹었는지 자세한 과정은 밝혀지지 않았다. 그러나 다행스럽게도 그가 기록한 일기장이 있었다.

독일 경찰은 피해자 신원을 밝히기 위해 광범위한 조사를 했다. 기록에 의한 최초의 피해자는 엠마 샌더라는 25세의 부랑자였다.

첫 번째 인육 사건

쏴아. 비가 내리고 있었다. 엠마 샌더는 셀레지아 브로츠와프 역에서 비가 오는 풍경을 물끄러미 내다보고 있었다.

그녀는 거리의 걸인이었으나 비가 와서 역 안으로 들어온 것이다. 그러나 역무원들의 눈치가 보여 어쩔 줄을 모르고 있었다.

겨울이 가까워져 밖은 추웠다.

'따뜻한 수프가 있었으면…….'

엠마 샌더는 그렇게 생각했다. 활활 타는 난로 옆에서 수프를 먹고 잠을 잤으면 좋겠다고 생각했다. 그러나 눈을 감고 있어도 비에 젖은 몸이 떨리고 시장기 때문에 배가 고팠다.

삐이익.

날카로운 호각 소리가 들리면서 제복을 입은 경찰이 나타났다. 부랑자들이 역에서 기차를 기다리는 사람들의 돈을 훔치거나 싸움을 하는 일이 잦아서 경찰이 수시로 와서 내쫓았다.

엠마 샌더는 경찰의 호루라기 소리를 듣고 역에서 나왔다. 비를 맞지 않으려고 건물들의 벽을 따라 걸으면서 누더기를 더욱 바짝 뒤집어썼다.

손에는 딱딱한 지팡이를 들고 놓지 않았다. 인근의 남자 부랑자들이 여자 부랑자의 치마를 들추고 강제로 겁탈하는 일이 많았기 때문이다.

엠마 샌더는 남자 부랑자들이 강제로 겁탈하는 것이 싫었다.

낮에도 다리 밑에서 부랑자에게 강제로 겁탈을 당했다. 시른 살이 넘은 그자에게 저항했으나 더러운 구둣발로 짓밟혔다.

'개새끼!'

부랑자를 생각하자 화가 나서 가래침을 뱉었다.

176

엠마는 조금 걷다가 추녀 밑에 웅크리고 앉았다. 빗발이 사선으로 들이쳤으나 벽에 바짝 기대자 비를 맞지 않았다.

어디선가 밝은 노랫소리가 들려왔다. 엠마 샌더는 문득 바르샤바에서 살던 어릴 때의 일이 떠올랐다. 작은 농가에서 부모님과 살 때는 괜찮았지만 부모님이 병으로 죽자 그녀는 걸인이 되었다.

'공장이라도 들어가서 일을 했으면!'

브로츠와프는 셀레지아 지역에서 가장 큰 도시였다. 그러나 불경기가 되면서 일자리가 없어지고 말았다.

"애, 추운데 여기서 뭐하니?"

엠마 샌더가 꾸벅꾸벅 졸고 있을 때 남자의 부드러운 목소리가 들렸다.

"아빠……."

엠마 샌더는 눈을 뜨고 미소를 지었다. 그는 부랑자와 노숙자들이 아빠라고 부르는 카를 덴케였다.

"추운데 나하고 가자. 따뜻한 빵을 주고 재워주마."

카를 덴케가 손을 내밀었다.

"네."

엠마 샌더는 카를 덴케의 손을 잡고 일어섰다.

그의 집은 역에서 10분 정도 떨어져 있었다.

그는 교회에서 오르간을 연주하여 이웃에서 평판이 좋았다.

엠마 샌더는 비가 올 때부터 그의 집 문을 두드릴까 생각한 적도 있었다.

그의 집에 몇 번 간 적 있지만, 갈 때마다 이상하게 으스스하고 음산한 기운이 느껴졌다. 그러나 어쩔 수 없이 비 때문에 하룻밤 머물러야 겠다고 생각했다.

쏴아.

빗소리가 더욱 굵어져 엠마 샌더는 눈을 떴다.

그녀는 다리를 벌린 채 카를 덴케를 쳐다보았다. 그는 그녀의 치마를 걷고 그짓을 했다. 유쾌하지 않았으나 엠마 샌더는 그를 받아들였다.

무엇인지 알 수 없는 기이한 비린내가 풍겼으나 눈을 감고 참았다. 그는 멜빵바지를 벗고 허겁지겁 자기 욕망을 배설했다.

"아빠, 이제 먹을 것 좀 줘요."

엠마 샌더는 백치처럼 웃었다.

"미친년!"

카를 덴케가 도끼를 치켜들었다. 엠마 샌더는 공포에 질려 처절한 비명을 질렀다.

그날 밤 이후 엠마 샌더를 본 사람은 아무도 없었다. 그녀는 브로츠와프에서 완전하게 사라졌다.

엠마 샌더의 시체는 찾을 수 없었다. 그러나 인육 살인마 카를 덴케가 체포되었을 때 일기장에서 이름이 발견되었다. 1909년에 살해되었기 때문에 그녀의 시체는 뼛조각도 발견되지 않았다.

인육 살인자의 과거

카를 덴케는 셀레지아 지역에서 부유한 농가의 둘째 아들로 태어났다. 부모는 성실한 사람들이었으나 카를 덴케는 어릴 때부터 말썽꾼이어서 거짓말을 하고 학교 아이들과 자주 싸웠다.

그는 초등학교를 졸업한 뒤에 상급학교에 진학하지 못하고 정원사 견습생 일을 했다. 그러나 잠깐 일을 하고 곧 그만두었다.

카를 덴케는 25세가 되었을 때 집으로 돌아왔다. 그때는 부모가 병으로 죽고 그의 형이 농장을 경영하고 있었다.

그는 형에게서 많은 액수의 돈을 받아 농장을 사서 농사를 짓기 시작했다. 하지만 그가 게을러 농사가 잘될 리 없었다. 결국 카를 덴케는 농장을 팔고 브로츠와프로 이사했다. 그러나 브로츠와프에서도 사정이 여의치 않아 집을 팔고 1층의 방 하나와 가게 하나만을 남겼다.

기록에는 그가 무슨 장사를 했는지 밝히지 않고 교회의 오르간 연주자로만 남아 있다. 그가 검거된 지 하루 만에 자살했기 때문에 자세한 사항을 알 수 없었다.

그가 남긴 일기장에도 피해자들의 이름은 밝히지 않았다. 그래서 31명 또는 42명 이상이 살해되었을 것으로 추정했는데, 일기에는 31명이 거론되어 있었다. 피해자 이름이 일기장에서 나온 것은 엠마 샌더와 기옴뿐이었다. 그의 집에서 나온 인골은 모두 8명의 것이었다.

부랑자를 먹은 인육 살인마

기옴은 49세의 부랑자였다. 그는 걸식하면서 돌아다니다가 카를 덴케를 만났다.

"추운데 밖에서 자면 얼어 죽네."

그가 기차역 앞에서 웅크리고 자고 있을 때 카를 덴케가 나타났다.

"무슨 일이오?"

"우리 집으로 가세. 따뜻한 방에서 재워주겠네."

"나에게 무슨 짓을 하려는 거요?"

기옴은 무엇인가 불길한 기분이라도 느꼈는지 카를 덴케를 따라가려고 하지 않았다.

"무슨 짓이라니? 나는 먹여주고 재워주려는 것뿐이야. 싫으면 그만두고……."

카를 덴케가 잘라 말했다.

"빵하고 수프도 줄 거요?"

"내가 그런 걸 주려고 자네를 부르는 걸세."

"당신은 하늘에서 내려온 천사가 분명하오."

기옴은 누런 이를 드러낸 채 웃고는 카를 덴케를 따라갔다.

"집이 어디요?"

"여기서 10분도 걸리지 않네."

"왜 이런 자선을 베푸는 거요?"

기옴의 말에 카를 덴케가 흠칫했다.

"이제 곧 크리스마스가 아닌가? 가난한 사람들에게 자선을 베풀어야지."

"흐음. 천국을 가려고 하는군. 그런데 혹시 나를 유인하여 잡아먹으려는 것은 아니오?"

"내가 식인종으로 보이나?"

카를 덴케가 다시 걸음을 멈췄다.

"아니요. 이 거리에서 부랑자와 노숙자들이 사라져서 그러는 거요. 사라진 부랑자와 노숙자를 괴물이 먹었다는 소문이 나돌고 있는데, 들어봤소?"

"헛소문이야."

카를 덴케가 무시하듯이 말했다.

기옴은 카를 덴케를 따라 그의 집으로 들어갔다.

카를 덴케는 기옴을 식탁에 앉게 하고 물을 끓이기 시작했다. 기옴은 집에서 비린내가 희미하게 풍기는 것을 느끼면서 사방을 둘러보았다. 그때 카를 덴케가 집 문을 잠갔다.

"뭘 하는 거요?"

"어두워졌으니 문을 닫는 거야."

기옴은 고개를 끄덕거렸다. 집 안은 따뜻하여 저절로 눈이 감기고 잠이 쏟아졌다. 그래도 수프를 먹겠다는 생각 때문에 졸린 눈을 억지로 뜨자 카를 덴케가 구석에서 도끼를 꺼내 들고 다가오고 있었다.

"당, 당신은 살인자!"

기옴이 식탁에서 벌떡 일어났다.

"흐흐! 눈치가 빠르구나."

카를 덴케가 도끼를 휘둘렀다. 기옴은 경악하여 재빨리 품속에서 칼을 꺼내 들었다. 부랑자였기 때문에 거리에서 지내다 보면 사나운 자들을 만날 때도 있고 행인들을 협박하여 돈을 갈취할 때도 요긴하게 쓰여 항상 칼을 가지고 다녔다.

이웃집 살인마

가브리엘은 카를 덴케의 2층에서 세를 사는 사람이었다.

그는 1층 가게에서 탁자가 뒤집히는 소리가 들리고 사람의 비명 같은 것이 들리자 1층으로 내려왔다.

그런 일은 자주 있었다. 망치로 무엇인가 두드리는 소리, 톱으로 자르는 소리 그리고 사람의 비명 같은 소리가 집에서 들리고는 했다.

'도대체 이 밤중에 무얼 하는 거야?'

가브리엘은 그런 소리를 들을 때마다 짜증이 났다. 그러나 집주인인 카를 덴케에게 항의할 수 없었다.

"집주인이 수상해요. 가게에서 비명이 들렸어요."

2층에 사는 안나라는 여자가 속삭이던 말이 떠올랐다.

"1층에서 피 냄새가 났어요."

안나는 걸핏하면 그에게 와서 주인 남자가 수상하다고 말했다.

"그는 부랑자들을 돌보는 사람이오."

가브리엘은 안나가 신경이 날카로운 여자라고 생각했다. 그런데 이번에는 꽤 요란한 소리가 들린 것이다.

가브리엘이 1층으로 내려오자 사방이 조용했다. 그는 망설이다가 1층 문을 두드렸다.

"무슨 일이오?"

카를 덴케가 도끼를 들고 그를 쳐다보았다.

"요란한 소라가 들려서 말이오. 무슨 일이 있는지 궁금하여 들렸소."

"미안하오. 별일은 아니오."

"남자 소리도 들리던데?"

"갔소. 돼지고기를 배달하는 사람이오. 그 사람이 술에 취해 언쟁이 좀 있었소."

"도끼는?"

"이거 말이오? 난로에 땔감이 떨어져 장작을 패려는 중이오. 가보시오. 쫓겨나고 싶지 않거든!"

가브리엘은 사과하고 2층으로 돌아왔다.

안나는 집 주인이 수상하다고 자꾸 뒤를 살피다가 쫓겨났다. 그가 떠나는 것을 보지 못했으나 여행에서 돌아오자 사라지고 없었다.

기옴은 카를 덴케에 의해 도끼로 처참하게 살해되었다.

카를 덴케는 1909년부터 1924년까지 기록만으로 살필 때 31명의 사람을 인육으로 만들었다. 대부분이 부랑자나 노숙자들이었고 그의 집에 세를 살던 사람도 있었다.

카를 덴케의 살인 행각이 드러난 것은 올리비아라는 부랑자 때문이었다. 그는 카를 덴케의 집에 갔다가 그가 가브리엘을 도끼로 살해하는 것을 목격했다. 그가 경찰에 신고하지 않았다면 더 많은 희생자가 발생할 수도 있었을 것이다.

잊혀진 살인사건

인육 살인사건은 의외로 세계 여러 나라에서 빈번하게 일어나고 있다. 원시시대는 배가 고파서 인육을 먹거나 부족과의 싸움에서 승리한 후에 용감한 자라는 것을 과시하기 위해 식인을 했다. 하지만 문명사회가 되면서 식인 풍습은 사라졌고 범죄에서만 남게 되었다. 이러한 인육 살인사건을 저지르는 병리 현상은 뚜렷하게 원인이 밝혀지지 않고 있지만 대부분 연쇄 살인사건에서 발생한다.

카를 덴케는 자기가 입고 있는 멜빵바지 끈을 사람 가죽으로 만드는가 하면 신발 끈마저 인체의 가죽으로 만들어 그의 범죄를 조사하는 경찰과 의사들을 경악케 했다.

그의 옷장에는 피해자들의 피 묻은 옷이 가득하게 걸려 있었고, 항아리에는 소금에 절인 인육이 들어 있고, 냄비에는 인육이 요리되어 있었다.

집 안 곳곳에 범죄 증거가 낭자했다. 경찰과 의사들은 치아 등을 통해 8명의 피해자만 확인할 수 있었다.

카를 덴케(Karl Denke)
잊혀진 식인종. '아버지 덴케'라는 애칭을 들을 정도로 사람들에게 인정을 받는 유명인사였다. 하지만 친절한 미소 뒤에는 최소 8명의 사람을 죽이고, 인육을 먹고 내다 팔 정도의 엽기적인 살인마의 모습이 숨어 있었다. 1870년에 태어나 1924년 체포되어 구속된 지 하루 만에 감방에서 자살했다.

광란의
히피 패밀리

　살인은 여러 종류가 있다. 혼자서 하는 살인, 둘이서 하는 살인, 여럿이 하는 살인도 있다. 2인 이상의 살인은 집단살인이 되고, 범죄 조직을 이룬 살인도 발생한다. 집단에 의한 살인은 사전 모의와 범행대상을 습격하는 경향이 있기 때문에 희생자들의 피해는 더 크고 범죄의 손아귀에서 좀처럼 벗어날 수가 없다.

　우리나라에서는 1993년 지존파 살인사건이 발생하여 큰 충격을 주었다. 두목 김기환은 조직원 모두에게 살인을 강요했다. 이들은 농가에 소각로까지 설치해놓고, 범행 대상자를 납치하여 살해한 뒤에 소각로에서 불태워 증거를 인멸했다. 당시 이 모 양이 기적적으로 탈출하여 경찰에 신고하여 전원이 검거되었다. 한국의 살인사건 중 가장 잔인하고 엽기적인 살인사건의 하나였다. 범인들이 검거되었을 때 두목 김기환 등이 7명의 조직을 결성하여 5명을 연쇄살인을 했고 그들은 강력한 대사회 증오심을 갖고 있었다.

지존파 살인사건은 1993년 한국에 문민정부가 들어서고 국민소득 2만 달러를 지향하고 있던 시기에 일어났다. 그러나 빈부격차가 심해지고 상대적 박탈감으로 소외 계층의 상실감이 커지고 있던 시절이기도 했다. 이러한 때에 불우한 환경에서 성장한 김기환 등이 출소하게 되어 부자에 대한 증오를 살인으로 표출하게 된 것이다.

1960년대의 미국에서도 이러한 사회 증오범죄가 있었다. 당시 미국은 반전과 히피 문화가 만발하던 시기였다. 이러한 시기에 영화감독 로만 폴란스키 감독의 부인이자 유명한 영화배우인 샤론 테이트가 로스앤젤레스 비버리힐스의 자택에서 잔인하게 살해되어 미국이 발칵 뒤집혔다.

비버리힐스의 비명소리

1969년 8월 10일 아침, 로만 폴란스키 감독의 비버리힐스의 고급주택으로 출근한 청소부는 눈앞에 벌어져 있는 참혹한 모습에 숨이 멎는 것 같았다. 거실 천장에 집의 여주인 샤론 테이트와 할리우드의 유명한 헤어 스타일리스트 제이 세브링이 잔혹하게 살해되어 매달려 있었다. 바닥은 피로 흥건했다.

청소부는 즉시 경찰에 신고했고 로스앤젤레스 경찰과 FBI가 출동했다. 언론은 대대적으로 보도하기 시작했다. 샤론 테이트와 조이 세브링이 전 애인 관계였고 살해당한 날도 만나고 있어서 불륜의혹도 비쳐졌다. 만삭의 샤론 테이트와 조이 세브링이 수영복을 입고 다정하게 포즈를 취하고 있는 사진도 공개되었다. 할리우드 부유층의 사생활이 낱낱이 까발려졌다.

경찰은 집밖에서 세 구의 시체를 더 찾아냈다. 커피 재벌 상속녀인 애비게일 폴저와 연인인 영화제작자 프라이코스키, 샤론 테이트의 개인 비서인 스티븐 패런트가 살해당한 것이다.

애비게일 폴저는 그 집에 머물고 있었던 듯 흰색 나이트가운 차림이었다. 그녀는 28차례나 난도질을 당해 하얀 옷이 붉게 변해 있었다. 연인인 프라이코스키는 2발의 총탄을 맞고 수차례 난도질을 당해 죽어 있었다. 개인비서인 스티븐은 차 안에서 4발의 총탄에 맞고 칼에 찔려 죽어 있었다.

경찰은 현장 감식과 목격자 탐문수사에 들어갔다.

피해자의 한 사람이 저명한 영화감독의 부인이고 영화배우인 샤론 테이트라는 사실이 밝혀지면서 미국이 발칵 뒤집혔다. 샤론 테이트의 남편인 영화감독 로만 폴란스키는 영화 촬영 때문에 집에 없었다.

19세의 스티븐에 대한 조사도 이루어졌다. 그는 대학생이었고 등록금을 마련하기 위해 임시로 샤론 테이트의 개인비서 일을 하다가 변을 당해 사람들을 안타깝게 했다.

경찰은 집의 관리인 갤리엇을 유력한 용의자로 체포했다. 그러나 그는 전혀 혐의점이 없었고 알리바이도 증명되었다.

8월 10일 슈퍼마켓 재벌 상속자인 리노 라비엥카와 부인 로즈메리가 자택에서 시체로 발견되었다. 로즈메리는 목이 졸려 살해되었고 라비엥카는 칼에 찔려 살해되어 있었다.

거실의 벽에 '돼지들에게 죽음을'이라는 글자가 씌어 있어서 섬뜩했다. 잇달아 터진 유명인사 살인사건이 로스앤젤레스를 흉흉하게 만들었다.

경찰은 샤론 테이트의 집에서 유력한 지문을 하나 채취하는 데 성공했다. 스물한 살의 수잔 애킨스의 것이었다. 경찰은 애킨스의 행적을 추적하기 시작했다. 로스앤젤레스의 경찰이 대대적으로 동원되었기 때문에 애킨스의 행적이 곧바로 드러났다. 그녀는 로스앤젤레스 교외에 있는 목장에 있었다.

그곳은 히피들이 집단으로 거주하고 있었다.

경찰은 대규모의 인원을 동원하여 목장을 기습했다. 목장에는 수십 명의 히피들이 있었다. 경찰은 지문의 주인인 수잔 애킨스를 비롯하여 26명의 히피들을 현장에서 체포했다. 찰스 맨슨은 싱크대 아래에 숨어 있다가 체포되었다.

경찰이 이들에 대해 취조를 하기 시작했다. 그 결과 히피들이 35세의 찰스 맨슨을 지도사로 떠받들고 있다는 사실이 밝혀졌지만, 살인에 대해서는 완강하게 부인했다. 수잔 애킨스는 자신의 지문이 발견된 이유에 대해서는 설명하지 못했다.

경찰은 주거 침입 등으로 구속영장을 신청했으나 날짜를 잘못 써넣는 실수를 하는 바람에 전원 석방하지 않으면 안 되었다. 그런데 사건의 실마리는 우연한 곳에서부터 풀리기 시작했다.

"샤론 테이트가 처참하게 살해되었대."

"대체 누가 살해한 거지?"

애킨스가 수감되어 있는 유치장에서 여자 죄수들이 왁자하게 떠들었다.

"그렇게 유명한 배우가 살해되다니 대체 누가 살해한 것일까?"

애킨스는 죄수들의 이야기를 듣고 있다가 입이 근질거려 참을 수가 없었다.

"그 일에 대해서는 내가 잘 알아."

"네가 어떻게 알아? 네가 죽이기라도 했어. 네가 죽였다면 영웅이다."

죄수들이 애킨스를 비난했다.

"흥! 그 사실을 제대로 아는 건 나밖에 없을걸. 라비앙카도 누가 죽였는지 나는 알고 있어."

애킨스는 우쭐대면서 자신이 살인자라는 뉘앙스를 은근하게 풍겼다. 죄수들은 그 사실을 몰래 형사들에게 알렸다. 구속영장의 날짜가 잘못되어 찰스 맨슨을 비롯하여 용의자들을 모두 석방해야 했던 경찰은 애킨스를 석방하지 않고 집중적으로 취조했다.

"다른 사람들이 다 자백했어. 자백하지 않으면 서로가 피곤해."

애킨스는 살인에 대해서 부인했으나 경찰은 집요했다. 애킨스는 마침내 자신들은 맨슨 패밀리고, 지도자는 찰스 맨슨이며, 그가 모든 계획을 준비했다는 사실을 자백했다.

"샤론 테이트를 누가 찔렀어?"

"찰스 맨슨이요."

"그가 지도자인가?"

"지도자죠."

"수잔 테이트를 누가 찔렀어?"

"내가요. 패트리샤, 찰스 왓슨, 린다 카세이비언, 맨슨……."

수잔 애킨스는 태연하게 범행을 털어놓았다. 경찰은 다시 목장을 습격하여 멘슨 일당을 대대적으로 검거했다.

경찰은 이들을 철저하게 취조했다. 수잔 애킨스와 린다 카세이비언이 사건의 전모를 털어놓았다. 샤론 테이트의 살인사건은 맨슨의 지시로 애킨스, 카세이비언, 패트리샤 크렌빈켈, 찰리 왓슨, 맨슨의 5인조에 의해 저질러졌다.

살인을 주도한 것은 스물한 살의 애킨스였다.

샤론 테이트는 임신을 하여 만삭의 몸이었고 전 애인인 헤어

스타일리스트 조이 세브링과 함께 있었다.

"아기라도 살려주세요."

샤론 테이트는 애킨스에게 간절하게 빌었다.

"너는 더러운 년이야."

애킨스는 그녀의 애원에 더욱 분개하여 미쳐 날뛰었다. 샤론 테이트를 난도질하고 천장에 매달았다. 경찰은 잔인한 살인을 주도적으로 저지른 사람들이 20대 초반의 미모의 여성들이라는 사실에 경악했다. 그들은 기소되어 재판정으로 갈 때 마치 나들이를 가듯 서로의 손을 잡고, 산뜻한 원피스 차림으로 환하게 웃으면서 노래까지 부르고 있었다. 마치 영화의 한 장면 같았다.

맨슨 패밀리

취조는 계속되었다. 경찰은 그의 행적에 대해서 자세하게 조사하기 시작했다. 언론은 대대적으로 보도하고 하루도 뉴스에 나오지 않는 날이 없었다. 충격적이고 잔인한 사건이었다. 린다 카세이비언은 수사에 협조적이었다. 그녀에 의해 맨슨 패밀리의 극악한 범죄가 드러났다.

그들이 저지른 살인사건은 35건이나 되었다. 맨슨 패밀리는 히피 생활을 하면서 LSD를 복용하고, 난교 파티를 벌였다고 진술하여 미국인들에게 충격을 주었다.

무소유와 자연에 순응한다는 뜻으로 히피문화를 이해하고

있던 미국인들의 인식에 또 다른 이면에서 히피는 추악하고 잔인한 괴물들이라는 생각이 던져지기 시작했다.

맨슨 패밀리의 리더 찰스 맨슨은 스스로를 지도자라고 내세우며 예수처럼 행동하면서 부활할 것이라는 사실을 암시했다. 그러나 실제로는 글을 쓸 줄도 모르고 책도 더듬더듬 읽어 문맹자나 다름없었다. 그러나 그는 수십 명에 이르는 추종자들을 거느리고 있었다. LSD와 강력한 카리스마가 패밀리들을 통제했다.

찰스 맨슨은 1934년 11월 12일 오하이오 주 신시내티에서 태어났다. 그의 어머니 캐슬린 매독스는 불과 16세였다. 맨슨은 생모가 창녀라고 주장했으나 생부가 누구인지는 밝혀지지 않았다. 그의 어머니와 삼촌이 뚜렷한 직장을 갖고 있지 않았기 때문에 절도로 생계를 유지했다. 어머니와 삼촌이 체포되어 교도소에 가게 되자 그는 이모의 집에서 살게 되었다.

맨슨의 어린 시절은 우울했다. 그는 부모의 사랑을 받지도 못하고 부를 누리지도 못했다.

어머니 캐슬린 매독스는 몇 년 후에 석방되었다. 그녀는 아들을 찾아와 제대로 가르치려고 했다. 그러나 전과자인 그녀는 좋은 직장에 다닐 수 없었고 아들을 키우는 것이 힘들었다. 그녀는 재혼했고 맨슨은 양부의 성을 따랐다. 혼자서 맨슨을 키우기 위해 애를 쓰던 캐슬린은 아들을 가톨릭 수도원에 맡겼다. 수도원은 규율이 엄격했기 때문에 맨슨은 견디지 못하고 얼마 지나지 않아 탈출했다.

맨슨은 어린 나이에 거리의 부랑자가 되었다.

그는 절도 행위로 체포되었고 미성년자였기 때문에 교화시설에 보내졌다. 불우한 삶을 살고 있는 그는 부자들을 부러워하면서도 증오했다. 맨슨은 여러 해 동안 교화시설을 전전하면서 절도와 강도사건을 저질렀다. 그는 소년원으로 보내져 그곳에서 성장했다. 소년원은 불량한 청소년들을 재교육시켜 사회에 내보내는 곳이었으나 불량청소년들이 모였기 때문에 오히려 '범죄학교'가 되는 면도 많았다.

맨슨은 18세가 되자 소년원에서 출소했다. 그러나 사회는 그를 받아들이지 않았다. 그는 20세가 되었을 때 다섯 살 연하인 로절리와 결혼했지만 전과자 출신이었고 제대로 학교 교육도 받지 못한 그는 직장을 구하지 못해 절도를 하게 되었다. 15세의 어린 신부인 로절리는 철이 없었다. 그녀는 맨슨이 절도를 하고 차량을 훔쳐도 탓하지 않았다.

맨슨은 훔친 차로 다른 주로 떠났고 로절리는 임신하여 아들을 낳았다. 맨슨은 차량절도로 체포되어 기소되어 형을 살게 되었다. 가석방으로 출감한 맨슨은 형기를 불과 2주일 남겨 놓고 다시 차량절도를 저질러 체포되었다. 로절리는 이혼을 요구했고 맨슨은 감옥에서 이혼했다. 두 사람 사이에 태어난 아들은 38세가 되었을 때 자살했다.

히피시대의 빛과 그림자

맨슨은 1968년까지 17년을 소년원과 교도소를 드나들었다. 당시 그의 나이는 34세였는데 꼬박 절반을 교정시설에서 보낸 것이다. 절도와 강도, 강간 등 범죄와 교도소는 그의 일상생활 이었다.

1960년대 후반 미국은 비틀즈, 반전, LSD가 휩쓸었다. 50년 대 냉전시대를 지나 60년대 풍요의 시대로 접어들면서 미국은 빈부격차가 심해지고 월남전으로 인한 미국 청년들의 반항으로 히피 문화가 휩쓸었다.

맨슨은 출감하자 샌프란시스코의 해이트 애시배리로 갔다. 애시배리는 60년대 미국의 히피와 마약의 중심지였다. 맨슨은 교도소에서 사이언톨로지 잡지를 읽었다. 사이언톨로지는 신 과 같은 초월적 존재를 부인하고 과학이 정신을 지배한다는 종 파가 만들고 있는 잡지였다. 정신연령이나 교육이 부족한 맨 슨이 이러한 철학적인 사상을 제대로 이해할 수는 없었고 수박 겉핥기처럼 표면적인 모습만 이해했다.

애시배리는 마약과 히피 문화가 지배하고 있었다. 그들은 마 약에 취해 집단생활을 하면서 난교 파티를 벌이는 등 부도덕한 생활을 했다. 그것이 인간의 본질이라고 생각했다. 그는 비틀 즈에 열광했고 그와 같은 가수가 되고 싶어 했다.

찰스 맨슨은 교도소에서 기타를 배워 히피들과 쉽사리 어울 릴 수 있었다.

맨슨은 애시배리에서 메리 브루너를 만났다. 맨슨은 기타를 치면서 노래를 했고 메리는 그와 사랑을 나누었다. 메리를 통해 히피들을 만나고 교도소에서 범죄자들을 통제하듯이 그들을 통제하여 패밀리를 만들었다. 그의 주위로 히피들이 몰려들기 시작했다.

수잔 애킨스는 캘리포니아 출신으로 알코올중독자인 아버지와 암환자인 어머니 슬하에서 자랐다. 오랫동안 병을 앓던 어머니가 죽자 그녀는 가출했고 가난하고 우울한 생활이 시작되었다.

그녀는 우울할 때 두 탈옥수를 만나 그들과 함께 생활했다. 무장 강도를 하고 출구 없는 삶을 살 때 맨슨을 만났다. 맨슨은 머리와 수염을 길게 기르고 있었고 1960~70년대에 유행하던 구도자의 모습을 하고 있었다.

애킨스는 맨슨의 열렬한 추종자가 되었다.

패트리샤 크렌빈컬은 로스앤젤레스 출신이었다. 그녀가 17세 때 부모가 이혼했고 그녀는 학교를 졸업할 때까지 아버지와 함께 살았다. 고등학교를 졸업하자 어머니가 있는 앨라배마로 갔다. 그녀는 가톨릭대학 1학년이 되었고 주일학교에서 아이들을 가르쳤다. 그녀는 수녀가 될 생각도 해보았으나 학교에 적응하지 못했다. 그녀는 아버지가 있는 캘리포니아로 돌아와서 작은 회사의 사무직으로 일을 했다.

1967년 9월 패트리샤는 맨슨, 메리 브루너, 리네트 프롬을 운명적으로 만났다. 패트리샤는 맨슨과 동침하고 그의 추종자가 되었다.

그녀는 맨슨에게 헌신적이었다.

1968년 여름 패트리샤는 맨슨 패밀리인 엘러 베일러와 함께 차를 얻어 타기 위해 히치하이크를 했다. 때마침 비치 보이스의 드러머인 찰리 윌슨이 그녀들을 태워주었다. 비치 보이스는 유명한 그룹이었고 윌슨이 그녀들을 자신의 자택으로 데리고 갔다. 윌슨은 그녀들을 집에 머물게 했다. 그가 레코딩 작업을 하기 위해 사내에 나갔다가 돌아오자 맨슨과 패밀리들이 와 있었다.

윌슨은 그들을 환영했고 마약과 난교 파티에 빠졌다.

윌슨은 맨슨을 음반제작자에게 소개하여 데모 테이프를 주고받기도 했으나 쓰레기라는 비판을 받았다.

린다 카세이비언은 메인 주 비드파드에서 태어났다. 그녀가 어렸을 때 부모는 이혼과 재혼을 했고 그녀는 16세가 되자 결혼했으나 곧 이혼했다. 이어 로버트 카세이비언과 재혼하여 딸을 낳았으나 생계 문제 등 사이가 원만하지 않았다.

패트리샤는 밥을 떠났다가 다시 돌아왔고 밥과 함께 살고 있던 멜톤을 통해 맨슨을 알게 되었다.

맨슨은 이 무렵 패밀리와 함께 81세의 조지 스판이라는 사람의 목장에 머물고 있었다. 조지 스판은 목장 일을 돕는다는 조건으로 패밀리를 무료로 머물게 해주었으나 실은 맨슨 패밀리의 여자들에게 성을 상납 받았다.

맨슨은 음반제작자 테리 멜처를 소개해주었다. 미국의 유명한 가수 도리스 데이의 아들인 테리 멜처는 맨슨의 음악에 그다지 관심이 없었고 혹평을 보냈다.

"테리 멜처를 죽여라."

맨슨이 명령을 내리고 자신을 비롯하여 패밀리에서 5인조를 뽑았다. 찰스 왓슨은 1년 전 테리 멜처의 집을 방문한 일이 있었다. 수잔 애킨스, 패트리샤, 린다 카세이비언이 선발되었다.

1969년 8월 9일 맨슨 패밀리는 테리 멜처를 죽이기 위해 그의 집을 습격했다. 그러나 테리 멜처는 이사를 한 뒤였고 뜻밖에 영화배우 샤론 테이트가 살고 있었다.

살인을 할 때 가장 잔인했던 인물은 수잔 애킨스였다. 그녀는 임신한 샤론 테이트를 난자했다.

히피시대는 무엇을 남겼을까. 반전, LSD, 집단살인이라고 하지만 빛과 그림자가 있다. 부유층은 타락한 생활을 하고 빈곤층은 굶주림과 절도로 생활을 했다. 이들이 만난 것은 살인이었다.

살인자의 인터뷰

맨슨 패밀리의 살인행각은 밝혀진 것만 해도 35건이나 되었다. 맨슨 패밀리는 살인을 저지르면서 마약에 취해 살았고 난교를 일삼았다. 기타를 치고, 노래를 하면서 인간의 사악한 면을 숨기지 않았다. 미국사회는 히피를 경원하기 시작했고 히피 문화의 몰락을 가져오는 결정적인 계기가 되었다.

맨슨을 비롯하여 5인조는 재판을 받고 사형이 선고되었다. 그러나 캘리포니아 주가 사형을 폐지하는 법을 통과시키면서 그들은 종신형을 살게 되었다.

언론은 맨슨과의 인터뷰를 했다.

"뉘우치지 않습니까?"

"뭘 뉘우치라는 거야? 내가 왜 뉘우쳐야 돼? 당신들은 온갖 나쁜 짓을 다하지 않았어?"

맨슨이 분노한 표정으로 대답했다. 맨슨은 자신의 살인이 정당하다고 주장했다.

"그 정도면 충분하지 않아? 내가 충분히 못했는지 모르지. 날 창피해 했는지도 몰라. 충분히 못한 거, 약지 못한 거, 충분히 몰랐던 거, 바보같이 군 거, 다 모자랐어."

맨슨은 자신이 체포된 것이 어리석었다고 했다.

"살인이 충분하지 않았다는 말입니까?"

"400, 500명을 죽였으면 충분할지 모르지. 그럼 사회에 충분히 복수했다고 생각될 거야. 내가 본격적으로 살인을 했다면 당신들은 전부 죽었어!"

맨슨의 인터뷰에 사람들은 전율했다. 그는 살인을 조금도 후회하거나 뉘우치지 않고 있었다.

찰스 맨슨과 맨슨 패밀리
(Charles Manson&The Manson Family)
찰스 맨슨과 그를 따르는 히피족들 '맨슨 패밀리'는 사람을 살인하고 그 시체를 발가벗기거나 칼로 난도질하는 등 범죄행위가 너무도 끔찍했다. 맨슨 패밀리는 주로 15~20세의 어린 여성들이 주를 이루었고, 이들은 맨슨을 과도하게 신봉했다. 찰스 맨슨은 1934년에 태어나 현재 교도소에서 복역 중이다.

산비탈
살인본능

살인은 왜 일어나는가?

인류 최초의 살인은 카인에게서 시작되었다.

카인은 장자상속권을 동생인 아벨에게 빼앗겼고 이를 되찾기 위해 자신의 동생을 돌로 쳐 죽였다. 이 비극적인 살인사건으로 카인은 에덴동산에서 추방되고 영원히 저주를 받는다.

카인이 아벨을 살해한 이유는 간단하다. 하나님은 아벨이 바친 제물인 양을 받아들였지만, 카인이 바친 제물인 농작물을 받아들이지 않았기 때문이다.

카인의 재물을 받아들이지 않은 이유에 대해서 논란이 많지만, 그가 아벨을 살해한 이유는 장자상속권을 빼앗긴 데 대한 분노라고 볼 수 있다.

카인의 분노한 심리에는 열등감이 작용하고 있는데, 이를 카인 콤플렉스라고 한다. 그러나 시간이 흐르면서 인간의 살인은 다양하게 변했다.

이제 살인의 원인은 욕망, 광기, 분노, 질투, 쾌락 등에 의해 다양하게 발생하고 있다. 살인도 한 번으로 그치는 것이 아니라 두 번, 세 번 잇달아 발생하여 연쇄 살인으로 발전하는가 하면 여러 사람을 한꺼번에 죽이는 대량살인까지 발생하고 있다.

일반적인 살인사건은 욕망, 재산, 분노 등으로 순간적으로 촉발되지만, 상당수의 연쇄 살인이 살인마들은 단순히 살인본능 때문에 살인을 오락처럼 저지른다는 사실은 충격적인 일이 아닐 수 없다.

우범지역, 범죄가 자주 일어나는 곳

경찰은 범죄가 자주 발생하는 곳, 범죄가 일어날 우려가 있는 곳, 유흥가와 사창가를 우범지역이라고 부른다.

실제로 우범지역에서는 사건이 자주 발생하고 경찰이 잦은 출동을 한다.

우범지역에는 자신의 몸을 팔아서 살아가는 매춘부들이 있다. 매춘부들은 그 역사가 오래되었는데 자주 살인사건의 희생자가 되었다. 매춘부들이 살인자의 희생자가 되는 것은 접근하기가 쉽기 때문이다.

힐사이드 교살자 사건은 1977년 10월부터 1979년 1월까지 LA에서 12명의 여자를 고문하고 강간한 뒤에 살해한 사건이다. 살인한 뒤에 시체를 깨끗하게 씻어 한적한 길이나 공동묘지, 산비탈, 교외에 버려 힐사이드(hillside, 산비탈)와 같다고 하여 '힐사이드 교살자'라는 별명으로 불리게 되었다.

LA에 있는 할리우드 대로는 영화의 거리, 스타들의 거리이기 때문에 전 세계에서 관광객이 찾아오고 미국에서도 스타를 꿈꾸는 여자들이 수없이 몰려온다. 성공의 꿈에 부풀어 시골에서 올라온 여자들은 몇 달 동안 거리를 배회하다가 떠나든가 매춘부로 전락하는 경우가 적지 않다.

낮이 관광객들의 세상이라면 밤은 환락을 찾는 사람들의 세상이다. 할리우드 대로에서 얼마 떨어지지 않은 뒷골목은 밤이면 매춘부들의 세상이 된다.

1977년 10월 17일, 19세의 매춘부인 욜란다 워싱턴은 짧은 치마를 입고 할리우드 대로에서 오가는 사람들을 살피고 있었다. 그녀는 지나가는 차를 향해 손을 흔들거나 가슴을 흔들어 보이면서 호객행위를 했다.

"헤이, 한번 어때?"

차가 서행을 하면서 유리창을 내리면 보란 듯이 교태를 부리기도 했다. 그러나 그날따라 그녀를 찾는 남자들은 없었다.

'제기랄! 오늘도 공치는 거 아니야?'

시간이 흐르자 욜란다는 초조해졌다. 아무리 열심히 일해도 그녀는 언제나 돈이 부족했다. 경찰의 단속을 피하면서 몸을 팔아 포주들에게 돈을 빼앗기면 그녀에게 돌아오는 돈은 얼마 되지 않았다. 지옥 같은 생활에서 벗어나야 한다고 생각했으나 뜻대로 이루어지지 않았다.

욜란다는 남자들의 시선을 끌기 위해 상의를 벗고 브래지어 차림이 되었다. 노출을 좀 더 심하게 하더라도 남자들의 시선을 끌어야 했다. 그때 흰색 캐딜락 한대가 그녀 옆에서 멈췄다. 유리창이 스르르 내려갔다.

욜란다는 캐딜락을 운전하는 사내라면 돈이 많을 것이라고 생각했다.

차 안에는 백인 남자가 앉아 있었다.

"헤이!"

욜란다는 사내를 향해 반갑게 손을 흔들었다.

사내가 그녀를 향해 가까이 오라고 손짓을 했다. 욜란다는 망설이지 않고 그에게 다가갔다. 그가 50달러짜리 지폐를 흔들고 있었다.

'이런!'

욜란다는 가슴이 철렁했다. 사내가 그녀에게 경찰 배지를 보였다. 욜란다는 순간적으로 뭔가 잘못되었다고 생각했다.

"얌전히 차에 타. 몇 가지 물어보고 돌려보낼 테니까."

사내가 위압적인 목소리로 말했다. 욜란다는 도망을 칠까 하는 생각을 해보았다. 그러나 굽이 높은 하이힐을 신고 도망을 갈 수 없다고 생각했다. 그녀는 사내가 들고 있는 50달러짜리 지폐를 낚아채 브래지어 안에 집어넣고 차에 올라탔다.

차 뒷자리에는 나이가 든 우락부락한 사내가 앉아 있었다.

그녀가 자리에 앉자마자 운전석의 사내는 액셀러레이터 페달을 밟았다. 차는 빠르게 할리우드 대로를 달려갔다.

"어디로 가는 거예요?"

욜란다는 불길한 예감을 느꼈다.

"시끄러, 이년아!"

뒤에 앉은 사내가 거칠게 욕설을 퍼부었다. 욜란다는 욕설을 듣자 눈꼬리가 치켜 올라갔다.

"닥치고 있지 않으면 이걸로 목을 그어버릴 거야."

뒤에 앉아 있던 사내가 날이 시퍼런 비수를 욜란다의 목에 댔다. 욜란다는 가슴이 철렁하고 등줄기가 서늘했다.

'오! 하나님!'

욜란다는 자신도 모르게 눈앞이 캄캄해져 왔다. 전신으로 식은땀이 흘러내리는 것 같았다.

흰색 캐딜락은 할리우드 대로의 어둠 속으로 사라졌다.

첫 번째 살인

욜란다는 두 사내가 경찰이 아니라고 생각했다. 매춘하면서 수많은 남자를 상대했지만 이런 자들은 처음이었다.

그녀는 손과 발이 묶여 소리를 지를 수도 없고 저항을 할 수도 없었다. 그들은 그녀의 손과 발을 묶었다.

'변태 짓을 하고 끝내겠지.'

욜란다는 처음에 그렇게 생각했다. 그러나 그들은 그녀를 장난감처럼 희롱했다. 막대기로 때리면서 온갖 자세를 요구하고 뒤로도 희롱하며 그녀의 가슴을 비틀기도 했다. 그녀가 비명을 지를 때마다 그들은 웃으면서 좋아했다.

"너 같은 매춘부들은 벌을 받아야 돼."

나이가 많은 사내는 젊은 사내보다 더욱 거칠고 잔인했다.

그녀는 실오라기 하나 걸치고 있지 않았다. 그것이 수치스러운 것은 아니었다. 남자들에게 알몸을 보여주는 것은 으레 하던 짓이었다. 다만 남자들이 그녀의 나신을 희롱하고 있는 것이 싫었다.

남자들은 그녀의 몸에서 위안을 찾았다. 그러나 많은 남자가 그녀의 몸속에 들어왔다가 그녀에게서 떨어져 돌아갈 때 욕설을 퍼부었다.

'남자들은 전부 위선적이야.'

그녀에게 다정한 말을 건네는 남자들은 얼마 되지 않았다.

남자들은 매춘 행위를 더럽다고 했다.

'내 몸을 원한 뒤에 욕을 하고 더럽다고 하다니!'

욜란다는 그런 말을 들을 때마다 굴욕감을 느꼈다.

'나에게 욕망을 배설하여 위안을 찾고는 나를 더럽다고 말하는 것은 추악한 짓이야.'

욜란다는 남자들을 증오했다.

"넌 참 아름다워. 왜 이런 짓을 하는 거야?"

그녀를 끌어안고 속삭이는 남자들도 있었다.

"피부도 적당히 까맣고……."

욜란다는 엉뚱한 생각을 하다가 정신이 번쩍 들었다. 막대기로 그녀를 때리던 나이 먹은 사내가 그녀를 깔고 앉아 목을 조르고 있었다.

"살, 살려줘요!"

욜란다는 숨이 막혀 발버둥을 쳤다. 그러면서도 그녀는 생각했다.

'나는 죽을죄를 짓지 않았어.'

어떤 슬픔이 밀려와 눈물이 주르르 흘러내렸다.

알몸의 여자 시체

경광등이 번쩍이면서 사이렌 소리가 요란하게 울렸다. LAPD(로스앤젤레스 경찰)가 LA 교외의 포레스트 공동묘지 근처의 한적한 숲으로 달려왔다. 그들이 도착한 곳에는 흑인 젊은 여자가 죽어 있었다. 옷이 벗겨져 있고 몸에는 구타의 흔적이 있고, 발목이 밧줄로 묶여 있었다. 경찰은 폴리스 라인을 설치하고 본부에 보고했다. 이내 로스앤젤레스 카운티의 수사관들과 현장 감식반이 도착하여 감식하기 시작했다.

'젊은 나이에 살해를 당하다니.'

로스앤젤레스 카운티의 수사관 프랭크 살레르노는 마른침을 꿀꺽 삼켰다.

여자는 실오라기 하나 걸치지 않은 알몸이었다. 살레르노는 여자의 시체를 자세히 살폈다.

여자의 시체는 목이 졸리고 구타한 흔적이 있었다. 신발도 없고 옷이나 소지품이 없는 것을 보면 살해하여 시체를 유기한 것으로 보였다.

포레스트 공동묘지는 시내에서 떨어져 있어서 밤에는 인적이 끊어진다. 대부분의 살인사건들이 시체를 매장하여 은폐하는데 알몸으로 버려 발각되는 것을 두려워하지 않고 있었다.

검시관이 시체를 살피면서 사진을 찍기 시작했다.

"수상한 자를 목격한 사람이 있는지 탐문하도록 하게."

살레르노가 얼굴을 찡그리고 정복경관에게 지시했다. 수사는 신원부터 확인해야 했다.

현장에는 시체의 신원을 확인할만한 소지품이 아무것도 없었다.

"예."

경관이 경례를 한 후 물러갔다.

"경찰서에 연락하여 비슷한 용모의 실종자를 찾아보고."

살레르노는 파트너이자 후배인 수사관 빌에게 지시했다.

"예."

빌이 시체를 살핀 뒤에 물러갔다.

"사망시간은 언제쯤입니까?"

살레르노가 검시관에게 물었다.

"검시소에 가져가서 살펴봐야 하겠지만, 어젯밤으로 추정됩니다. 대략 8시간 전에 살해되었을 것으로 보입니다."

"그럼 10월 17일이군. 자정이 되기 전에 살해되었어."

살레르노가 담배를 꺼내 물다가 시체에 다시 눈길을 주었다.

"그런데 시체가 왜 이렇게 깨끗하지?"

살레르노는 새삼스럽게 여자의 시체를 살폈다.

젊은 여자는 알몸 곳곳에 상처가 있었으나 몸에 피 한 방울 묻어 있지 않았다. 여자의 시체를 처음 발견했을 때는 엎어져 있었다. 엉덩이가 발달했으나 날씬한 편이었다.

"설마……. 여자를 씻긴 거 아니야?"

"어쩐지! 강간 흔적을 찾는데 음모가 전혀 발견되지 않았습니다."

검시관이 놀란 표정으로 입을 벌렸다. 그도 그 사실은 생각하지 못했던 모양이었다.

검시관은 40대의 백인이었다. 오래전부터 검시관으로 활동하여 시체를 살피기만 해도 살인사건의 양상을 알 수 있는 사람이었다.

"그렇다면 강간 증거가 전혀 남아 있지 않을 거 아니야? 정액 채취도 안 될 거고……."

살레르노는 살인자가 치밀하게 살인을 은폐하고 있다고 생각했다. 알몸으로 살해되었으니 강간을 당한 것은 당연한 일일 것이다. 살레르노는 살인자를 검거하는 일이 쉽지 않을 것이라고 생각했다.

형사들은 시체를 검시소로 보낸 뒤에 신원수사를 하는 한편 목격자 탐문수사를 시작했다. 동일 수법의 전과자를 비롯해 우범자들에 대한 대대적인 수사도 시작되었다.

"여자는 강간을 당하고 고문을 당했습니다. 그런데 구타를 당한 부위와 모양이 마치 희롱한 것 같습니다."

검시관의 보고에 살레르노는 당황했다. 평범한 살인사건은 절대 아니라는 예감이 들었다. 그러나 사체에서는 단서가 될 만한 유류물을 전혀 찾을 수 없었다.

천사의 도시 로스앤젤레스는 여전히 바쁘게 움직이고 있었다.

대대적인 탐문수사에 의해 여자의 이름은 욜란다 워싱턴. 19세의 매춘부라는 것이 밝혀졌다.

'흑인이 몸을 팔다가 살해된 것인가?'

시체의 신원이 매춘부로 밝혀지면서 포주나 매춘조직에 의한 살인으로 추정되었다. 형사들은 매춘부들의 거리에서 집중적으로 탐문수사를 했다. 그러나 뚜렷한 용의자는 떠오르지 않았다.

"살인사건입니다."

살레르노가 매춘부 욜란다 살인사건 수사에 열중하고 있을 때 새로운 살인사건이 발생했다.

욜란다 워싱턴의 시체가 발견되고 2주일이 지난 10월 31일 아침의 일이었다.

살레르노는 사무실에 출근하여 커피를 마시면서 수사 내용을 검토하고 있었다. 그런데 살인사건 보고가 들어온 것이다. 그는 살인사건을 접수하자 로스앤젤레스 카운티 수사관들과 함께 사건 현장으로 달려갔다.

거리는 핼로윈데이 때문에 아침부터 아이들이 들떠서 돌아다니고 있었다. 경찰차의 차창으로 악마로 분장을 한 아이들이 지나가는 것이 보였다. 살레르노는 현장에 도착하자 눈살을 찌푸렸다.

"뭐야? 어린애 아니야?"

시체로 발견된 소녀는 작고 가냘파서 16세도 안 되어 보였다.

시체가 발견된 이곳은 로스앤젤레스의 동북쪽 라 크라센타 주택가였다. 소녀 역시 옷이 벗겨진 채 발견되어 살해당한 뒤에 버려진 것으로 추정되었다. 목을 조른 흔적과 항문성교, 구타한 상처가 발견되었다.

"신고는 누가 했나?"

살레르노는 시민들을 통제하고 있는 정복경관에게 물었다. 시체가 발견된 곳은 도심에서 멀리 떨어진 주택가 공터였다.

"집주인입니다."

"시체는 알몸이었나?"

"그렇다고 합니다. 아이들이 볼까 봐 집주인이 헌 외투로 덮어 놓았다고 합니다."

"목격자는 없나?"

"없습니다."

경관이 고개를 흔들었다. 폴리스라인 밖에 아이들이 잔뜩 몰려와 있었다.

'시체를 숨긴 게 아니라 일부러 발견되게 주택가에 버렸어.'

살레르노는 살인자가 대범하다고 생각했다. 지난번에는 흑인이었으나 이번에는 백인이었다.

살레르노는 소녀의 시체를 자세하게 살폈다. 소녀는 기껏해야 40킬로그램도 안 되어 보였다. '잔인한 놈들이야. 어린 소녀에게 이런 짓을 저지르다니!'

살레르노는 살인자들에게 분노를 느꼈다. 손목과 발목에 묶인 흔적이 있는 것을 보면 결박당한 뒤에 고문하고 강간한 것으로 추정되었다. 검시관들은 그녀가 2명 이상의 살인자들에게 살해되었을 가능성도 있다고 추정했다.

'기이한 놈이다. 시체를 씻겨서 버리다니.'

형사들은 긴장하여 수사를 시작했다.

살레르노와 검시관이 소녀의 시체에서 발견한 것은 얼굴에 떨어져 있던 작은 실오라기 하나뿐이었다. 살레르노는 그것을 법의학자에게 보내 분석하게 했다.

"국부가 발달해 있는 것으로 보아 나이는 어리지만, 매춘부로 보입니다."

법의학자들이 그녀의 시체를 부검했다. 그러나 부검에서도 특별한 것은 발견되지 않았다.

시체의 신원이 밝혀지지 않아 수사는 난항을 겪었다.

"이제는 공개수사를 해야겠어."

살레르노가 형사들에게 말했다.

"공개수사요? 살인자가 숨어버리지 않을까요?"

"신원을 밝히지 못하면 미궁에 빠질 거야."

살레르노는 소녀의 사진을 지역 신문에 싣고 제보를 기다렸다. 그러나 정확한 제보가 들어오지 않아 신원을 파악할 수 없었다.

살레르노는 매춘부들이 주로 활동하는 할리우드 대로로 갔다. 그는 매춘부들에게 사진을 보여주면서 일일이 신원을 확인해 나갔다.

"애는 주디 밀러예요."

한 매춘부가 그녀의 신원을 확인해 주었다. 그녀가 살해되던 날 밤 식당에서 나가는 것을 보았다는 목격자도 나타났지만, 더 이상의 진전은 없었다. 그녀는 집을 나가 매춘부 활동을 하다가 살인자에게 변을 당한 것이다.

힐사이드 시체

1977년 11월 6일, 주디 앤 밀러가 살해된 지 닷새 만에 아름다운 여자가 글렌 데일의 체이스 컨트리클럽 근처의 길가에서 시체로 발견되었다.

그날은 일요일이었다. 살레르노는 집에서 쉬다 사건 현장으로 달려갔다.

젊은 여자가 도로의 가드레일 밖에 버려져 있었다. 그녀도 강간당하고 교살되었다.

'LA에 살인마가 나타났어.'

살레르노는 글렌 데일 경찰의 안내를 받아 시체를 살피면서 긴장했다. 젊은 여자의 시체는 앞서 발생한 사건과 너무나 비슷했다. 알몸의 여자, 강간 흔적 그리고 구타를 하면서 여자를 희롱한 증거들이 나타났다.

여자의 몸에는 슬래시(빗금) 형태의 상처가 많았다. 대부분이 버드나무 잎사귀 모양으로 벌어져 있어서 살아 있을 때 살갗을 찢으면서 고문을 했다는 것을 알 수 있었다.

살레르노는 범죄를 재구성하면서 여자들의 처절한 비명이 들리는 것 같았다.

'이건 연쇄 살인이야.'

같은 수법의 살인사건이 세 건 이상 발생하면 일반적으로 연쇄 살인으로 불러 시체의 신원은 빠르게 확인되었다.

그녀는 엘리사 카스틴으로 20세였고 식당에서 웨이트리스로 일을 하고 있었다. 그녀 역시 구타하고 강간한 뒤에 교살된 것으로 밝혀졌다. 그녀의 몸에서도 유류물을 전혀 찾을 수 없었다. 살인자가 엘리사를 살해한 뒤에 시체를 씻은 것이다.

엘리사는 가난한 생활을 하고 있었다. 그녀는 직업적으로 매춘하지 않았으나 때때로 거리에 나가 몸을 팔았다.

11월 9일에는 비벌리힐스에서 19세의 여자가 살해되었다. 살인수법은 세 건의 사건과 거의 유사했다.

11월 17일에는 산타 모니카에서 17세의 소녀 캐슬린 로빈슨이 살해되었다.

LA 인근 지역, 반경 15킬로미터 이내에서 살인사건이 다섯 건이나 발생하자 살레르노는 긴장했다. 불과 한 달도 되지 않아 5명의 젊은 여자 시체가 발견되어 로스앤젤레스가 공포에 떨고 있었다. 글렌 데일을 비롯하여 각 경찰서는 비상상태에 들어갔다. 신문과 방송이 대대적으로 보도하기 시작하고 경찰은 용의자를 찾기 위해 전전긍긍했다.

"더들리, 살인자를 잡을 묘안이 없을까?"

11월 19일. 살레르노는 퇴근하자 동료 형사인 더들리와 술을 마셨다.

"단서가 거의 없어. 목격자도 없고."

더들리가 심드렁한 표정으로 대답했다.

"성범죄자 중에 있지 않을까?"

"이런 종류의 살인자는 LA에 없었어."

살레르노는 더들리와 늦게까지 술을 마시고 거리로 나왔다. 거리는 캄캄하게 어두웠고 네온사인이 명멸하고 있었다.

1,000만 인구가 상주하는 LA는 살인사건이 자주 발생했다. 살레르노는 수십 건의 살인사건을 보았고 살인자들을 잡아들였다. 그러나 알몸으로 죽어 있는 여자 시체를 다섯 구나 본 것은 처음이었다.

알몸의 여자 시체가 살레르노의 뇌리에 떠올랐다. 어떤 여자는 부패가 진행되고 있었고 어떤 여자는 살아 있는 것처럼 생생했다. 분명한 것은 여자들이 죽기 전에 처절한 고문을 당했다는 사실이었다.

'이 거리에 살인자가 있어.'

살레르노는 악마가 어둠 속에서 돌아다니고 있다고 생각했다. 그러나 살인자는 그림자도 보이지 않고 있었다.

1977년 11월 20일, LAPD의 더들리 형사는 살인사건 신고를 받고 현장으로 출동했다. 현장은 글렌 데일에서 약간 떨어진 이글 파크 근처에 있는 쓰레기장이었다.

시체를 발견한 것은 불과 여덟 살의 소년이었다. 시체를 발견한 곳은 정복 경찰이 출동해 현장을 통제하고 있었다.

'어떻게 이런 일이 벌어지고 있는 거지?'

더들리 형사는 두 소녀의 시체를 보고 가슴이 철렁했다. 소녀들은 미성년자로 보였고 알몸인 채 죽어 있었다. 이미 부패가 시작되어 벌레가 들끓고 있었다. 참혹하고 무서운 모습이었다.

"소녀들이 실종신고가 되어 있는지 알아보게."

더들리 형사는 팀원들에게 지시했다. 그는 몸이 떨리는 것을 느꼈다. 그러잖아도 살인사건이 잇달아 발생하여 뒤숭숭한데 소녀들의 시체까지 발견된 것이다.

소녀들은 다행히 실종신고가 되어 있어서 어렵지 않게 신원을 확인할 수 있었다. 그녀들은 12세의 돌로레스 세 페다와 14세의 소냐 존슨이었다. 두 소녀도 강간당하고 교살되었다.

"돌로레스, 이게 무슨 날벼락이냐?"

경찰의 연락을 받은 소녀의 부모들이 현장으로 달려왔다.

그들은 딸의 시체를 보자 넋을 잃고 울부짖었다. 더들리 형사는 그들이 시체에 접근하지 못하게 하고 조심스럽게 행적수사를 시작했다.

그들은 학교에서 돌아오다가 실종되었다.

소녀들이 스쿨버스에서 내렸을 때 근처의 승용차에 두 사람의 남자가 있었다는 목격자들이 나타났다. 그러나 정확한 인상착의는 기억하지 못했다. 목격자들은 승용차가 흰색 캐딜락이라는 것만 기억했다.

더들리 형사는 시체를 샅샅이 살폈다. 그는 시체의 참혹한 모습에 몸을 떨었다. 그녀들도 강간을 당하고 구타를 당했다. 사인은 경부압박질식사였다.

살레르노 수사관도 같은 날인 11월 20일에 사건 현장으로 출동했다. 두 소녀의 시신이 발견된 곳에서 얼마 떨어지지 않은 장소에서 젊은 여자의 시체가 발견되었다는 보고가 들어온 것이다. 그녀는 평범한 대학생으로 20세의 크리스티나 위클러였다. 시체는 전보다 더욱 끔찍했다. 몸에는 사출 마크를 여기저기 찍어 놓았고 유리창 세제를 주사로 주입하고, 치명적인 가스를 흡입하게 하여 살해한 흔적을 법의학자들이 찾았다. 곳곳에 고문 흔적도 있었다.

11월 20일, 여자들의 시체가 잇달아 발견되자 LA는 발칵 뒤집혔다. 신문과 방송이 대대적으로 보도하면서 LA 시민들은 공포에 떨기 시작했다. LA 시장과 검찰청장, 경찰국장은 기자회견을 하고 범인을 잡는 데 총력을 기울이겠다고 약속했다.

LA 경찰, 보안관, 글렌 데일 경찰이 베테랑 형사 30명을 차출하여 특별수사본부를 설치했다.

시민들은 살인사건이 잇달아 발생하자 경찰을 맹렬하게 비난했다.

LA에 사는 여자들에게는 비상이 걸렸다. 많은 여자들이 살인마를 두려워하면서 자신을 보호하기 위해 총을 사고, 호신술을 배우고, 가스총을 구입했다. 밤에는 외출을 삼가는 여자들도 많았다.

11월 23일에는 떠오르는 영화배우 애블린 제인 킹이 시체로 발견되는 사건이 발생하였다. 신예 영화배우의 살인사건은 커다란 이슈로 떠올랐다. 그녀는 28세의 여성이었다. 그녀의 시체는 골든 스테이트 고속도로의 램프 근처에서 발견되었다.

살레르노 형사는 머리와 몸이 분리된 시체를 보고 경악했다.

사건 형사의 범인 추리

살레르노 형사는 제인 킹의 행적수사에 나섰다. 시체가 버려진 지 2주일 정도 되어 상당히 부패가 진행되어 있었으나 신원을 밝히고 행적을 추적하는 것은 어렵지 않았다.

'범인은 시체를 옮겨야 했으니까 둘 이상일 것이다.'

살레르노 형사는 오랜 수사 경험을 통해서 제인 킹이 살인자들에게 끌려가는 모습을 상상해 보았다.

'제인 킹은 주목받는 여배우였다. 차를 커피숍 뒷골목에 주차하고 영화배우 동료를 만난 뒤에 헤어졌다. 차를 뒷골목에 주차했으니까 여기서 납치되어 살해당한 거야.'

뒷골목을 자세히 수사하고 목격자 탐문수사를 했으나 목격자를 찾기가 쉽지 않았다.

그는 뒷골목에서 서성거리다가 시체가 발견된 고속도로로 갔다. 그는 제인 킹의 시체가 발견된 장소에서 곰곰히 추리를 해나가기 시작했다.

제인 킹은 커피숍에서 나오자 약간 이상한 기분을 느꼈다. 그녀는 여배우였고 곧 주목받는 작품에 섭외가 들어올 예정이어서 기분이 좋았다. 그런데 차를 주차한 놓은 골목으로 가는데 이상하게 뒷덜미가 서늘했다.

'날씨가 좋지 않아서 이럴 거야.'

벌써 11월이 끝나가고 있었고 멀지 않아 새해가 시작될 것이다. 그런데 왜 이렇게 차가운 기운이 엄습해 오는 것일까. 제인 킹은 감기라도 걸린 것처럼 몸이 으슬으슬 떨렸다. 빨리 집에 돌아가 침대에 누워야겠다고 생각했다.

그녀가 차에 가까이 이르렀을 때 흰색 캐딜락에서 두 사내가 내려 가까이 다가왔다.

"우리는 비밀경찰입니다. 잠깐 같이 가실까요?"

시내 하나가 그녀에게 배지를 보여주었다.

"난 제인 킹이에요. 사람 잘못 본 거 아니에요? 나는 영화배우라고요."

제인 킹은 차갑게 말했다. LA경찰이 엉뚱한 사람을 자신으로 알고 있는 것이라고 생각했다. 한순간 두 사내의 얼굴에 당황한 빛이 떠올랐다가 사라졌다.

"제인 킹 씨, 우리도 당신이 누군지는 알고 있어요."

우락부락하고 거칠게 생긴 사내가 내뱉었다.

"무슨 일인데요?"

"살인사건이요. 질문 몇 가지만 하고 돌려보낼 테니 갑시다."

"어디로 가요?"

"차를 타고 사무실로 갑시다."

두 사내가 제인 킹을 억지로 차에 태웠다. 흰색 캐딜락이 할리우드 뒷골목을 빠르게 빠져나가기 시작했다.

얼마나 달렸을까. 차가 LA 교외의 한적한 집 앞에 이르렀다. 제인 킹은 차에서 내리자 이상한 곳에 내렸다고 생각했다.

차를 타고 올 때도 내내 불안감에 시달렸으나 집 앞에 이르자 불안감이 더욱 커졌다.

"여기는 어디예요?"

제인 킹은 집 앞에서 망설였다. 주위에 집이 하나도 없어서 숲에 있는 오두막집 같았다.

"우리 사무실이지. 자, 들어갑시다."

우락부락한 사내가 제인 킹의 등을 떠밀었다. 제인 킹은 그들이 여는 문으로 들어갔다.

제인 킹이 들어간 곳은 사무실이 아니라 주차장 같은 곳이었다. 제인 킹이 망연자실해 있을 때 우락부락한 사내가 몽둥이로 그녀의 등을 내리쳤다. 그녀는 비명을 지르면서 앞으로 꼬꾸라졌다.

"살려주세요. 나는 댁들을 몰라요. 나에게 왜 이러는 거예요?"

제인 킹은 눈물을 흘리면서 애원했다.

"나도 네가 누군지 몰라."

"그럼 이러지 말아요. 나한테 이럴 필요 없잖아요?"

"흐흐. 우리는 너와 즐기고 싶은 거야."

"제발 나를 돌려 보내주세요. 돌아가서 돈을 줄게요."

"우리는 유괴범이 아니야."

우락부락한 사내가 그녀를 묶었다. 제인 킹은 은 두 손이 묶인 채 두 사내에게 능욕을 당했다.

'내가 이렇게 허망하게 당해야 하다니……'

제인 킹은 능욕을 당하면서 눈물을 흘렸다.

얼마의 시간이 지났을까. 제인 킹은 의식을 잃었다가 다시 돌아왔다.

"이제 그만 죽여서 버리자고……"

"무슨 소리야? 저 계집은 내 장난감이야."

"어떻게 하려고?"

"가지고 놀다가 죽여야지."

제인 킹은 두 사내가 옥신각신하는 이야기를 듣자 소름이 끼쳤다. 그들이 자신을 가지고 희롱하다가 죽이려고 의논하고 있었다.

'아아 이 일을 어떻게 해?'

제인 킹은 소름이 끼치고 몸이 덜덜 떨렸다. 이내 우락부락한 사내가 그녀에게 다가왔다. 그녀는 너무나 무서워 눈을 감았다. 우락부락한 사내가 그녀의 목을 조르기 시작했다.

'오 하나님!'

제인 킹은 발버둥을 치기 시작했다.

살레르노 형사는 검시소에서 시체를 살폈다. 제인 킹은 장래가 촉망되는 영화배우답게 미모를 갖추고 있었으나 참혹하게 죽임을 당했다.

"사인은 목을 졸랐고 고문을 한 흔적이 있습니다."

검시의가 시체의 상황을 보고했다.

"시체에서 살인자들이 남긴 유류품은 없었소? 부패했어도 무엇인가 남아 있을 수도 있지 않소?"

"살인자들이 교활합니다. 시체를 버리기 전에 깨끗하게 씻었을 겁니다. 표백제 성분이 검출되었습니다."

"그럼 힐사이드 교살자의 짓이군요."

살레르노 형사는 무겁게 한숨을 내쉬었다. 사건의 단서가 나타나지 않아 살인자를 추적하는데 벽에 부딪쳐 있었다.

살인자는 힐사이드 교살마, 육식동물이라고 불렸다.

로스앤젤레스 경찰을 비웃기라도 하듯이 11월 29일 로렌 와 그녀의 시체 역시 교살된 채 발견되었다. 손에 감전에 의한 화상 자국과 구타 흔적 등 고문의 흔적이 역력했다. 사인은 교살이었다.

12월 13일 에코 파크에서 17세의 킴벌리 다이앤 마틴의 시체가 발견되었다.

1978년 2월 16일에는 캐나다에서 온 20세의 신디 라 허스패스가 시체로 발견되었다. 특별수사본부의 애드 앤더슨 본부장은 성범죄 전과자 수천 명을 조사하여 각 형사에게 보냈다. 그러나 살인자에 대한 단서는 조금도 떠오르지 않고 있었다. 불과 4개월 만에 10명의 여자가 잔인하게 살해되었으나 이후 살인사건이 발생하지 않았다.

'어떻게 된 거지?'

유력한 용의자를 찾지 못한 수사본부는 전전긍긍했다.

매스컴은 연일 무능한 경찰을 비난했다.

1979년 1월 11일, 워싱턴에서 22세의 카렌 디치와 27세의 다이앤 와일더가 교살된 시체로 발견되었다. 두 사건은 워싱턴에서 일어났기 때문에 연쇄 살인에 포함되지 않았다. 워싱턴 경찰은 두 여자의 살인사건을 집중적으로 수사하고 있었다. 그들은 피해자들이 집 앞에서 두 남자와 옥신각신하고 있는 것을 보았다는 목격자를 확보했다.

특별수사본부의 애드 앤더슨 본부장은 집요하게 수사를 계속하고 있었다. 용의자가 전혀 떠오르지 않은 상태에서 워싱턴에서 일어난 살인사건은 사건 수사에 진전을 가져왔다.

워싱턴에서 살해된 두 명의 여성이 빈집을 관리하는 보안회사에 근무하고 있었는데 여자들을 배치하는 임무를 맡고 있던 사람이 케네스 비안치라는 사람이었다.

워싱턴 경찰은 즉각 케네스 비안치에 대해서 수사를 착수했다. 그는 완강하게 범행을 부인했으나 집을 수색하자 피해자의 스카프와 반지 등이 발견되었다.

케네스 비안치는 구속되었다. 앤더슨 본부장은 워싱턴 경찰이 체포한 케네스 비안치에 대해 관심을 보였다.

워싱턴에서 살해된 여자들도 LA에서 살해된 여자들과 수법이 동일했다.

앤더슨 본부장은 케네스 비안치를 워싱턴 경찰로부터 인계받아 조사에 착수했다. 그는 범행을 완강하게 부인했으나 애드 앤더슨은 집요했다.

케네스 비안치가 범행을 부인하자 경찰은 형량 협상을 벌이지 않을 수 없었다. 사건을 모두 자백하는 것과 공범인 사촌 안젤로 부오노의 살인을 증언하는 조건으로 사형에서 종신형으로 감면하는 것이었다.

케네스 비안치의 진술이 시작되면서 로스앤젤레스 시민들은 경악했다. 살인자들은 여자들을 납치한 뒤에 유희로 고문하고 강간했다. 피해자들이 고통스러워하는 모습을 상상하면서 치를 떨었다. 안젤로 부오노는 검거되었으나 살인을 부인했다.

변호사들은 케네스 비안치를 해리성 정체성 장애, 이중인격에 의한 살인으로 몰고 가려고 했다.

그가 정신병자라는 사실이 밝혀지면 그의 증언에 의한 안젤로 부오노에 대한 살인 혐의도 입증할 수 없었다.

검사는 기소한다고 해도 승소할 자신이 없었다. 기소 검사가 포기하자 새로운 검사가 케네스 비안치와 안젤로 부오노를 기소했다.

재판은 치열하게 전개되었다. 배심원 선정에도 3개월이나 걸리는 공방이 시작되었다.

약 2년 동안의 지루한 공방전 끝에 배심원들은 유죄 평결을 내렸다. 2급 살인으로 최고형이 종신형이었다.

경찰이 되고 싶었던 살인자

케네스 비안치는 뉴욕 로체스터에서 1951년 이탈리아계 이민자와 17세의 매춘부 사이에서 태어난 후 바로 버려졌다. 그래서 그는 생후 3개월 만에 신발공장 노동자인 니콜라스 부부에게 입양되었다.

그들은 비교적 케네스 비안치를 잘 키우려고 노력했다. 노동자였으나 케네스 비안치를 사립학교인 가톨릭학교에 보냈다.

케네스 비안치는 어릴 때부터 거짓말을 잘했다. 부모는 걱정
이 되어 정신과 의사들과 상담까지 해도 소용이 없었다. 케네
스 비안치가 13세가 되었을 때 양부인 니콜라스 비안치가 심장
병으로 사망했다.

케네스 비안치는 사립학교의 학비를 낼 수 없어서 공립학교
로 옮겼다. 그러나 공부에 열중하지 않고 여학생들과 데이트를
하는 데 몰두했다.

1960년대는 월남전과 반전으로 미국사회가 들끓었다. 케네
스 비안치는 사회 문제는 조금도 관심이 없었고 고등학교를 졸
업하자 결혼했다. 그러나 변변한 직장을 갖고 있지 않았던 케
네스 비안치는 여자로부터 이혼을 당했다.

케네스 비안치는 경찰이 되고 싶었다. 제복을 입고 총을 쏘
는 영웅이 되고 싶었기 때문이다.

그는 경찰 교육기관인 먼로 칼리지 컴퍼니에 입학하여 심리
학을 전공했으나 낙제하여 경찰이 되지 못했다. 그는 여러 직
업을 가졌지만, 오랫동안 다니지 못했고 걸핏하면 도둑질을 하
여 쫓겨나기 일쑤였다.

케네스 비안치는 뉴욕 로체스터를 떠나 로스앤젤레스로 왔
다. 그곳에는 열일곱 살이나 나이가 많은 사촌 형 안젤로 부오
노가 살고 있었다. 그는 보험회사에 다니면서 임대 아파트를

빌리고 캐딜락을 샀다. 그는 직장에서 켈리 보이트라는 여자와 교제하다가 동거했다.

안젤로 부오노는 폭력적이고 거친 사내였다. 그와 어울리면서 좀도둑질만 하던 케네스 비안치도 달라졌다. 그들은 여성을 납치하여 강간하고 살해하는 데 합의했다. 그들의 악마적인 유희에 가장 먼저 걸려든 것이 매춘부 일을 하던 흑인 여성 욜란다 워싱턴이었다.

케네스 비안치와 안젤로 부오노는 경찰 행세를 하면서 욜란다를 차로 불러 납치했다. 그들은 교외에 있는 부오노의 집에서 울부짖는 욜란다를 강간한 뒤에 구타하면서 희롱했다.

안젤로 부오노는 여성혐오증을 가지고 있었고 여성을 단순하게 유희의 대상으로밖에 생각하지 않았다.

10대 때 강간하여 소년원에 갔다가 돌아온 뒤에 더욱 폭력적이 되었다. 여고생을 임신시킨 뒤에 아들을 낳자 한 달도 되지 않아 떠났다가 돌아왔다. 또 어머니에게 함부로 욕을 하고 더욱 폭력적으로 변해갔다.

동거녀가 둘째 아들을 낳았으나 생활비를 주지 않다가 다른 여자인 메리 카스티요와 결혼했다.

메리 카스티요는 해마다 아이를 낳았으나 안젤로 부오노는 주먹을 휘둘렀다. 그녀의 팔다리를 침대에 묶어 놓고 강간하면서 욕설을 퍼붓고 때렸다. 안젤로는 그녀에게 이혼을 당했다.

그는 두 아이의 어머니이자 이혼녀인 나네트와 동거했다. 그녀에게도 잔인한 폭력이 이어졌는데 그녀에게서도 두 아이를 낳았다.

안젤로 부오노는 나네트의 딸까지 강간했다. 그리고 케네스 비안치가 LA로 오면서 그들의 잔인한 살인행각이 시작되었던 것이다.

안젤로 부오노는 2002년에 사망했고 케네스 비안치는 아직도 수감생활을 하고 있다.

살인자의 이상행동

우리가 힐사이드 교살자에게서 얻은 교훈은 무엇일까. 살인자를 피하려면 어떻게 해야 할까. 유감스럽게도 특별한 방법은 없는 것 같다.

살인자는 어디에도 있고 어느 곳에서도 나타난다. CCTV가 설치된 대형 할인마트나 대로도 안전한 장소는 아니다.

케네스 비안치와 안젤로 부오노의 연쇄 살인사건은 마치 살인마들의 축제를 보는 것 같다. 그들은 피해자들의 고통을 즐기는 이상심리를 보였다. 이러한 이상심리를 어떻게 막을 것인가.

최근에는 많은 살인마가 청소년 시절에 교도소에 갔다가 돌아온 것으로 드러나고 있다. 유감스럽게도 교도소는 격리하는 것은 유용하지만 갱생을 하는 데는 크게 도움이 되지 않는 것 같다. 오히려 이상심리를 가진 자들에게 교도소가 악영향을 미치는 경우가 종종 있다.

케네스 비안치(Kenneth Bianchi)와
안젤로 부오노(Angelo Buono)

힐사이드의 살인자들. 3년 동안 여성 12명을 강간하고 살해한 후 언덕배기에 시신을 유기했다. 먼저 검거된 케네스 비안치는 다중인격 장애라는 이유를 들어 풀려날 뻔했지만, 정신의학 전문가의 증언으로 유죄를 처벌받았다. 이후 부오노도 검거되었다. 안젤로 부오노는 1934년에 태어나 복역 도중 2002년에 죽었고, 케네스 비안치는 여전히 복역 중이다.

유령도시 로스토프

1970년대의 러시아는 사회주의 지배체제를 강화하고 있어서 경제가 파탄에 빠져 있었다. 공산당 간부나 군인과 관리들 외에는 주민들이 극심한 식량부족에 시달리고 있었다. 빵과 생필품을 사기 위한 행렬이 마트 앞에 길게 이어졌다.

군부독재, 비밀경찰과 수용소로 대변되는 러시아는 암울했다. 이런 암울한 시대에 53명에 이르는 연쇄살인사건이 발생하여 주민들을 경악하게 만들었다. 희생자들은 대부분 10대 소녀와 소년들이었다. 강간과 폭행 그리고 인육을 먹기도 하여 러시아 최악의 살인마로 불리기도 했다. 암울한 시대에 살인마까지 등장하여 주민들을 더욱 공포에 떨게 했다. 그러나 연쇄살인마 치카틸로의 초상에는 구소련이라고 불리는 러시아의 다른 모습을 볼 수 있었다.

연쇄살인의 시작

1978년 12월 22일, 러시아 로스토프에 살고 있는 9세의 소녀 엘레나 자코트노바는 손가락을 입에 물고 망설이는 듯한 표정을 짓고 있었다. 길에서 만난 남자가 과자를 준다면서 유혹을 하고 있었다.

궁핍한 시대의 러시아라 아이들도 군것질에 굶주려 있었다.

"나 좀 도와줄래? 나를 도와주면 이 과자를 줄게."

40대의 사내가 부드럽게 미소를 지었다.

"아저씨, 무슨 일인데요?"

엘레나가 눈을 반짝였다. 겨울이었으나 날씨가 포근한 편이었다.

"저쪽에 가보면 알아. 강가에 집이 있는데 빵도 있어."

"알았어요."

엘레나는 쾌활하게 웃고 40대의 사내를 따라갔다. 사내는 시내를 벗어나 강가에 있는 오두막집으로 데리고 갔다. 오두막집 근처에는 철로가 있어 이따금 철로를 달려가는 열차의 굉음이 들려왔다.

사내는 엘레나를 오두막집으로 유인한 뒤에 강간하려고 했다. 그러나 엘레나가 격렬하게 저항하고 울음을 터뜨리며 소리를 지르자 사내는 그녀를 목 졸라 살해했다.

'제기랄 이게 뭐야? 멍청한 계집애.'

사내는 엘레나의 시신을 내려다보면서 자위를 했다.

사내는 밤이 되자 엘레나의 시체를 외진 강둑에 버렸다.

엘레나의 부모들은 밤이 되어도 딸이 돌아오지 않자 찾아 나섰다. 그러나 엘레나의 행방을 아는 사람들은 아무도 없었다.

엘레나의 시체는 사흘이 지난 12월 24일에야 발견되었다. 겨울이었기 때문에 외진 강가까지 오는 사람들이 없었다. 부모들은 통곡했고 경찰이 수사에 나섰다. 그러나 좀처럼 살인자에 대한 단서를 찾을 수 없었다.

로스토프는 모스크바 북동쪽 200킬로미터 지점에 있는 오래된 도시다. 네로호수를 따라 철로가 달리고 있다. 유서 깊은 성당과 아름다운 성벽이 있고 철로 변에 있는 도시라 여행객들이 많이 찾아온다.

엘레나를 살해한 인물은 당시 42세인 안드레이 치카틸로. 한때 교사를 지냈고 당시는 작은 학교의 기숙사 사감으로 일을 하고 있었다.

치카틸로는 엘레나를 강간하는 데는 실패했으나 살인을 했어도 검거되지 않았다 치카틸로는 자신감과 함께 반드시 강간에 성공할 것이라고 다짐했다. 그는 엘레나 사건이 잠잠해지자 다시 살인행각에 나섰다. 그는 여자 아이들과 소녀들, 성인여자들, 소년들을 닥치는 대로 강간하고 살해했다. 인육을 먹고 변태적인 성행위를 했다.

러시아는 공산정권 치하였다. 살인마를 검거하라는 지령이 당에서 떨어졌고 대규모의 경찰이 투입되었다. 여자 희생자들이 강간을 당했기 때문에 정액이 채취되었다. 정액에서 분석한 혈액형은 A형이었다.

엘레나의 살인범으로 29세의 알렉산더 그라첸코프가 체포되었다. 그는 살인을 부인했고 부인도 알리바이를 입증해줬다. 그러나 경찰은 집요하게 압박을 가해왔다. 고문을 하여 자백을 받아냈고 부인을 협박하여 알리바이를 뒤집고 부인의 사인을 받아냈다.

그라첸코프는 10년형이 선고되었으나 엘레나의 가족들이 맹렬하게 반발했다. 여론도 9세의 어린 소녀를 살해한 자에게 10년형이 적다는 불만이 일어났다. 주민들의 불만이 정권을 불신하게 될 것을 우려한 러시아는 다시 재판을 하여 사형을 선고했다.

그라첸코프는 엘레나가 살해당한지 6년 만에 총살형이 집행되었다.

치카틸로의 두 번째 희생자는 라리사 트카첸코라는 17세의 소녀였다. 첫 번째 살인사건이 발생하고 3년이 가까워지고 있던 1981년 9월 3일의 일이었다. 시체는 다음날인 9월 4일 숲에서 발견되었다.

치카틸로는 로스토프 공공도서관 근처에서 그녀를 만났다.

라리사는 매춘부였고 그와 합의하여 숲으로 들어가 성관계를 가지려고 했다. 그러나 치카틸로는 흥분이 되지 않았고 라리사는 그를 조롱했다. 치카틸로는 분노하여 칼로 여러 번 찌르고 목을 졸라 살해했다.

세 번째 희생자는 류바 비류크였다. 그녀는 불과 13세였다. 1982년 6월 12일 살해되고 6월 27일 돈강의 마을 근처에서 발견되었다. 비류크는 가슴과 목에 자상이 있었고 눈에도 자상이 있어서 살인자가 점점 잔인해지고 있다는 것을 알 수 있었다.

치카틸로의 살인이 계속되자 로스토프 일대의 주민들이 불안에 떨었다. 시체는 강간을 당하고 훼손되었다. 사지를 절단 당하기도 하고 성기가 잘려지기도 했다.

'살인마는 악마와 같은 놈이다.'

주민들 사이에 흉흉한 소문이 퍼졌다

'살인마가 인육을 먹고 있다.'

소문 때문에 로스토프는 유령의 도시처럼 변했다. 수많은 경찰이 동원되었으나 살인자는 검거되지 않았다.

치카틸로는 체포될 때까지 12년 동안 53명을 살해했다.

연쇄살인자의 어린 시절

치카틸로는 1936년 10월 16일 우크라이나의 한 마을에서 태어났다. 그의 조부는 러시아혁명 이전에 우크라이나 지방의 중농이었으나 공산혁명이 일어나면서 토지를 몰수당했다. 아버지는 공산정권을 반대하는 게릴라 부대의 지휘관이었다.

사상적으로 불순한 가문이었던 치카틸로는 어린 시절부터 가난 속에서 살아야 했다. 몸도 허약했고 야뇨증을 앓고 있어서 어머니로부터 자주 야단을 맞았다. 시력도 좋지 않았다.

치카틸로는 사춘기가 되었을 때 발기에 문제가 있다는 것을 깨달았다. 발기가 이루어지는 데 무척 힘이 들었다. 러시아는 통제된 사회였으나 이성에 눈을 뜬 치카틸로는 괴로웠다. 그는 괴로움을 잊기 위해 공부에 열중했다.

치카틸로는 모스크바 대학에 가고 싶어 했으나 시험에 떨어지고 말았다.

치카틸로는 군대에 갔고 제대한 뒤에 교사 자격증을 획득했다. 그는 광산지역에서 활동하게 되었다. 결혼도 하여 딸과 아들을 낳았다. 부인은 여동생의 친구였다. 그의 부인이 그와 결혼한 이유는 술을 마시지 않는다는 점 때문이었다. 몸은 여전히 허약하고 성기능에도 장애가 있어서 부인과의 사이가 나빠졌다.

학교에서도 학생들이 깡마른 그를 거위라는 별명으로 불렀다. 시력도 점점 악화되었다.

치카틸로에게는 우울한 나날이 계속되었다. 집안은 여전히 가난했고 그는 누구와도 가까이 지내지 않았다. 사람들은 그를 낙오자로 취급했다.

가족들마저 그를 달가워하지 않았다. 치카틸로는 고독하게 지냈다.

하루는 학교 수영장에서 여학생이 수영을 하고 있었다. 주위에 사람은 없었다. 치카틸로는 여학생에게 강렬한 성적 충동을 느꼈다. 그는 여학생에게 다가갔다. 치카틸로는 여학생을 강간하려고 했다. 그러나 여학생이 맹렬하게 저항했고 발기까지 이루어지지 않아 실패했다.

여학생은 도망을 쳤으나 신고하지는 않았다.

치카틸로의 연쇄살인은 계속되었다. 그의 살인 목록에는 10대 소년들도 여러 명이 있어서 단순한 강간이 목적이 아니라는 것을 알 수 있었다.

치카틸로는 희생자들을 유인하여 살해했다. 10세 이하는 과자로 유인을 했고 10대 소녀들은 돈으로 유인하고, 가짜 경찰 신분증으로 위협을 하여 오두막집이나 강가, 숲으로 끌고 가서 살해했다.

때때로 여자들을 강간했다. 시체는 다음 날 발견되기도 했고 며칠이 지나서 발견되기도 했다. 경찰은 시체에서 정액을 채취하여 분석했다.

희생자들 중에는 치카틸로에게 격렬하게 반항한 사람들도 있었다. 손발이 묶여 있는 상태에서 그를 물어뜯기도 하고 머리로 들이받기도 했다. 희생자들은 살인자의 몸에 많은 흔적을 남겼다.

로스토프에서 살인사건이 잇달아 발생하자 주민들이 공포에 떨었다. 여론도 악화되었다. 범인이 검거되지 않는 이유가 공산당 간부가 범인이기 때문이라는 소문까지 나돌았다.

공산당은 눈에 핏발을 세우고 범인 검거를 재촉했다. 경찰은 살인마를 검거하기 위해 전력을 다하지 않으면 안 되었다. 당에서 재촉을 하자 수많은 용의자들이 검거되어 조사를 받았다.

특히 A형 남자들은 가혹한 고문을 당하면서 조사를 받았다.

치카틸로의 희생자들 중 가장 어린 사람은 7세의 소년 아고르 거드코프였다. 1983년 8월 28일 공원에서 시체로 발견되었다.

치카틸로의 열여섯 번째 희생자는 19세로 1983년 10월 27일 살해되어 10월 30일 시체로 발견되었다. 그녀는 양쪽 가슴이 절단되어 있었다.

열일곱 번째 희생자는 세르게이 마르코프라는 14세의 소년이었다. 치카틸로는 그를 공격하여 난도질하고, 성기를 절단했다. 그의 항문에서 정액이 발견되었다. 정액에서 분석한 혈액형은 A형이었다.

치카틸로에게 모녀가 함께 살해된 사건도 있었다.

치카틸로의 스물한 번째와 스물두 번째 희생자인 티티아나 페트로스얀은 29세였고, 그녀의 딸 스베틀라나는 10세였다. 그녀들은 머리에 망치를 맞고 죽었다.

치카틸로에게 살해당한 남자들은 20세 미만의 소년들로 20

명이 넘었다. 그들은 성기를 절단당하거나 사지를 절단당한 채 발견되었다.

치카틸로의 살인행각 때문에 주민들은 공포에 떨었다. 며칠에 한 번, 몇 달에 한 번씩 살덩어리가 잘려 나간 시체가 발견되어 주민들은 전전긍긍했다.

1978년에서 1990년 11월까지 로스토프에서 수많은 용의자들이 검거되어 조사를 받았다. 피해자들로부터 채취한 정액을 분석하여 범인의 혈액형이 A형이라는 사실을 알고 있는 수사관들은 오로지 A형 혈액형 용의자만 찾았다.

치카틸로도 몇 번이나 용의선상에 올랐다. 수사관들은 그의 혈액형을 채취했고 AB형이라는 것이 밝혀져 석방되고는 했다.

치카틸로는 대부분 여성들과 어린 소년들을 범행 대상으로 삼았다. 밤에 유인을 하거나 습격을 했다. 그러나 치카틸로의 마수에서 살아난 사람도 있었다. 10년 동안 그에게 걸려들었다가 달아난 사람이 수십 명에 이르렀다. 그러나 밤에 습격을 당했기 때문에 얼굴을 확실하게 기억할 수 없었다.

연쇄살인자의 체포

치카틸로의 연쇄살인은 10년에 걸쳐 발생했다. 로스토프 경찰은 전력을 다해 범인을 검거하려고 했다. 그러나 1년이 지나고 2년이 지나자 베테랑 수사관들이 투입되었다. 그들이 범인을 검거하지 못하자 수사관들이 교체되었다.

'내가 반드시 살인자를 잡을 것이다.'

로스토프 수사관 이사 코스토예프는 특별수사반을 만들었다. 그들은 구사일생으로 살아난 사람들을 동원하여 몽타주를 작성했다. 그러나 살인자는 쉽사리 검거되지 않았다.

"반장님, 이자가 수상해요?"

"누군데?"

"안드레이 치카틸로요."

"뭐가 수상한데?"

"이자가 항상 범죄 현장 근처에 있었어요. 몽타주도 비슷하고요."

"그자는 아니야. 피해자에게서 채취한 정액의 혈액형은 A형인데 치카틸로는 AB형이야."

치카틸로는 혈액형이 달라서 석방되었다. 많은 수사관들이 그가 수상하다고 생각했으나 혈액형이 일치하지 않았기 때문에 용의자에서 제외되고는 했다.

치카틸로 혈액형이 일치하지 않으니 어떻게 하지?

코스토예프는 치카틸로에게 주목했다. 로스토프 일대에서 일어닌 수많은 사건 중에 치카틸로가 저지른 사건도 있을 것이라고 생각했다

1990년 11월 치카틸로는 수사반이 주목하고 있는 가운데 10대 소년 2명을 납치하려다가 체포되었다.

"당신이 안드레이 치카틸로입니까?"

코스토예프가 물었다.

"예. 무슨 일입니까?"

"당신을 살인혐의로 체포합니다."

치카틸로는 저항하지 않고 순순히 체포되었다. 치카틸로는 처음에 살인을 부인하고 10대 소년들과 변태성행위를 제안했을 뿐이라고 주장했다.

경찰의 집요한 취조에 치카틸로는 마침내 연쇄살인을 자백했다. 그는 범행현장으로 수사관들을 안내했고 태연하게 범행을 재현하여 수사관들을 놀라게 했다. 치카틸로는 미성년자들의 성기를 절단하고 사지를 자르고, 인육을 먹었다고 진술했다. 그러나 왜 인육을 먹었는지는 밝히지 않았다.

치카틸로는 공식적으로 53명을 잔인하게 살해한 것으로 드러났다. 희생자의 가족들은 치카틸로를 악마라고 불렀다.

"악마를 죽여라."

"살인자를 찢어 죽여라!"

피해자의 가족들은 재판정 앞에서 울부짖었다. 그들은 치카틸로에게 정의의 심판이 내려지기를 원했다.

재판은 공개재판으로 시작되었다. 재판을 받으면서 치카틸로는 자신이 정신병자인 것처럼 행동했다. 그러나 판사는 그의 주장을 받아들이지 않았다.

"개 같은 것들!"

치카틸로는 처음으로 악마처럼 으르렁거렸다.

주민들과 피해자 가족들이 분노하고 있었기 때문에 판사는 그를 쇠창살 우리 안에 가둬놓고 재판했다.

치카틸로를 재판하는 동안 그의 끔찍한 진술로 인해 교도관들이나 방청객들이 정신을 잃는 일이 종종 발생했다.

치카틸로의 재판은 6개월 동안 계속되었고 사형이 선고되었다. 치카틸로는 총살형이 집행되었다.

치카틸로의 살인행각은 여러 가지 생각할 부분이 있다. 10년이 넘도록 살인이 계속되었는데도 경찰 당국이 검거하지 못하여 피해가 늘어났고, 희생자들 중 상당수가 10대 안팎의 어린 아이들이라 그에 대한 분노가 더욱 컸다.

치카틸로는 혈액형이 AB형이었으나 특이하게 정액의 혈액형은 A형이었다. 몇 번이나 용의자로 조사를 받았으나 혈액형 때문에 제외되었다.

치카틸로의 어린 시절에는 공산독재의 어두운 그림자가 드리워져 있다. 이는 중국의 연쇄살인마 양신하이에게 문화혁명의 어두운 그림자가 드리워져 있는 것과 같다. 통제된 사회에서 가난과 질병에 시달린 그들이 선택한 것이 살인이었던 것이다.

안드레이 치카틸로(Andrey Chikatilo)

러시아를 공포에 떨게 한 인육살인마. 12년 동안 53명을 살해했다. 16~17세의 청소년을 비롯하여 다양한 연령을 사람을 죽였다. 그는 강간, 살해뿐 아니라 희생자의 신체를 절단하고, 인육을 먹는 충격적인 만행을 보이기도 했다. 1936년에 태어나 1994년 사형으로 생을 마감했다.

3부

만들어진 악마:

소외, 고립, 차별이 키운 끔찍한 영혼

네크로필리아

    살인의 역사는 인류의 역사 못지않게 오래되었을지도 모른다. 아마 성경에 등장하는 카인과 아벨의 이야기가 살인의 시작일 것이다. 인류가 영장류에서 진화를 시작하여 원시시대에 생존을 위해 공격과 살생을 한 것이 인류의 공격적, 폭력적 성향으로 유전자에 잠재하고 있다가 외부적·내부적 요인으로 인해 살인욕망이 폭발하게 되는 것이다. 그랬던 인류가 사회적 동물이 되고 문명과 도덕성을 갖추게 되면서 이러한 성향은 대부분 사라졌으나 돌연변이처럼 살인의 본성이 되살아나 연쇄살인마와 대량살인마가 등장하고 있다.

    우리는 이러한 살인마를 막기 위해 사회제도를 동원하고 약물로 정신적 치료를 하고 있으나 이렇게 하기가 결코 쉬운 일은 아니다. 외부에서 살인을 막는 것도 중요하지만, 내부에서 살인의 본성에 대해 억제력을 키우는 것도 중요하다. 즉 누구나 살인의 본성을 갖고 있지만, 살인하지 않는 것은 스스로 억제하고 자제하고 있기 때문이다.

살인자의 광기는 몇 가지로 나누어 볼 수 있다.

전 세계에서 가장 특이한 연쇄 살인사건은 에디 게인 사건으로 볼 수 있다.

에디 게인 사건은 미국 연쇄 살인사건의 시초라고 할 수 있는데, 잔인하면서도 괴기하여 인간이 저지른 사건이 아니라 괴물이 저지른 사건으로 여겨지기도 한다.

에디 게인의 잔혹성의 근원으로 엿볼 수 있는 것은 무지, 소외 등에서 비롯되었다는 점이다.

에디 게인은 살인의 본성을 억제하는 기능을 상실하여 괴물에 가까운 인간이 되었다. 그의 삶은 어딘지 모르게 허망해 보이고 좀비나 흡혈귀처럼 기이해 보인다.

우리는 에디 게인의 기괴한 살인 행각에서 어떤 교훈을 얻어야 할까.

세상이 발전하면서 살인의 모습이나 형태 또한 다양해지고 살인자들도 우리가 상상하지 못하는 모습을 갖고 나타난다. 우리가 이러한 악마나 괴물을 피하는 것은 어떻게 보면 불가능한 일이다. 그런데도 이러한 살인마들의 행적을 살피는 것은 위험을 피할 수 있는 어떤 요소를 찾아보기 위해서다.

살인의 피해자들에게 살인자는 옷자락을 펄럭이는 유령이거나 눈에서 피를 뿜는 괴물이다.

어떻게 시체 애호가가 되었나?

에드워드 시어도어 게인, 속칭 시체 애호가로 널리 알려진 에디 게인은 미국의 연쇄 살인마 중 가장 독특하고 괴기스러운 인물이다.

그의 이야기는 수많은 영화와 소설의 모티브가 되었고 연쇄 살인마의 전설로 불린다.

그는 인간이라기보다 좀비나 흡혈귀 같은 악마라고 하는 편이 더 타당할 것이다.

그러나 그러한 괴물을 만들어낸 것이 알코올중독자인 아버지와 광신적이고 도덕주의자인 어머니라는 사실을 알게 되면 어릴 때 부모가 미치는 영향이 얼마나 큰지 알 수 있을 것이다.

종교는 긍정적인 측면도 있지만, 부정적인 측면도 적지 않다. 많은 연쇄 살인마가 종교에서 부정적인 영향을 받고 있다.

에디 게인은 1906년 8월 8일(일부 기록은 8월 27일) 위스콘신 주의 라크로스 카운티에서 태어났다. 아버지의 이름은 조지 게인, 어머니의 이름은 오거스터 게인이었다. 그보다 일곱 살이 많은 형 이름은 헨리 게인이었다.

"에디, 우리 사랑스러운 아가야."

오거스터는 아이들을 사랑했다. 그녀는 아이들이 자라는 것을 보고 즐거워하고 아이들이 착하게 살기를 바랐다.

"네. 어머니."

에디 게인은 그녀가 부르면 쪼르르 달려갔다.

오거스터는 언제나 단정하게 머리를 빗고 옷을 깔끔하게 입었다. 그녀가 자주 입는 하얀 블라우스는 낡았지만 항상 깨끗하게 빨아 입고 단추를 답답해 보일 정도로 위에까지 잠갔다.

"학교가 파하면 바로 집으로 돌아오너라."

"네."

에디 게인은 학교로 달려갔다. 에디 게인은 지극히 평범한 아이였고 오거스터 역시 평범한 엄마였다.

그녀는 독실한 크리스천으로 아이들을 데리고 교회에 다녔다.

그러나 에디 게인의 아버지 조지 게인은 알코올중독자가 되어갔다. 술을 마시면 부인과 아이들에게 주먹을 휘둘렀다. 아버지가 술에 빠지면서 주먹을 휘두르자 밝고 평화로웠던 집 안 분위기가 달라지기 시작했다.

엄마인 오거스터의 성격은 어두워지고 성경에 집착하기 시작했다. 그녀는 세상을 악과 선으로 갈랐다. 알코올중독자인 남편은 악마가 되었고, 그에게 술을 팔거나 같이 술을 마시는 사람들 술을 제조하는 사람들도 모두 악마가 되었다.

에디 게인은 어릴 때부터 엄마에게 세상 사람들이 악에 물들어 있다고 배웠다.

알코올중독자인 아버지, 광신적인 어머니로 인해 집 안은 언제나 우울한 공기가 감돌았다.

"네 아버지는 사탄이다."

오거스터는 남편을 경멸했다. 부부 사이가 나빠지면서 에디 게인은 의지할 곳을 잃었다.

"너는 절대로 아버지를 닮지 마라."

오거스터는 남편을 닮은 에디 게인을 싫어했다. 그녀는 에디 게인에게 자주 신경질을 부렸다. 알코올 중독과 폭력적인 아버지, 늘 신경질을 부리는 어머니 사이에서 에디 게인은 우울한 소년시절을 보냈다.

아버지 조지 게인은 젊었을 때 목수 일을 했다. 집을 짓느라 건축 현장을 돌아다녔으나 술을 마시고 노는 일에 열중했다. 결혼을 하고 그는 보험회사 직원이 되어 돈을 벌려고 했으나 수입은 형편없었다. 일이 뜻대로 풀리지 않자 자주 술에 취하게 되었고, 자주 부부싸움을 했다. 에디 게인은 점점 오거스터가 정해 놓은 선과 악에 세뇌당했다.

조지 게인이 생활비를 벌지 못했기 때문에 오기스터가 직업 전선에 뛰어들지 않으면 안 되었다.

라크로스는 위스콘신 주의 주도 매디슨에서 200킬로미터나 떨어진 도시로, 이 지역 인디언들이 라크로스 게임을 좋아하여 생긴 이름이었다. 블랙 강과 라크로스 강이 미시시피 강으로 합류하는 미국 중북부 도시였다.

1858년, 라크로스와 밀워키 간 철도가 개통되면서 운송과 제지업의 중심도시로 발전했다.

오거스터는 라크로스에 작은 식품점을 열었다.

처음에는 간신히 생활비를 벌 정도밖에 수입이 되지 않았으나 도시가 발전하면서 오거스터의 식품점도 호황을 누리게 되었다.

"오거스터, 오늘 밤에 파티에 오지 않을래요?"

이웃 사람들은 그녀를 파티에 초대하려고 했다.

"아니에요. 저는 할 일이 있어요."

오거스터는 여자들의 초대를 거절했다.

"파티도 즐겨야지 일만 해요? 술도 마시고 남자들과 춤도 추고요."

"그것은 죄악입니다."

오거스터의 얼굴이 굳어졌다. 마을 여자들은 오거스터가 정색을 하자 얼굴을 찡그리고 돌아갔다.

"저 여자는 이상해. 우리를 마치 타락한 여자로 생각하는 눈치야."

"그래도 착하잖아? 언제나 깔끔하고."

"저 여자는 사람들과 어울리지 않아. 일요일에도 교회에서 바로 집으로 돌아가."

여자들은 오거스터의 냉랭한 태도에 고개를 절레절레 흔들었다. 이처럼 오거스터는 이웃과의 교류도 차단했다.

오거스터는 식품점을 경영하면서 부지런히 돈을 모았다.

그녀는 식품점을 경영하면서도 사람들과 어울리지 않았지만, 아이들에게는 이웃 사람의 심부름을 하게 하거나 허드렛일을 하게 하여 용돈을 벌게 했다.

그녀는 손님이 없을 때는 가게를 청소하거나 성경을 읽었다. 매춘부들이 가게에 들어오면 물건을 팔고 손을 씻었다. 그러나 겉으로 드러내어 말하지는 않았다.

남편에게 사랑을 받지 못한 오거스터는 남편을 경멸하고 세상이 타락했다고 생각했다. 그녀는 타락하고 사악한 세상으로부터 두 아들을 지키려면 세상에서 떨어져야 한다고 믿었다. 세상은 사기꾼, 매춘부로 가득하고 이런 세상은 소돔과 고모라처럼 하나님의 징벌을 받을 것이라고 생각했다.

아버지보다 강한 어머니로부터 헨리 게인과 에디 게인은 세상에 대한 인식을 부정적으로 받아들였다. 세상이 따뜻하고 아름다운 곳이 아니라 사악하고 더러운 곳이라는 인식을 하게 되었다.

오거스터는 식품점에서 부지런히 일을 했다. 라크로스는 신흥도시로 발전하면서 많은 인구가 유입되었다. 술집과 제재소가 들어서고 노동자가 몰려왔다. 인구가 많아지면서 도시에 활기가 넘쳤다.

오거스터는 돈을 벌었으나 도시의 활기가 부패한 모습으로 보였다. 그녀가 식품점을 하는 거리에도 술집이 생기고 매춘부까지 등장했다.

'이 도시는 소돔과 고모라나 다름없어.'

오거스터는 라크로스를 떠나기로 했다.

1914년 그녀는 식품점을 팔고 라크로스 외곽의 와우샤라 카운티의 플레인필드에 20만 평이 넘는 농장을 구입하여 이사했다.

플레인필드는 한적한 마을이었고, 농장은 이웃에서도 멀리 떨어져 있었다. 에디 게인은 이곳에서 학교에 다녔다. 오거스터는 아이들을 학교에 보내지 않으면 처벌을 받았기 때문에 억지로 보낼 뿐 달가워하지는 않았다. 그녀는 아이들이 학교에서 돌아오면 성경을 읽어주었다.

그런데 뱀은 여호와 하나님이 지으신 들짐승 중에 가장 간교하니라. 뱀이 여자에게 물어 이르되 하나님이 참으로 너희에게 동산 모든 나무의 열매를 먹지 말라 하시더냐. 여자가 뱀에게 말하되 동산 나무의 열매를 우리가 먹을 수 있으나 동산 중앙에 있는 나무의 열매는 하나님의 말씀에 너희는 먹지도 말고 만지지도 말라 너희가 죽을까

하노라 하셨느니라. 뱀이 여자에게 이르되 너희가 결코 죽지 아니하리라. 너희가 그것을 먹는 날에는 너희 눈이 밝아져 하나님과 같이 되어 선악을 알 줄 하나님이 아심이니라.

여자가 그 나무를 본즉 먹음직도 하고 보임직도 하고 지혜롭게 할 만큼 탐스럽기도 한 나무인지라 여자가 그 열매를 따 먹고 자기와 함께 있는 남편에게도 주매 그도 먹은지라

이에 그들의 눈이 밝아져 자기들이 벗은 줄을 알고 무화과나무 잎을 엮어 치마로 삼았더라.

- 창세기 3:1~8-

에디 게인은 오거스터가 읽어주는 성경을 깊이 생각했다. 오거스터는 에디 게인에게 아담과 하와처럼 하나님의 벌을 받을 것이라고 윽박질렀다. 자신을 제외한 세상의 모든 여자가 뱀처럼 사악한 존재이고 남자를 유혹한다고 가르쳤다.

'어머니 외에 여자를 가까이하면 안되는구나.'

에디 게인은 여자들을 나쁜 존재라고 인식하기 시작했다.

여호와 하나님이 뱀에게 이르시되 네가 이렇게 하였으니 네가 모든 가축과 들의 모든 짐승보다 더욱 저주를 받아 배로 다니고 살아 있는 동안 흙을 먹을지니라.

내가 너로 여자와 원수가 되게 하고 네 후손도 여자의
후손과 원수가 되게 하리니 여자의 후손은 네 머리를 상
하게 할 것이요 너는 그의 발꿈치를 상하게 할 것이니라
하시고
또 여자에게 이르시되 내가 네게 임신하는 고통을 크게
더하리니 네가 수고하고 자식을 낳을 것이며 너는 남편
을 원하고 남편은 너를 다스릴 것이니라 하시고
아담에게 이르시되 네가 네 아내의 말을 듣고 내가 네
게 먹지 말라 한 나무의 열매를 먹은 즉 땅은 너로 말미
암아 저주를 받고 너는 네 평생에 수고하여야 그 소산을
먹으리라.

— 창세기 3:14~17 —

때때로 에디 게인은 하나님의 벌에 대해서 생각했다. 어머니
의 말처럼 하나님이 그에게 벌을 내릴 것 같았다.

에디 게인은 내성적이었고, 형인 헨리 게인은 외향적이었다.
게다가 일도 잘했다. 오거스터는 두 형제에게 농장 일을 시키
고 학교에 가는 것을 탐탁하게 생각하지 않았다.

"학교가 너희를 게으르고 사악하게 만들고 있다. 학교를 그
만두는 것이 좋겠어."

오거스터가 냉랭하게 말했다.

"학교에 다니지 않으면 무얼 해요?"

"농사를 지어야지."

"다른 아이들은 모두 학교에 다니고 있잖아요?"

"타락한 아이들이다. 계집애들과 어울려 시시덕거리면 소돔과 고모라로 변할 거야."

오거스터는 두 아들을 학교에 보내지 않았다.

"흐흐. 학교나 교회는 연애질하는 곳이야."

조지 게인은 교회에 나가지 않았다. 어쩌다가 교회에 갈 때도 술 냄새를 풍겨 오거스터의 눈살을 찌푸리게 했다.

'악마와 같은 인간! 반드시 지옥 불에 떨어질 거야.'

오거스터는 조지 게인을 저주하고 경멸했다.

에디 게인은 일곱 살이 되었을 때 농장으로 이사했고, 열세 살이 되었을 때 초등학교를 졸업했다. 사춘기가 되었으나 농장에는 알코올중독자인 아버지와 광신자인 어머니 그리고 형 헨리 게인뿐이었다.

농장에서는 사람을 만날 수 없었다. 그는 어머니의 사랑을 얻기 위해 노력했다. 일하지 않을 때는 성경책을 읽고 기도했다.

"네 어미가 나를 불결하다고 말하지? 사실 진짜 더러운 것은 네 어미야."

조지 게인은 술에 취해 있을 때나 취해 있지 않을 때나 오거스터를 비난하고 헨리 게인이나 에디 게인에게 주먹을 휘두르고 몽둥이로 때렸다.

'벼락이나 맞아 죽어라!'

에디 게인은 조지 게인을 증오했다.

그런데 조지 게인이 갑자기 심장마비로 죽어 공동묘지에 묻혔다. 공동묘지는 그들의 농장에서 얼마 떨어져 있지 않았다. 무덤을 파고 관을 묻은 뒤에 비석을 세웠으나 슬프지 않았다. 장례식에 목사가 와서 기도를 해주었으나 이웃들은 거의 참석하지 않았다.

고독과 성경 그리고 죄와 벌

헨리 게인과 에디 게인은 어머니를 도와 더욱 열심히 농장 일을 했다. 그러는 동안 그는 점점 성장했다.

에디 게인은 이성을 사귈 나이가 되었다. 하지만 여자친구는 커녕 남자친구조차 사귀지 못해 고독하고 외로웠다. 농장에서 일을 하느라 또래의 소녀를 만날 기회조차 없었다. 그래도 밤에는 몽정하고 자위까지 하게 되었다.

"이 더러운 놈!"

오거스터는 에디 게인이 자위를 하는 것을 보자 욕설을 퍼붓고 회초리로 때렸다.

"너는 불결한 짓을 했으니 찬물로 깨끗하게 씻어라."

오거스터는 에디 게인을 발가벗긴 뒤에 찬물로 씻게 했다. 에디 게인은 온순했다. 그래서 엄마인 오거스터에게 욕설을 듣고 매를 맞을 때도 반항하지 않았다.

에디 게인은 자신이 나쁜 짓을 했기 때문에 당연히 어머니가 벌을 주는 것이라고 생각했다.

헨리 게인은 성인이 되었다. 그는 농장 일을 마치고 밤이면 마을에 나가서 여자들을 만났다. 오거스터가 음란한 짓을 한다고 꾸짖으면 맞서 싸웠다.

"어머니는 세상 모든 여자를 매춘부라고 생각해."

헨리 게인이 에디 게인에게 말했다.

"여자들은 모두 매춘부야."

에디 게인이 형에게 말했다.

"인마, 너는 아직 어려서 모르지만 여자는 좋은 거야."

헨리 게인은 코웃음을 쳤다.

그는 마을을 오가다가 한 아이의 엄마인 유부녀와 사랑에 빠졌다. 유부녀와 총각의 사랑은 불꽃처럼 타올랐다.

그녀는 따뜻했고 헨리 게인에게 깊은 사랑을 주었다.

그녀와의 관계를 오거스터가 알게 되자 격렬한 싸움이 벌어졌다. 헨리 게인은 어머니를 떠나 독립하겠다고 선언했다.

"너는 하나님에게 불의 심판을 받을 거야."

오거스터는 아들을 저주했다. 그러나 헨리 게인은 히스테리가 심한 오거스터에게서 독립을 할 수 없었다.

그들의 집에서 얼마 떨어지지 않은 농장 창고에서 불이 났고 헨리 게인이 보이지 않았다.

"헨리는 어디 있는가?"

경찰이 물었을 때 에디 게인은 주저하지 않고 불에 탄 창고로 안내했다. 헨리 게인의 시체가 그곳에 있었는데 불에 탄 흔적은 없었고 두개골 뒤가 함몰되어 있었다. 누군가 뒤에서 흉기로 내리쳤다고 의문을 살 만했다.

경찰은 헨리 게인을 검시하고 불이 났을 때 유독가스를 흡입하여 사망했다고 발표했다. 1900년대 초기 미국 경찰의 수사는 엉성했다.

헨리 게인의 죽음은 진실이 밝혀지지 않았다. 일부에서는 에디 게인에게 살해되었을 것이라고 추정하기도 하지만 어머니인 오거스터도 배제할 수 없었다.

그녀는 헨리 게인이 마을의 이혼녀를 사귀면서 독립하겠다고 했을 때 격렬하게 저주했기 때문이었다. 하지만 사건은 흐지부지 잊혀졌다.

에디 게인은 어머니 오거스터와 둘이 살게 되었다. 오거스터는 헨리 게인이 죽자 젊은 여자들은 사악한 마녀라고 에디 게인을 세뇌시켰다. 그녀는 에디 게인이 자위를 못 하게 하고 밤에 음란한 짓을 할까 봐 성인인 아들을 침대에서 데리고 잤다.

헨리 게인이 죽고 1년밖에 되지 않았을 깨 오거스터가 병으로 쓰러졌다. 그녀는 극심한 위장병으로 괴로워하면서도 하나

밖에 없는 아들에게 사탄의 자식이라고 비난했다.

"어머니, 제가 잘못했어요."

에디 게인은 오거스터에게 용서를 빌었다. 오거스터는 기도하라고 지시했다.

"하나님, 저는 사탄의 자식입니다. 저를 지옥 불에서 구해주세요."

에디 게인이 울면서 기도하자 그녀는 침대로 들어오라고 말했다. 에디 게인은 오거스터의 침대로 올라가 옆에 누웠다.

"너는 착한 내 아들이다."

오거스터는 에디 게인에게 부드러우면서 다정하게 속삭였다.

엄마인 오거스터가 갑자기 12월에 죽었다. 살을 에일 듯한 추위가 몰아쳤을 때였다. 에디 게인은 오거스터의 죽음을 믿으려고 하지 않았다. 그는 세상에서 혼자 남았다는 사실을 알게 되었다. 오거스터가 죽고 난 후 에디 게인 혼자서 밥을 해 먹고, 농장 일을 했다.

에디 게인은 현재의 세상이 아닌 다른 세상, 비현실적인 세상에 대해 몽상을 하기 시작했다.

시체를 사랑한 남자

그는 농장에서 일하여 바깥세상과는 거의 담을 쌓고 살았다. 그는 스무 살이 넘었으나 어머니로 인해 여자들과 제대로 교제를 하지 못했다. 말이 어눌하여 어쩌다가 마을 사람들을 만나

이야기를 해도 앞뒤가 맞지 않았다.

그가 스물두 살이 되었을 때 미국에는 대공황의 바람이 휘몰아쳤다. 많은 미국인이 실업자가 되어 거리를 떠돌고 주가가 폭락하자 자살하는 사람이 속출했다. 그가 사는 마을에도 불황의 바람이 불어왔다. 빵을 구하기 위해 몸을 파는 여자들이 넘쳤으나 오거스터가 젊은 여자는 사악한 악마라고 규정을 했기 때문에 에디 게인은 이웃 여자들과도 교제를 하지 않았다. 그는 결혼조차 하지 않고 살았다.

끝없이 넓은 농장과 황량한 산골짜기 그리고 무덤을 배회했다. 사람들은 그가 왜 공동묘지를 배회하는지 이해할 수 없었다. 그러나 그는 공동묘지에서 죽은 지 얼마 되지 않은 시체를 발굴하여 시체 놀이를 즐겼다.

그는 왜 시체 놀이를 하게 된 것일까. 그것은 외톨이로 지낸 그가 말을 할 수 없는 시체를 통해 소통한 것을 시사한다.

그는 죽음, 컬트 잡지와 모험 이야기에 관련된 독서에 관심을 기울였다. 식인종이나 나치의 만행에 대한 책도 읽었다. 그는 펄프 매거진과 해부학에 관련된 잡지를 읽었다. 주로 괴기담에 관련된 책들이 그의 흥미를 끌었다.

에디 게인은 지역신문도 빼놓지 않고 읽었는데 그가 주로 읽는 것은 부고란이었다. 특히 여성의 사망 기사에 관심을 기울였다.

위스콘신 주에서 실종사건이 잇달아 발생했다. 경찰은 실종 사건이 연속되자 본격적인 수사에 나섰다.

조지아 웨클레는 8세의 소녀였는데 학교에서 돌아오다가 감쪽같이 사라졌다. 수백 명의 마을 주민과 경찰이 동원되어 수색에 나섰다.

"에디, 자네도 수색에 참여해야지."

사람들이 에디 게인에게도 수색에 참여할 것을 요구했다.

"농장 일이 바쁜데요."

에디 게인은 탐탁지 않은 표정이었다.

"어린아이가 실종되었어. 아무리 농장 일이 바쁘더라도 수색을 해야지."

어쩔 수 없이 에디 게인도 조지아를 찾는 수색에 참여했다. 그러나 소녀는 어디에서도 찾을 수 없었다.

1952년 사슴 사냥을 하던 두 남자가 실종되었다. 이들에 대해서도 대대적인 수색이 벌어졌으나 단서를 찾지 못했다.

1954년 겨울 술집 주인이 일하던 곳에서 사라졌다. 그의 술집에서 핏자국이 발견되었으나 시체는 찾지 못했다.

1957년 플레인 필드 철물점 주인 버니스 워든이 사라졌다. 경찰의 조사과정에서 에디 게인이 유력한 용의자로 떠올랐다. 에디 게인이 그녀의 철물점에서 부동액을 구입한 영수증이 발견된 것이다.

"이것 봐. 지난밤 자네가 철물점에서 부동액을 사지 않았 나?"

경찰이 에디 게인을 추궁했다.

"부동액을 샀어도 제가 버니스 워든을 어떻게 하지는 않았습 니다."

에디 게인은 워든이 다음 날 아침 돌아오겠다고 말했다고 하 여 석방되었다. 그가 버니스 워든을 살해했다는 증거는 없었다.

철물점 주인 워든이 실종되었을 때 15세의 애블린 하틀리라 는 소녀도 사라졌다. 애블린의 아버지 하틀리는 딸을 찾아 나 섰다. 목격자들이 에디 게인의 집으로 갔다고 말해주었다. 애 블린의 아버지 하틀리는 미친 듯이 에디 게인의 집으로 달려갔 다. 그러나 에디 게인의 집은 창문이 완전하게 밀폐되어 있고 현관문도 잠겨 있었다.

경찰이 그의 집에 들이닥쳤을 때 믿을 수 없는 광경이 펼쳐 져 있었다.

전체 인간의 뼈와 조각, 여러 의자 좌석을 덮은 인간의 피부, 여성 두개골, 인간의 두개골로 만든 그릇. 여성의 몸통으로 만 든 코르셋, 난로 냄비에 버니스 워든의 심장, 15세 정도 된 것 으로 판단되는 두 여성의 국부, 여성 손가락과 손톱 등 인간의 신체와 장기로 만든 것이 가득했다.

에디 게인은 경찰에 체포되어 조사를 받았고, 그의 집에서 발견된 해골과 손상된 시신, 인간 피부 등이 증거물로 채택되었다.

에디 게인의 집에서 나온 것들은 사람들의 상상을 초월한 수준이었다. 조사하는 경찰관은 몸서리를 쳤고 사람들은 그를 악마라고 불렀다.

에디 게인은 자신이 저지른 살인사건이나 시체 도굴, 시체 훼손 등에 대해서 잘 기억하지 못한다고 주장했다.

심리학자들과 정신과 의사들은 에디 게인을 오랫동안 인터뷰했다. 의사들은 그를 정신분열증 환자라고 진단했고 법원은 그를 감시가 삼엄한 정신병원으로 보냈다.

에디 게인의 정체

에디 게인은 사체에 대하여 성욕을 느끼는 시체 애호증 환자다. 그리스어로 '죽음'을 뜻하는 '네크로스(nekros)'와 '친숙함'을 뜻하는 '필리아(philla)'의 합성어인 네크로필리아라고 부른다.

일반적으로 시체를 대상으로 성적인 행위를 하여 쾌감을 얻는 것에서부터 시체 또는 유골을 곁에 두고 시신을 절단하거나 포식하는 행위 등 다양한 형태로 나타나고 있다.

정신분석학자 에리히 프롬은 네크로필리아에 대하여 '모든 죽어 있는 것, 썩은 것, 타락한 것에 열광적으로 끌리는 성향이요, 살아 있는 것은 죽은 것으로 변모시키려는 성격이고, 파괴를 위하여 파괴하려는 성격'이라고 분석했다.

시체 애호증 환자 에디 게인은 1984년 7월 26일 77세를 일기로 사망했다.

에디 게인이 왜 시체 놀이를 즐겼는지는 밝혀지지 않았다. 그가 정신분열증을 앓고 있었다고 해도 그가 자란 음습한 환경이 더욱 큰 영향을 미쳤을 것으로 보인다.

영화 〈사이코〉와 〈양들의 침묵〉은 에디 게인에게서 모티브를 따왔고 불멸의 명작으로 손꼽힌다.

알프레트 히치콕 감독의 영화 〈사이코〉에서 농장의 주인이 죽은 어머니 시체와 대화를 하는 장면은 가장 두려운 장면으로 관객들의 뇌리에 남아 있다.

에디 게인(Eddie Gein)
시체애호증의 괴기스러운 살인자. 그가 살해한 희생자는 2명으로 밝혀졌으나, 그의 집에 수십 구의 시신의 일부가 발견된 것으로 보아 몇 명이 희생되었는지는 알 수 없다. 상당수가 무덤에서 도굴해온 것이다. 그는 살인 자체에 의미를 두었다기보다 시체를 위해 살인을 하는 '시체 애호증' 환자였다. 1906년 태어나 1984년 정신병원에서 사망했다.

광란 소나타

살인은 스트레스가 중요한 자극이 된다. 폭력적인 성향을 가진 살인자가 평소에는 조용하게 지내다가 살인 본능이 폭발하게 되는 것은 스트레스가 뇌관이 되는 경우가 많다.

살인의 본능은 대부분 스스로 다스리고 억제하지만, 스트레스가 쌓이면 억제하지 못하게 된다.

스트레스를 느낄 때 인간의 몸은 어떻게 반응할까?

심리적으로 위협이 된다고 생각하면 인간의 몸은 자동으로 긴장하고 자신을 보호하기 위한 준비를 한다.

스트레스 지각은 자율신경계의 교감부를 활성화하고, 교감신경계는 공격, 방어, 혹은 도피에 필요한 에너지를 동원한다.

미국의 생리학자 월터 캐넌은 스트레스에 대한 반응으로 인간의 뇌에서 이 스트레스에 맞서 싸울 것인가 도망갈 것인가를 준비시키는데 이러한 반응을 '투쟁-도피 반응'이라고 불렀다. 이러한 반응의 하나로 조절 장애가 발생하고 살인으로 나타나는 것이다.

우발적으로 일어나는 살인사건은 과도한 스트레스가 문제가 되고 분노 조절을 못하여 일어난다.

술 취한 사내의 분노

1982년 4월 26일, 경상남도 의령에서 경찰관이 62명의 주민을 총으로 난사하여 살해하는 충격적인 사건이 발생했다. 살인마가 자살한 뒤에 사건의 원인을 분석하는 과정에서 파리로 인해 그의 분노가 폭발했다는 진술이 나와 파리 한 마리가 일으킨 사건이라는 말이 인구에 회자되었다.

파리 한 마리가 62명의 목숨을 빼앗아가다니. 이는 우범곤이 갖고 있던 스트레스를 간과한 데서 비롯된 것이다.

그날은 봄비가 주룩주룩 내리고 있었다. 우범곤은 경상남도 의령군 궁류면 지서에 근무하는 순경이었다.

그는 야간근무를 하기 위해 낮 12시 집에 돌아와 점심을 먹고 낮잠을 잤다. 그는 한때 청와대 경호실에 근무하다 좌천되어 고향인 의령으로 내려와 있었다.

'내가 이런 시골에서 썩어야 하다니!'

우범곤은 궁류면 지서에 근무하면서 자신이 시골구석에서 처박혀 지낸다고 자주 불만을 토로했다.

궁류면은 깊은 산골이었고 아무도 그를 알아주지 않았다.

그는 술을 자주 마셨고 동거녀 전 씨는 그러한 우범곤에게 신경질을 부려 싸움이 되었다.

우범곤이 잠을 자고 있을 때 파리 한 마리가 가슴에 날아와 앉았다. 전 씨는 파리를 쫓기 위해 우범곤의 가슴을 때렸다.

"왜 때려?"

우범곤이 눈을 뜨고 소리를 질렀다.

"때리기는 누가 때려? 파리를 쫓은 거야."

전 씨도 화가 나서 소리를 질렀다.

두 사람은 사소한 일로 언쟁을 벌이다. 오후 4시가 되자 우범곤은 궁류면 지서로 갔다.

"야간 근무를 해야 하는데 왜 자지 않고 나왔어?"

선배 순경이 의아하여 물었다.

"집구석이 시끄러워 잘 수가 있어야지."

우범곤이 하품을 하면서 짜증스러운 목소리로 내뱉었다.

"네가 참아라. 여자들 바가지 긁는 거 하루 이틀이냐?"

"그래서 내가 나왔잖아. 이런 날은 빈대떡에 소주라도 마셔야 하는데……."

우범곤은 지서를 둘러보고 밖으로 나왔다.

4월 26일 궁류지서가 있는 궁류면 면 소재지는 퇴락한 집들이 낮게 엎드려 있었고, 봄꽃들이 지고 초목에 푸르게 잎이 돋아나고 있었다. 우범곤에게는 추적추적 내리고 있는 봄비를 맞고 있는 궁류면의 풍경이 어딘지 모르게 황량해 보였다.

우범곤은 지서를 나와 근처에 있는 술집에서 술을 마셨다.

저녁 6시가 되어 지서로 돌아와 교대했다. 지서장은 부곡 온천에 놀러 갔고 근무자들은 반상회에 간다면서 자리를 비웠다.

우범곤은 지서에서 서성거리다가 집으로 돌아왔다. 동거녀인 전 씨가 그에게 싸늘한 눈빛을 보냈다.

"왜 쳐다봐?"

우범곤은 다짜고짜 전 씨의 뺨을 때렸다.

우범곤은 태권도 3단, 합기도가 3단인 무술 유단자였다. 전 씨는 비명을 지르며 쓰러지고 코피가 쏟아졌다.

전 씨의 비명을 들은 동네 사람들이 달려 나와 우범곤에게 욕설을 퍼부었다.

"아니, 말로 하지. 왜 사람을 때려서 피가 나게 만들어?"

"술 먹었으면 잠이나 자지 어디서 주먹질이야? 저게 경찰이야?"

여자들이 손가락질하면서 우범곤을 비난했다. 우범곤은 더욱 분개하여 가구를 마구 때려 부수고 난동을 부렸다. 싸움을 말리는 전 씨의 친척 여자에게도 뺨을 때렸다. 우범곤의 행동을 본 동네 사람들이 더욱 많이 몰려오자 집을 나와 우범곤은 가게에서 술을 퍼마셨다. 그러나 분노를 억제할 수 없었다.

우범곤은 지서로 돌아왔다. 그때 우범곤에게 뺨을 맞고 폭행을 당한 전 씨의 친척 아들이 지서 문을 열고 들어왔다.

"경찰이면 다야? 경찰 눈엔 어른도 안 보여?"

전 씨의 친척 아들이 우범곤에게 화를 냈다.

"뭐가 어째? 죽고 싶어?"

"경찰이 민간인을 폭행하는 것도 모자라 죽이겠다고? 그래, 죽여 봐!"

"죽이라면 못 죽일 줄 알아? 다 죽여버리겠어!"

우범곤은 눈에서 불을 뿜으면서 무기고로 달려갔다. 청년은 우범곤이 사납게 나오자 돌아갔다.

지서 무기고와 예비군 무기고에는 3명의 방위병이 있었다. 그러나 우범곤이 죽이겠다고 소리를 지르자 달아나버렸다.

우범곤은 카빈총 2정, 실탄 180발, 수류탄 7발을 가지고 지서로 돌아왔다.

"다 죽이겠어."

우범곤은 지서 앞을 지나가는 20대 청년에게 카빈총을 조준하고 쏘았다. 청년은 영문도 모르고 그 자리에서 사망했다.

분노가 폭발하다

우범곤은 궁류면 토곡리 시장으로 달려가 총을 난사하여 장을 보러온 마을주민 3명을 살해했다. 사람들이 비명을 지르면서 흩어졌다. 시장은 다행히 파장이라 사람이 많지 않았다.

우범곤은 9시 45분에 궁류우체국에 나타났다. 그는 마을의 통신을 차단하기 위해 우체국으로 가서 숙직 중이던 집배원 1명을 총을 난사하여 살해했다. 2층에는 교환원 2명이 있었다.

"왜, 왜 이래요?"

"순경 아저씨, 무슨 일이에요?"

교환원들은 우범곤이 지서 순경이라는 사실을 잘 알고 있었다. 그래서 우범곤이 자기들을 죽이러 왔을 것이라고는 꿈에도 생각하지 못했다.

"흐흐. 너희를 모조리 죽일 거야."

우범곤은 음침하게 웃고 카빈총을 쏘았다. 교환원들은 비명도 지르지 못하고 죽었다. 우체국은 순식간에 지옥의 아수라장이 되었다.

'비까지 쏟아지는구나.'

우범곤이 우체국에서 나오자 빗줄기가 굵어져 있었다.

압곡리 매실 부락은 토곡리 우체국에서 10분 거리로, 전 씨와 동거하는 자기 집이 있는 마을이었다.

그는 술에 취해 횡설수설하면서 불 켜진 집을 찾아가 총을 난사했다.

"큰 싸움이 일어났다! 마을 사람들은 모두 나오시오!"

우범곤을 발견한 사람들이 소리를 질렀다. 우범곤은 전용출의 집에 들어가 세 살던 사람들에게 총을 난사했다.

"미쳤어? 왜 이러는 거야?"

전 씨가 우범곤을 향해 소리를 질렀다.

"그래! 미쳤다!"

우범곤은 자기 동거녀에게도 총을 쏘았다.

전 씨는 총상을 입고 병원으로 후송되었으나 사망했다.

우범곤은 마을로 들어가 10여 분간 총기를 난사하여 주민 6명을 살해했다.

우범곤은 10시 10분이 되자 운계리 시장으로 달려가 주민 7명을 살해했다. 우범곤은 마을에 사는 학생 1명을 데리고 신외도가 경영하는 구멍가게에 들어갔다.

"어서 오세요. 비가 많이 옵니다."

가게 주인이 불안한 표정으로 우범곤에게 물었다. 우범곤은 총을 들고 있고 눈빛이 사나웠다.

"예. 콜라 한 병 주세요."

우범곤이 가게 주인에게 말했다.

"예."

우범곤이 술 냄새를 풍겼으나 주인은 콜라를 내주었다.

"총소리 같은 게 들리던데 무슨 일입니까? 무장공비가 나타난 것은 아니겠지요?"

주인이 억지로 미소를 지으면서 물었다.

"훈련입니다."

우범곤은 콜라를 다 마신 후 학생을 쏘아죽이고 신외도의 부인 손원자, 아들 신창선과 신수창을 향해 총을 난사했다. 신외도가 경악하여 밖으로 뛰어나가자 그를 향해서도 총을 쏘았다. 신외도는 세 발의 탄환을 맞고 정신을 잃었으나 기적적으로 살아났다.

구멍가게에서 총성이 일어나자 마을 사람이 몰려나왔다.

우범곤은 마을 사람을 향해서도 총을 난사했다. 사람들은 전쟁이 일어난 것으로 생각하여 마을 뒷산으로 달아나 숨었다.

"누가 우리를 향해 총을 쏘는 거야?"

산으로 도망을 친 마을 주민들은 공포에 질려서 웅성거렸다.

"우 순경 짓 아니야?"

"우 순경이 왜 마을 사람들을 죽여? 빨리 지서에 알리자고!!"

마을 사람 일부가 지서로 달려가고 일부는 전화가 있는 집으로 달려갔다. 불통이었다.

우범곤은 밤 10시 50분이 되자 상갓집으로 들어갔다.

"아니, 왜 총을 갖고 있는 거야?"

문상객들이 의아해하며 우범곤에게 물었다.

"비상이 걸렸습니다."

"총소리가 들리는 것 같았는데 무슨 일인가?"

"별일 아닙니다. 그냥 훈련하는 소리일 뿐입니다."

우범곤은 문상객들과 함께 태연하게 술을 마셨다. 그러나 그 시간은 오래 걸리지 않았다.

술과 안주를 10여 분 동안 먹고 마신 우범곤은 갑자기 사람들을 향해 총을 난사했다. 상갓집에 있던 12명의 문상객이 그 자리에서 죽임을 당했다. 상갓집은 아수라장이 되었다.

우범곤은 상갓집을 나오자 불 켜진 집을 찾아다니며 총을 난사하여 이 마을에서만 무려 23명을 살해했다.

전용섭은 친구 집에서 놀고 있는데 총소리가 요란하게 들려서 뛰어나왔다. 그러자 우범곤이 사람들을 향해 미친 듯이 총을 쏘고 있는 것이 보였다. 전용섭은 공포에 질려 집으로 들어가지 못하고 보리밭으로 뛰어들어가 납작 엎드렸다.

이튿날 사방이 조용하여 집에 가자 부인과 딸이 죽어 있었다.

"이 미친놈이 나하고 무슨 원한이 있어 이런 짓을 저질러?"

전용섭은 부인과 딸의 시체를 끌어안고 통곡했다.

4월 27일이 되었다. 우범곤은 새벽 5시 35분 평촌리 마을에 다시 나타나 민가에 침입해 일가족 5명을 깨운 뒤 갖고 있던 수류탄 2발을 한꺼번에 터뜨려 그 자리에서 우범곤을 포함해 4명이 폭사했다.

경찰은 이때 우범곤 순경이 난동을 부리고 있다는 신고를 받았으나 늑장 출동을 하여 사건이 모두 끝난 뒤에야 도착했다.

대량살인자의 과거

우범곤은 부산에서 태어나 경남공업전문학교를 졸업하고 해병대를 제대했다. 1980년 12월에 순경 공채 시험에 합격하여 부산 남부경찰서 감만 파출소에서 근무하다가 서울 시경으로 전출되었다.

그는 서울 시경에서 청와대에 파견되었으나 근무 부적격자로 판정되어 1년 만에 경남 의령으로 좌천되어 궁류지서에서 근무했다.

평소 그는 평범했고 술도 과음하지는 않았다. 부산산악회에 가입하여 등산을 다니기도 했다. 우범곤과 함께 근무한 동료들의 진술에 의하면 이때까지 큰 문제가 있었던 것은 아니었다.

우범곤은 궁류지서에서 근무하면서 대구에서 직장생활을 하다가 고향으로 돌아온 전 씨를 만났다. 그가 전 씨에게 먼저 접근하여 데이트를 시작했고, 동거를 하게 되었다. 둘은 1982년 가을쯤에 결혼하기로 약속까지 했다.

그러나 두 사람은 성격적으로 맞지 않았다. 동거를 시작한 지 얼마 되지 않아서부터 언쟁이 시작되었고 그는 전 씨의 친정어머니에게 한 번도 존댓말을 하지 않았다.

우범곤이 사는 궁류면 압곡리 매실 마을은 의령 전씨 사람들의 집성촌이었다. 그들은 우범곤을 좋아하지 않았고, 전 씨의 가족들도 싫어했다. 마을에서 사는 전 씨들 중 많은 사람이 우범곤을 싫어하자 스트레스가 발작하여 분노 조절을 하지 못한 것이다.

분노조절장애인의 비극

우범곤의 대량살인과 일본의 토이 무츠오의 살인에는 유사한 부분이 있다. 그러나 토이 무츠오의 살인에서 우범곤이 영향을 받은 것은 아니다. 토이 무츠오의 이야기가 알려지지 않았을 때이고 분노의 표출도 다르다. 그러나 분노를 조절하지 못해 마을 사람들에게 함부로 총질을 하여 수많은 희생자를 만들어낸 것은 같다.

토이 무츠오의 대량살인, 우범곤 순경의 난동 살인은 군국주의와 전두환 군사정권치하에서 일어났다.

군국주의와 군사정권은 폭압적이라 시민들의 자유 의지가 상실된다. 자유의지에 대한 상실은 공포에 주눅 들게 하기도 하지만 폭력적인 본성을 폭발시키기도 한다.

분노조절장애는 정신적 고통이나 충격 이후에 부당함, 모멸감, 좌절감, 무력감 등이 지속적으로 빈번히 나타나는 부적응 반응을 의미한다. 분노 또는 울분이란 인간이 가진 독특한 감정으로 부당한 대우를 받았다는 자기 생각을 바탕으로, 증오와 분노의 감정상태가 오랫동안 지속되는 것이다. 이러한 감정상태가 계속되면 폭발하는 경우가 종종 있다.

독일의 저명한 정신과학자인 에밀 크레펠린은 조절장애로 일어난 충동성이 통제할 수 없는 강박성을 갖고 있다고 주장했다. 현대 정신의학의 아버지라고 불리는 그는 조절장애가 가장 위험하다고 본 것이다.

우범곤

비 오는 봄날의 잔혹한 살인마. 그의 손에 하룻밤 사이 62명이 살해당하고, 33명이 중경상을 입었다. 오후 7시 반에 예비군 무기고에서 카빈소총 2정, 실탄 129발, 수류탄 6발을 들고 나와 궁류면의 네 개 마을을 돌아다니며 총과 수류탄을 터트렸다. 다음 날 새벽 5시경 수류탄 2발을 터트려 자폭했다. 국내 최악의 총기난사 사건으로 회자되고 있다. 1955년에 태어나 1982년에 사망했다.

가난이 만든
살인괴물

연쇄 살인 혹은 대량살인에서 경제는 어떤 영향을 미쳤을까.

일부 연쇄 살인마 중에는 찢어지게 가난한 사람이 적지 않다.

김대두는 집안이 가난하여 농고를 다녔고 교도소에 다녀온 뒤에 살인을 저지르기 시작했다.

그는 굶주렸다. 그러나 사회적으로 홀대를 받는 정신적인 굶주림은 더욱 심했다.

한국에서 김대두와 같은 살인마가 등장한 후 약 20년이 지났을 때 중국에 양 신하이라는 살인마가 나타났다. 그는 약 67명을 살해하여 중국을 공포에 떨게 만들었다.

양 신하이는 허난 성 정양현에서 태어나 31세가 되던 2000년부터 살인과 강간을 시작하여 2003년까지 최소 강간 26건과 살인 67명을 저질러 중국을 공포에 떨게 만들었다.

그가 저지른 살인과 강간이 워낙 많았기 때문에 강간당한 여성의 숫자나 살해당한 사람들의 숫자는 정확하게 밝혀지지 않았다.

그렇다면 양 신하이는 왜 중국 최대의 살인마가 된 것일까.

그의 살인 행로를 추적하다 보면 빈곤한 삶도 연쇄 살인의 중요한 원인이 된다는 사실을 알 수 있다.

빈곤한 살인자가 빈곤한 노인 부부를

해가 설핏 기울기 시작했다. 허난 성의 오지에 속하는 저우커우 시 구오 마을은 도시에서 멀리 떨어진 산촌이었다.

구오 마을에서도 산속으로 홀로 떨어져 있는 오두막은 오래전부터 왕래하는 사람이 없었다. 밤이 되면 캄캄하게 어두워질 것이기 때문에 찾아오는 사람이 없을 것이라고 생각했다.

사내는 숨어서 오두막집을 쏘아보았다. 그는 9월인데도 반바지에 허름한 운동화를 신고 있었다. 머리는 짧고 눈빛은 강렬했다.

이내 해가 떨어졌다. 높은 산 뒤로 해가 떨어지자 금세 어둠이 찾아왔다.

오두막집에는 불이 희미하게 켜졌다.

사내는 숲에서 일어나 오두막집으로 걸어갔다.

그는 문 앞에 이르자 잠시 가쁜 숨을 몰아쉬었다. 긴장해서 그런지 손바닥에서 땀이 배어났다. 사내는 심호흡을 한 뒤에 방문을 와락 열어젖혔다.

70세 부부는 방에서 도란도란 이야기를 하고 있었다. 사내가 방문을 열어젖혔는데도 그를 멀뚱멀뚱 쳐다보고 있었다.

사내는 망치를 높이 치켜들었다. 그는 망치를 휘둘러 차례로 노부부를 살해했다.

심장이 격렬하게 뛰고 이마에서 땀이 흘러내렸다. 잔뜩 긴장하고 있었던 모양이었다.

사내는 노부부의 방을 뒤져 약간의 현금과 패물을 훔쳤다.

'너무 배가 고파.'

사내는 허겁지겁 부엌을 뒤져 찬밥과 반찬을 훔쳐 먹었다. 하루 종일 음식을 먹지 못했기 때문에 배가 고파 눈이 뒤집힐 것 같았다.

그는 배가 부르자 벽에 걸려 있는 옥수수를 자루에 쑤셔 넣었다. 그는 짐승의 발걸음 소리가 들리자 귀를 기울였다.

'호랑이라도 나온 것인가?'

사내는 이마에 흐르는 땀을 주먹으로 닦았다. 그는 다시 방 안을 샅샅이 뒤져 250위안을 찾았다.

"이제 가자."

숲 속의 오두막집은 조용했다. 사내는 빠르게 어둠 속으로 달아났다.

2000년 9월 19일, 중국 최고의 살인마 양 신하이가 세 번째 저지른 살인사건이었다.

구오 마을의 살인사건이 푸양현 공안국 구오파출소에 신고된 것은 사건이 일어난 다음 날인 2000년 9월 20일의 일이었다. 구오파출소의 공안원들이 즉시 출동하여 조사에 착수했다.

'대체 어떤 놈이 이런 짓을 저지른 거지?'

현장에 도착한 공안 소장은 피비린내가 진동하여 속이 울렁거렸다. 공안 파출소의 공안들이 시체 사진을 찍고 있었다.

"어떤가?"

"흉기는 망치 같은 둔기고 여러 차례 가격 당한 흔적이 있습니다."

"강도인가?"

"집을 뒤진 흔적이 있습니다. 이런 가난한 집에서 무얼 훔치려고 했는지……."

"이 집은 시골이기 때문에 외부인들은 몰라. 마을 사람들을 철저하게 조사하게. 마을 사람을 죽이고 강도로 위장한 것일 수도 있어."

파출소 소장은 명령을 내리면서 방 안을 둘러보았다. 노부부의 참혹한 시신을 보자 씁쓸했다.

구오파출소의 공안들은 구오 마을을 일일이 조사했다. 그러나 노부부가 마을에 좀처럼 내려오지 않았기 때문에 그들에 대해 알고 있는 사람들은 별로 없었다.

구오 마을에서 노부부가 살해되고 불과 열흘밖에 되지 않았을 때 이번에는 안후이 성 푸양 시 잉주지구 촌툰 마을에서 또다시 살인사건이 발생했다. 이번에는 일가족 3명이 살해되었기 때문에 푸양 시 공안국 수사팀이 현장에 출동했다.

사건이 발생한 농가에는 마을 사람이 잔뜩 몰려와 웅성대고 있었다.

"일가족이 살해되었습니다. 아주 끔찍합니다."

파출소의 공안원이 침통한 표정으로 보고했다. 농가에는 젊은 부부와 아이가 살해되어 있었는데 아이와 남자는 안방에, 여자는 옆방에서 눈을 부릅뜨고 죽어 있었다.

"강간했나?"

"강간을 당했습니다."

여자는 하체가 벗겨져 있었다. 얼굴이 파투성이고 하체가 벗겨져 있는 것으로 보아 강간 후 살해 당한 것이 분명했다.

'가족들이 살해당하는 것을 보고 강간을 당할 때 얼마나 고통스러웠을까?'

수사반장은 여자의 처절한 비명이 들리는 것 같았다.

"흉기가 무엇으로 추정되나?"

"식칼인 것 같습니다."

"살인자가 남기고 간 것은 없나?"

"발자국이 있습니다."

"발자국을 확보하고 살인자의 것은 무엇이든지 찾게. 살인자의 음모나 머리카락이라도 찾아. 강간했으면 정액도 있을 거야."

"예."

수사반장은 밖으로 나왔다. 그는 공안원들의 통제를 받으면서 웅성거리는 마을 사람들을 살폈다.

그는 다시 농가를 돌아보았다. 농가에는 감식반들이 현장을 살피느라고 어수선했다. 그러나 살인자에 대한 흔적은 전혀 나타나지 않고 있었다.

그는 피비린내가 진동하는 농가에서 나와 살인마가 여자를 강간하는 모습을 머릿속에서 그렸다.

나는 악마를 보았다

여자가 잠결에 눈을 떴을 때 이미 처절한 상황이 벌어져 있었다. 악마는 남편을 살해하고 아이까지 살해하여 방 안이 피로 벌창이 되어 있었다.

'이, 이럴 수가……'

여자는 숨이 막히는 것 같아 눈을 부릅떴다.

몇 살이나 되었을까. 광기로 번들거리는 사내가 그녀를 쏘아보았다.

"제발……."

여자는 입이 떨어지지 않았다. 두려움에 가득한 눈으로 사내를 보면서 몸을 부르르 떨었다.

"옷 벗어."

사내가 짧게 명령을 내렸다. 지옥에서 들려오는 것 같은 음산한 목소리였다.

"빨리 벗어! 허튼짓을 하면 목을 잘라 버릴 거야!"

사내가 요리를 할 때 사용하는 칼을 그녀의 얼굴에 들이댔다.

"살, 살려주세요."

"살려줄 테니 옷이나 벗어."

여자는 재빨리 옷을 벗었다. 그러자 사내가 바지를 벗고 그녀에게 달려들었다.

여자는 눈을 질끈 감았다. 너무나 무서워서 무엇을 어떻게 해야 좋을지 알 수 없었다. 사내는 그녀에게 납작 엎드려서 빠르게 허리를 움직였다.

어디선가 개 짖는 소리가 들렸다.

"좋은가?"

사내가 허리를 움직이면서 물었다. 여자는 망설이면서 대답을 하지 못했다.

"좋다고 소리를 질러!"

사내가 여자를 윽박질렀다.

"'신하이가 좋아요!' 하고 말해."

"신하이가 좋아요."

"흐흐. 나도 네가 좋아."

사내가 징그럽게 웃었다.

"돈이나 패물을 내놔."

사내는 빠르게 일을 마치고 바지를 끌어올렸다. 여자는 주섬주섬 일어나 문갑 서랍을 열었다.

그때 사내가 그녀를 향해 칼을 내리쳤다. 그녀의 목덜미에서 피가 분수처럼 뿜어졌다.

'왜 나를?'

여자는 이해할 수가 없어서 사내를 쳐다보았다.

그러자 사내가 다시 칼을 휘둘렀다. 여자는 맹렬한 고통과 함께 눈앞이 캄캄하게 어두워져 왔다.

'반드시 범인을 검거할 것이다.'

푸양 시 수사반장은 이를 악물고 허공을 노려보았다.

살인자는 남편과 아이를 살해한 뒤에 여자를 강간했다. 살인자는 짐승과 같다.

"탐문수사를 시작해."

수사반장은 살인자에 대해 보고를 하는 한편, 광범위한 수사를 시작했다. 그러나 살인자를 보았다는 마을 사람들은 나타나지 않았다.

낮에 마을을 배회하는 수상한 남자를 보았다는 목격자가 나타난 것은 이튿날이었다.

그를 보았다는 사람은 춘툰 마을의 한 소년이었다.

"몇 살이니?"

"열 살이요."

소년은 초등학교 3학년 학생이었다.

"네가 본 사람이 무엇을 하고 있었지?"

"그냥 마을을 왔다 갔다가 했어요."

"몇 살쯤 된 것 같아?"

"서른 살쯤이요. 우리 아빠와 비슷했어요."

수사반장은 소년을 통해 살인자가 30대 초반, 160센티미터 안팎의 왜소한 키의 사내라는 것을 알 수 있었다.

그는 소년이 진술한 사내에 대해서 추적했으나 이미 살인자가 푸양 시를 떠나 검거할 수 없었다.

양 신하이는 이후 허난 성, 안후이 성, 산둥 성, 허베이 성 등을 돌아다니면서 잇달아 일가족을 몰살하는 사건을 저질러 중국인들을 불안에 떨게 했다. 도끼, 망치, 식칼 등을 이용해 어린아이들까지 잔인하게 살해하여 살인마를 검거하라는 여론이 빗발쳤다. 그러나 살인사건이 허난 성 등에서 집중적으로 발생했기 때문에 허난 성 공안국만 총력을 기울이고 있었다.

살인자에 대한 몽타주도 작성되었고 그를 검거하기 위한 전담반도 편성되었다.

살인사건이 계속되고 여론이 악화되자 중국 정부는 마침내

내각에서 차관회의를 여는 등 범인 검거에 적극적으로 나섰다. 심지어 공안청은 인트라넷을 설치하고 포상금까지 걸었다.

살인마의 체포와 신문

2003년 11월 중국 공안은 허베이 성 남동부 지방에 있는 창저우 시 유흥가를 배회하는 수상한 사내를 검거했다. 그는 자신의 신분증을 제대로 제시하지 않은 채 낡은 가방에는 범행도구가 분명해 보이는 망치와 식칼까지 들어 있었다.

공안의 집요한 심문에 양 신하이는 마침내 자신의 이름을 밝혔다. 신원조회를 하자 그가 허난 성 출신에 전과자라는 사실도 드러났다. 양 신하이가 범행을 부인하고 있었기 때문에 공안은 행적수사에 나섰다.

허난 성의 무지막지한 살인자에 대한 데이터베이스도 활용되었다.

양 신하이는 심문과정에서 알리바이를 제대로 증명하지 못했다.

공안들은 긴장했다. 그들은 양 신하이가 범행을 부인할 것을 우려하여 밤에도 심문을 계속했다. 결국 양 신하이는 대부분 사건을 모두 자백했다.

중국을 벌벌 떨게 했던 살인마 양 신하이가 검거되었다는 보고가 올라갔다.

중국 공안은 양 신하이에 대하여 철저하게 심문한 뒤에 살인마를 검거했다는 사실을 발표했다. 중국의 언론은 양 신하이를 살인 악마, 괴물이라고 대대적으로 보도했다.

살인마의 빈곤

양 신하이는 가난하게 살았다. 그가 태어난 허난 성은 중국에서도 가장 가난한 지역이라 차별이 심했다.

마오쩌둥이 죽고 덩샤오핑이 중국을 개혁하면서 개방이라는 이름으로 중국 경제는 공산주의 체제에서 자본주의 체제로 바뀌었다. 그러면서 대도시에 공장이 들어서고 신흥부자들이 속출했다.

마오쩌둥이 통치할 때는 중국 인민 전체가 가난하고 빈곤했으나 자본주의 체제로 바뀌면서 부유층과 빈곤층이 확연하게 드러났다.

도시에 공장이 생기면서 농사를 짓던 젊은이들이 도시로 몰려가 공장노동자가 되었다. 그러나 공장노동자라고 해도 농민들보다 훨씬 잘 살았다. 그들을 농민공이라고 불렀고, 그들이 중국의 경제를 이끌었다.

양 신하이는 가난했기 때문에 탄광에서 일하는 등 하루하루를 절박하게 살았다.

"나는 평생 밥을 배불리 먹어본 적이 없다."

양 신하이가 공안에 체포되었을 때 한 말이다.

양 신하이는 사회적으로 분노를 갖고 있었다. 그는 매춘할 때 피임기구를 끼라는 여성의 말에 격분하여 5명을 살해했다. 또한 매춘여성에게 사기를 당하자 아무 관련도 없는 농촌으로 가서 2명을 살해하여 분노를 풀기도 했다.

그가 얼마나 가난하게 살았는지는 평생 선물 한 번 받지 못했다는 사실에서도 알 수 있다.

양 신하이는 초등학교 시절 비교적 학업성적이 우수했다. 내성적이었으나 그림도 잘 그렸다. 중학교를 거쳐 고등학교에 진학했으나 가정 형편이 어려웠다. 그의 아버지는 자식들을 학교에 보낼 수 있는 형편이 못되었다. 그래도 공부를 해야 성공할 수 있으니 겨우 고등학교에 진학했다.

고등학교는 집에서 식량을 가져와야 했으나 그는 가져올 식량이 없어서 풀로 죽을 끓여 먹었다.

이 점 역시 양 신하이의 10대 시절이 얼마나 고통스러웠는지 알 수 있는 대목이다.

그는 학교에서도 소외되고 사회에서도 소외되었다. 풀을 뜯어서 죽을 끓여 먹는 것은 한계가 있었다.

그는 집으로 편지를 보내 식량을 보내달라고 청했다.

'아들이 이렇게 힘들게 공부를 하고 있구나.'

양 신하이의 아버지는 아들의 편지를 받고 눈물을 흘렸다.

그 역시 끼니를 잇기가 어려운 형편이었으나 보리쌀 두 자루를 빌려 손수레에 싣고 학교로 갔다. 그러나 아버지가 학교에 도착했을 때 양 신하이는 이미 학교를 떠난 뒤였다.

"나는 반드시 성공할 것이다."

양 신하이는 학교 친구들에게 그렇게 말하고 둘째 형이 일을 하는 탄광으로 갔다. 그의 나이 불과 17세 때의 일이었다.

그는 탄광에서 일하면서 한 달에 약 150위안의 돈을 받았다. 형편없이 적은 돈이었으나 평생 처음으로 돈을 만진 그는 동료들과 어울려 술을 마시고 노래를 부르면서 즐거워했다. 그러나 탄광 일은 너무나 고통스러웠다. 혹독한 노동의 대가치곤 150위안도 너무나 적은 금액이었다.

중국은 점점 발전하고 있었다. 도시에는 빌딩들이 들어서고 신흥부자들이 거리를 메웠다.

'평생 탄광에서 일을 해도 가난을 벗어날 수 없다.'

양 신하이는 탄광의 일을 때려치우고 도시로 나갔다. 도시로 가면 무엇인가 할 일이 있을 것 같았다.

그러나 도시에서 일확천금할 기회는 오지 않았다. 그는 도시에 나가서도 굶주렸고 빈곤한 생활을 면치 못했다.

도시의 대기업에 취직했더라면 그의 인생이 달라졌을 수도 있었다. 그러나 아는 사람 없고 학력도 없는 그는 대기업에 취직은커녕 뒷골목을 하릴없이 돌아다녔다. 할 수 있는 일이 없으니 절도하고 잡다한 범죄를 저질렀다.

집을 떠난 지 1년이 지났을 때 양 신하이는 광둥성 광저우에서 집으로 편지를 보냈다. 그가 죄를 지어 소년교도소인 노동수용소에 수용되어 있다는 내용이었다.

그의 아버지가 부랴부랴 달려가 수용소에서 양 신하이를 꺼내주었다. 그러나 그는 집으로 돌아가지 않았다.

"성공하기 전에는 죽어도 집으로 돌아가지 않겠다."

양 신하이는 아버지를 버리고 어디론가 떠나갔다.

그는 이후 여러 가지 자질구레한 범죄를 저질러 교도소를 자주 드나들었다.

그가 청년기에 저지른 가장 큰 범죄는 강간미수사건이었다. 그는 한 여자를 강간하려고 하다가 혀를 물려 실패하고 체포되어 7년 형을 선고받았다.

교도소에서 복역하고 나온 양 신하이는 완전히 다른 사람이 되어 있었다. 그는 눈빛이 차갑고 싸늘해져 있었다.

양 신하이는 교도소에서 출옥한 뒤에 살인사건을 저지르기 시작했다.

막다른 골목의 쥐

양 신하이가 사람들을 살해할 때 주로 사용한 무기는 중국인들이 부엌에서 요리할 때 사용하는 사각형의 부엌칼과 망치였다.

그는 농촌의 외딴집을 범행대상으로 삼았기 때문에 오랫동안 발각되지 않고 범행을 계속할 수 있었다.

중국에서는 그를 괴물이라고 불렀으나 어쩌면 가난과 소외가 탄생시킨 괴물일지도 모른다.

양 신하이의 모습에서 우리는 김대두의 모습을 다시 보게 되는 것이다.

양 신하이는 키가 158센티미터밖에 되지 않았다. 왜소한 체구에 가난하여 학업을 계속할 수 없었고 어린 시절 대부분을 굶주리면서 보냈다.

양 신하이에게 살해당한 농촌 사람들은 가난하고 소외된 농민들이었다. 양 신하이는 마을에서 멀리 떨어진 농가에 침입하여 닥치는 대로 망치와 도끼를 휘둘렀고 식칼로 살해하고, 공포로 울부짖는 여자들을 강간하고 살해했다. 가족을 잃은 남은 가족들은 비통했다. 그들은 날벼락을 맞은 것이나 다를 바 없었고 하늘을 원망했다.

2003년 8월 8일, 위화와 위화의 처 위옥화, 딸 위옥지, 위옥혜, 아들 위옥빈 등이 허베이 성 석가장 외곽시역에서 살해되었다. 양 신하이는 가축을 도살하듯이 그들을 살해하여 일가들이 피눈물을 흘렸다.

양 신하이에게 강간을 당하고 살해당한 여자 중에는 임신한 여자도 있었다.

"죄 없는 딸이 살해당했는데 무슨 할 말이 있겠는가? 하늘을 원망한다."

살해당한 여자의 늙은 아버지는 땅에 주저앉아 울었다.

"인간의 탈을 쓴 괴물이다."

중국의 지식인들도 양 신하이를 격렬하게 비난했다. 그들은 살인마 양 신하이가 천벌을 받아야 하지만 그가 살인마가 될 수밖에 없었던 중국 경제와 빈부의 차가 극심한 현상도 개선되어야 한다고 주장했다.

양 신하이를 심문하던 공안은 희대의 살인마 양 신하이를 심문하면서 '과연 인간인가?' 하는 생각이 들었다.

"당신에게 살해당한 사람들에게 양심의 가책을 느끼지 않는가?"

공안이 양 신하이에게 질문을 했다.

"나는 죽은 사람들을 생각하지 않았다."

양 신하이는 조금도 후회하는 빛을 보이지 않았다.

"죽은 사람들이 무슨 죄가 있다고 생각하는가?"

"그들은 죄가 없다. 죄가 있어서 죽인 것이 아니다."

"아이들은 왜 죽였나?"

"그냥 죽였다. 이유는 없다."

공안은 양 신하이를 가만히 쏘아보았다. 이 작은 사내가 그토록 많은 사람을 죽였다는 사실을 믿을 수 없었다.

"그러면 왜 죽였는가?"

"그냥 죽이고 싶었다."

"돈과 여자 때문인가?"

"그렇다."

"세상에 살면서 누구에게 고마움을 느꼈는가?"

"공안이다."

"공안이라고? 당신을 체포한 공안이 왜 고마운가?"

"내가 공안에 체포된 후에 그들은 내게 옷 두 벌을 사주었다. 내 인생에서 처음으로 받은 선물이다."

"교도소에서 출소했을 때 올바르게 살 생각은 없었는가?"

"누가 나에게 올바른 길을 가르쳐주고 직장을 주었는가?"

양 신하이는 후회하지 않고 오히려 분노한 표정으로 말했다.

양 신하이를 잊지 말라

양 신하이의 연쇄 살인은 중국을 충격으로 몰아넣었다.

양 신하이의 연쇄 살인이 가난과 소외에서 비롯되고 인간성에 대한 사회적인 책임 문제로 중국사회가 떠들썩했다. 중국에서 양 신하이를 괴물로 부르면서 빈부의 격차, 소외된 계층에 대한 반성이 일어났다.

물론 가난하다고 모두 사회적인 분노로 살인하는 것은 아니다. 가난한 사람 중에도 스포츠나 예술가로 성공한 사람도 많

294

고 세계적인 부자가 된 사람들도 있다. ㈜소프트뱅크의 손정의는 길가에서 태어났는데 세계적인 거부가 되었고, 현대그룹을 창업한 정주영 회장도 강원도의 가난한 소년이었다.

그러나 대부분의 사람은 가난을 면치 못한다. 가난한 사람들의 과도한 분노와 소외감이 폭발하면 언제든지 이러한 살인사건이 일어날 수도 있다.

양 신하이는 반드시 비난을 받아야 마땅하지만, 가난한 사람들을 소외시키는 이러한 사회구조는 변화가 이루어져야 끔찍한 연쇄 살인을 예방할 수 있을지 모른다.

우리가 양 신하이 사건에서 잊지 말아야 하는 것은 그에게 희생당한 수많은 가족들의 슬픔이 있음을 잊지 말아야 한다. 아울러 양 신하이와 같은 괴물이 나타나지 않도록 소외된 계층과 빈곤층에 대한 배려와 사회적 관심이 필요하다.

양 신하이(楊新海)

대륙을 경악하게 만든 살인자. 1999년부터 2003년까지 허난, 허베이, 산둥, 안후이 등 네 성을 돌아다니며 23명을 강간하고, 67명을 살해했다. 주로 가정집에 침입하여 가족 모두를 살해하고, 그들 앞에서 강간을 하는 등의 잔인무도한 범죄를 저질렀다. 1968년 태어나 2004년 사형을 언도받고 처형당했다.

연쇄 살인을 부른
영웅심리

연쇄 살인사건은 연속살인과 대량살인으로 분류된다.

대량살인은 대개 하룻밤 사이에 일어나는 경우가 많은데 분노조절장애가 살인의 동기가 되는 경우가 많다.

일본에서 발생한 토이 무츠오 사건이나 한국의 경남 의령에서 발생한 우범곤 순경 사건도 분노조절장애로 발생한 사건이라고 볼 수 있다.

최근에 세계 여러 나라에서 발생하는 총기난사 사건 역시 대량살인사건이다. 노르웨이, 미국 등 여러 나라에서 총기난사 사건이 벌어졌는데 리처드 스펙은 시카고의 간호사 기숙사에 침입하여 8명의 간호사를 강간한 뒤에 교살하거나 칼로 찔러 살해했다.

글로리아 데이비만은 1층 거실 소파에 엎드려서 죽어 있었다. 시체에는 옷이 하나도 걸쳐져 있지 않았다. 사인은 교살이었고 등에 수십 군데 칼에 찔린 자국이 있었다.

수잔 팰리스는 교살된 뒤에 손과 발이 잘려져 끔찍하게 죽어 있었다. 또 다른 간호사는 심장과 목, 그리고 왼쪽 눈이 칼에 찔린 시체로 발견되었다. 다른 다섯 명의 간호사들도 한결같이 손과 발이 묶인 채로 살해되어 있었다.

1967년 7월 13일 밤에서 7월 14일 새벽 사이에 시카고에서 일어난 이 살인사건은 미국을 충격에 빠트렸다.

남자의 자존심과 영웅놀이

일본에서 비슷한 사건이 발생했는데 일명 토이 무츠오 사건이다.

토이 무츠오 대량살인사건은 일본에 군국주의 물결이 휩쓸던 제2차 세계대전이 발발하기 직전인 1938년에 발생했다. 일본에서 총기 난동으로 죽은 숫자가 30명밖에 되지 않아 우범곤 순경에게 비할 바가 아니었으나 시대적으로 1938년에 일어난 사건이라 충격이 더욱 컸다.

이 사건은 일본 오카야마 현 쓰야마 시에서 북쪽으로 20킬로미터 떨어진 돗토리 현 경계 근처의 한 산촌에서 일어났다.

토이 무츠오는 당시 22세의 청년으로 할머니와 함께 살고 있었다. 그는 청년이었으나 폐결핵을 앓고 있었기 때문에 군대에 가지 못했다. 그래서 항상 군대에 대한 동경심이 있었다. 그는 군대에 못 가게 되자 마을의 여자들과 성적인 유희에 탐닉했다.

일본의 풍습 중에 '밤놀이(夜遣い, 밤에 이웃집에 침입하여 강제로 성관계를 맺는 짓)'라는 것이 있다. 이는 남성 위주의 일본 사회가 만들어낸 악습이었으나 대부분 사라졌고, 1930년대에는 오지나 다름없는 시골에만 남아 있었다.

그는 밤놀이라는 악습을 악용해 마을 몇몇 여자와 육체관계를 가지게 되었는데, 자기와 관계를 가진 여자들이 다른 남자에게 시집을 가자 앙심을 품었다.

토이 무츠오는 자신과 관계를 가진 여자들이 자신의 여자라고 주장했으나 마을 사람들은 그를 경멸했다. 그는 자신의 말을 들어주지 않는 마을 사람들에게도 불만을 품었다.

"밤놀이에 대한 것은 비밀을 지켜야 한다. 그것을 공개적으로 떠들고 다니는 것은 남자답지 못한 짓이다."

마을 사람들은 밤놀이에 대한 것을 공개적으로 떠들고 다니는 토이 무츠오를 비난했다.

토이 무츠오는 어릴 때 부모를 잃고 누나와 함께 할머니 손에서 자랐다. 그는 누나마저 시집을 가게 되자 외톨이가 되었다.

토이 무츠오는 마을에서 쓸쓸하게 지냈다. 그래서 같은 마을에 있는 소녀에게 밤놀이를 제안했다. 밤에 문을 열어 두면 침입할 것이라고 했으나 소녀가 거절했다. 토이 무츠오는 자기를 거절한 그 소녀를 죽이겠다고 결심했다. 몇 번 여자의 방으로 침입하려고 했으나 마을 사람들에게 방해를 받았다.

'이것들을 모조리 죽여버려야겠어.'

토이 무츠오는 무서운 결심을 했다.

그는 사냥할 때 쓰는 엽총, 도끼, 칼 등을 준비했다. 살인하는 것은 만화를 통해 익혔다. 일본군이 중국군을 공격하고 중국인들을 살해하는 장면이 만화에 많이 그려져 있었다.

토이 무츠오가 사는 마을 근처에는 약 400가구에 2,000여 명의 주민이 살고 있었다. 대부분 가난한 화전민들이었고, 도시까지는 몇십 리가 떨어져 있었다. 남자들은 군대에 가거나 도시로 돈을 벌러 떠나 마을에는 노인들과 아이들, 부녀자들이 않았다.

토이 무츠오는 불과 22세였으나 토메(45세), 츠키요(50세)와 같이 나이 많은 여자와도 정을 통했고, 유리코, 요시코, 미요와 같은 젊은 여자들과도 정을 통했다.

토메는 훗날 토이 무츠오가 달라붙는 것을 거절했다고 마을 사람들에게 이야기하기도 했다.

"거절했다니 말도 안 되는 수작이야."

토이 무츠오는 토메에게 분노했다. 그러자 그는 마을의 다른 여자인 츠키요에게 관심을 기울였다.

토이 무츠오가 그녀에게 몇 번이나 치근덕거리자 돈을 요구했다. 츠키요는 남편과 성장한 자식들이 있는 여자였다.

토이 무츠오는 츠키요와 돈을 주고 정을 통했다.

"토이, 마을에 소문을 내지는 마."

츠키요는 토이 무츠오에게 안겨서 속삭였다.

"아줌마는 내 계집이야."

"네 계집은 아니야. 난 남편도 있고 자식도 있어."

"그래도 내가 가졌잖아?"

"한 번 가졌다고 너의 여자가 되는 건 아니야. 넌 젊으니까 젊은 여자를 아내로 맞아들여야지."

토이 무츠오는 츠키요의 말이 옳다고 생각했다. 그래서 그는 마을의 젊은 여자인 미요의 방에 몰래 침입했다.

미요가 필사적으로 저항했으나 토이 무츠오의 완력을 당할 수 없었다. 결국 미요는 토이 무츠오에게 강간을 당했지만, 마을 사람들은 밤놀이라고 대수롭지 않게 생각했다. 오히려 토이 무츠오가 용감하다거나 사내다운 사내라고 말하는 남자들도 있었다.

"미요. 나에게 시집 와."

낡은 기모노를 입는 미요에게 토이 무츠오가 말했다.

"강제로 한 사람에게는 시집가지 않을 거야."

미요는 토이 무츠오의 청혼을 거절하고 마을의 다른 남자에게 시집을 갔다.

토이 무츠오는 시집을 간 미요에게 집요하게 달라붙었다.

"무츠오, 자꾸 왜 이러는 거야?"

미요는 집요하게 달라붙는 토이 무츠오에게 버럭 화를 냈다.

"왜 나에게 시집오지 않고 다른 놈에게 시집을 간 거야? 내 여자가 되었으니 나에게 시집을 와야 할 거 아니야?"

"네가 강제로 나를 덮쳤는데 내가 왜 너에게 시집가?"

미요가 버럭 화를 냈다.

"나에게 오지 않으면 죽여버릴 거야."

토이 무츠오가 눈을 부릅뜨자 미요는 공포에 사로잡혔다. 그녀는 즉시 남편에게 알렸다.

"그놈이 이상한 짓을 하면 그냥 두지 않을 거야."

미요의 남편은 사냥한다는 핑계로 총까지 구입했다.

미요에게 거절당한 토이 무츠오는 다른 여자에게 집적댔다.

"너와 만나지 않을 거야."

토메가 냉정하게 잘라 말했다.

"전에는 내가 좋다고 달라붙더니 왜 거절하는 거야?"

"넌 폐병 환자야. 우리에게 병이 옮을 거야."

"아직 객혈하지는 않아."

"곧 객혈을 하겠지."

토메의 거부에 토이 무츠오는 유리코를 찾아갔다.

"오늘 밤에 나와."

"싫어. 이제 당신을 만나지 않을 거야."

"한 번만 만나줘."

"전에도 한 번만 만나달라고 그랬잖아?"

토이 무츠오는 마을의 여러 여자와 정을 통했었다.

당시 일본은 남자들 위주의 성문화를 갖고 있었다. 사무라이가 지나가다가 농가에 머물면 딸이나 부인을 바쳤다.

사무라이들은 소년들을 데리고 다녔는데 이는 시중을 들게 하는 목적도 있었지만, 성적 유희의 대상이기도 했다.

남자들이 여자를 겁탈하는 것을 호기로운 행위로 인정하고 밤놀이라고 하여 여자의 집에 남자가 침입하는 것도 크게 문책하지 않았다. 이러한 성문화는 마을의 남자들이 여자들을 공유하는 현상까지 벌어졌다.

토이 무츠오도 이러한 풍습에 따라 마을의 여자 10여 명과 정을 통했으나 그가 결핵에 걸리자 여자들이 일제히 거부한 것이다.

그 무렵 아베 사다의 이야기가 일본을 떠들썩하게 만들었다. 아베 사다 사건은 게이샤인 그녀가 남자를 너무나 사랑히여 살해한 뒤에 성기를 절단한 사건으로 일본인들에게 큰 충격을 주었다.

토이 무츠오도 아베 사다의 이야기에 충격을 받았다.

'대단한 여자야. 사랑하는 남자의 성기를 자르다니……'

많은 일본인이 아베 사다에게 동정심을 품었던 것처럼 토이 무츠오도 아베 사다에게 감탄했다. 그는 아베 사다처럼 일본인들의 영웅이 되고 싶었다.

일본은 군국주의의 광기가 몰아치고 있었다. 일본인들이 지나사변이라고 부르는 중·일전쟁이 발발하여 일본군이 중국으로 파견되고 일본에는 전쟁을 독려하는 물결이 휩쓸었다. 일본군의 승리를 알리는 삐라가 뿌려지고 만화가 가가호호 배급되었다.

전쟁의 바람은 일본의 오지 마을까지 광기로 흔들었다.

오카야마 현 니시카모 마을에는 카이오 부락과 사카모토 부락이 있었다. 산골 깊은 오지에 있는 부락이어서 겨울에는 눈이 석 자씩 쌓여 고립되는 마을이기도 했다.

겨울에는 마을 남자들이 숯을 굽느라고 더욱 깊은 산으로 올라가 마을에는 노인과 부녀자들이 남아서 겨울을 보냈다.

토이 무츠오는 마을의 장정들이 산으로 올라가면 부녀자들이 있는 집에 침입하여 정사를 즐겼다. 10대의 소녀에서 50대의 초로의 여자들까지 닥치는 대로 정을 통했다.

1938년 5월 20일 토이 무츠오는 할머니에 대해서 잠깐 생각

했다. 할머니는 그를 키웠고 여자를 데리고 와서 살림을 하고
아이를 낳으라고 닦달했다.

"이놈아, 일은 안 하고 여자들 뒤꽁무니만 쫓아다닐 거야?"
토이 무츠오가 외출했다가 돌아오자 할머니가 시끄럽게 소
리를 질러댔다.
"왜 또 소리를 지르는 거야?"
토이 무츠오가 붉어진 눈으로 할머니를 쏘아보았다.
"내가 언제까지 살아서 네 뒷바라지를 할 것 같아? 술만 처
먹고 돌아다니지 말고 색시 하나 잡아다가 들어 앉혀. 널린 게
계집인데 왜 못 데리고 와?"
"누가 온다는 여자가 있어야지."
토이 무츠오가 통명스럽게 말했다.
"사지 멀쩡한데 왜 안 와?"
"걱정하지 마. 내가 색시 하나 데리고 와서 할머니 고생 면하
게 해줄게."
토이 무츠오가 빙그레 웃었다.
"이놈아, 내가 너를 어떻게 키웠는지 알아?"
"근데 할머니는 어떤 여자가 좋아? 뚱뚱한 여자? 날씬한 여
자?"
"여자는 자고로 엉덩이가 튼실해야 돼."
"그럼 츠키요는 어때?"

304

"이 미친놈! 츠키요는 쉰두 살이나 되었어. 늙은 년을 뭣 하러 데리고 와?"

"그래도 잠자리는 잘하더라. 소리도 잘 지르고……."

"늙은 여자는 애를 못 봐."

"그럼 요시코는 어때?"

"요시코가 몇 살이냐?"

"스물세 살."

"좋기는 한데 남편이 군대에 갔잖아?"

"군대에서 죽으라지. 오늘 밤에 요시코를 내 여자로 만들 거야."

토이 무츠오는 밤이 되자 요시코의 집으로 갔다. 그러나 요시코는 무츠오에게 군대도 못 가는 남자 결핵병자라고 욕설을 퍼부었다. 토이 무츠오는 요시코에게 분노했으나 옆집에 사람들이 많아서 그냥 집으로 돌아왔다.

'망할 년! 나에게 안겨서 좋다고 소리를 질러댈 때는 언제고!'

토이 무츠오는 요시코에게 이를 갈았다.

'요시코도 나를 무시하고 마을 사람들도 무시하고 있어. 이 마을을 싹 쓸어버려야 돼.'

토이 무츠오는 무서운 결심을 했다.

연쇄 살인의 서막이 오르다

1938년 5월 20일, 토이 무츠오는 자전거를 타고 마을을 정찰하고 오후 5시에는 전봇대에 올라가 전선을 절단했다. 밤이 되자 토이 무츠오 사는 있는 카이오 부락은 전기가 끊어져 캄캄하게 어두웠다. 초저녁에는 부슬비가 내렸으나 밤이 깊어지면서 비가 그치고 달이 떠올랐다.

토이 무츠오는 다락방에서 일본군과 같은 복장을 갖추었다. 그래서 검은색의 교련복을 입고 다리에 각반을 감았다. 머리에 감은 수건에는 2개의 소형 회중 전등을 매달고, 일본도 하나와 비수 두 개를 왼쪽 허리춤에 묶었다. 손에는 멧돼지 사냥용 9연발 브라우닝 엽총을 들고, 실탄 100발을 넣은 자루를 어깨에 걸쳤다.

토이 무츠오는 사냥에 나가는 것처럼 혹은 전쟁에 나가는 병사처럼 완전무장을 한 것이다.

토이 무츠오는 왜 이와 같은 옷차림을 한 것일까. 이것은 일본인들의 심리 속에 제복, 혹은 완장에 함몰된 모습을 보여준다.

그는 살인하러 가면서 군복을 입어 자신을 영웅시 하려고 한 것이다.

그는 다락방에서 내려와 잠든 할머니를 도끼로 살해했다. 그날의 첫 번째 희생자였다.

토이 무츠오는 할머니를 살해한 뒤에 북쪽에 있는 키시모토 카츠유키의 집으로 갔다. 그는 군대에 가 있었고 어머니 츠키요를 비롯하여 네 가족이 잠을 자고 있었다.

　츠키요는 한때 토이 무츠오와 정을 통했으나 최근에 거절하고 있었다.

　"무츠오, 왜 이러는 거야?"

　살기등등하여 집으로 들어온 토이 무츠오를 보고 츠키요는 얼굴이 하얗게 되었다.

　"너는 감히 남자를 무시했다."

　"무츠오, 이러지 마. 살려줘. 무츠오는 나를 좋아했잖아?"

　"이제는 늦었다."

　토이 무츠오는 일본도로 그녀의 목과 가슴을 찔러 살해했다. 그녀의 아들 요시오(14세)와 마모루(11세)도 일본도로 살해했다. 딸 미사(19세)는 다른 집에 있었다.

　토이 무츠오는 자신과 정을 통한 유부녀 토메의 집을 찾아갔다.

　토메는 최근 토이 무츠오와 정을 통하는 것을 거절하고 있었다.

　'토이 무츠오는 폐결핵 환자다. 그런 자와 정을 통하기는 싫다.'

　토메는 마을의 여자들에게 노골적으로 그렇게 말했다. 토이 무츠오는 토메의 복부에 엽총을 쏘아 사살하고, 옆방에서 자는 토메의 남편 슈지(50세), 토메의 여동생 치즈코(22세)를 차례로 살해했다.

토메의 집은 아수라의 참상이 벌어졌다.

"무츠오, 무츠오, 이러지 마."

요시코가 공포에 질려 애원했다. 토메의 딸 오토모 요시코
(23세)는 시집가기 전 토이 무츠오와 정을 통했다. 그러나 토이
무츠오가 폐결핵을 앓고 있었기 때문에 다른 남자와 혼인했고,
토메가 아파서 병문안을 와 있었다.

"내가 널 원했지만 너는 나를 능멸했다."

토이 무츠오는 무릎을 꿇고 애원하는 요시코에게 총을 쏘았
다. 요란한 총성과 함께 피가 사방으로 튀었다.

토이 무츠오는 요시코의 옷으로 얼굴에 묻은 피를 닦았다.

토이 무츠오는 토메의 집을 나와 5분쯤 걸어서 키시모토 타
카시의 집으로 갔다. 타카시는 술을 마시고 있었다.

"무츠오, 총소리를 들었는데 무슨 일인가?"

타카시가 수상스러운 눈빛으로 그를 쳐다보았다.

"아무것도 아니야. 멧돼지가 나타나서 내가 총을 쏜 거야."

"그런가? 멧돼지를 잡았는가?"

"놓쳤네. 뒤따라갈 참인데 목이 마르니 술 한 잔 주게."

토이는 키시모토 타카시의 집으로 가서 타카시(22세)와 임신
6개월이던 아내 토모에(20세)를 엽총으로 사살했다.

또 잠에서 깬 조카 테라나카 타케오(18세)가 달려들었으나 엽
총으로 가슴을 쏘았다. 70세의 모친 타마는 총에 맞았으나 기

적적으로 살아났다.

"내가 죽어야 하는데 젊은 사람이 죽었다. 부처님이 존재하는가?"

타마는 가족들의 죽음 앞에 통곡을 하고 울었다.

마을은 전기가 나가 어두웠다. 토이 무츠오는 어둠 속을 걸어서 테라카와 마사이치의 집으로 갔다.

토이 무츠오는 마사이치(60세), 장남 테이이치(19세), 토키(15세)와 6녀 하나(12세), 며느리 노기 세츠코(22세)를 엽총으로 사살했다.

마사이치의 넷째 딸 유리코는 토이와 사랑을 나누던 사이였다. 그러나 토이가 폐결핵에 걸렸기 때문에 두 사람은 혼인할 수 없었다. 폐결핵은 당시에 불치의 병이었고 전염이 되었기 때문에 누구나 꺼렸다.

유리코는 마을의 다른 남자에게 시집갔으나 토이는 결혼한 그녀에게 계속 찾아갔다.

"무츠오, 너와의 관계는 끝났어. 이제 그만 괴롭혀."

유리코는 울면서 사정했으나 토이 무츠오는 집요했다.

유리코는 토이로 인해 이혼을 당해 다른 남자와 재혼했다. 그녀는 사건이 있던 날 친정에 돌아와 있었다.

"무츠오, 이 악마 같은 놈."

유리코는 토이 무츠오가 가족들을 살해하자 피눈물을 흘렸다.

"네가 나에게 시집왔으면 이런 일은 일어나지 않았어."

토이 무츠오가 유리코에게 총을 겨누었다.

"너는 천벌을 받을 거야."

유리코는 토이 무츠오에게 신발을 던지고 어둠 속으로 달아났다. 토이 무츠오가 재빨리 총을 쏘았으나 빗나갔다.

유리코가 필사적으로 달아나는 바람에 기적처럼 살아남았다.

토이는 이후에도 계속 살인을 저질러 한 시간 반 만에 마을 사람 30명을 살해하고 산으로 올라가 엽총으로 자살했다.

토이 무츠오는 1917년 3월 5일 오카야마 현 쓰야마 마을에서 태어났다. 토이 무츠오의 아버지는 비교적 부유하게 살았으나 그가 두 살 때 병으로 죽고 어머니마저 세 살 때 폐결핵으로 사망하여 할머니의 손에서 자랐다.

대량살인은 왜 일어나는가?

토이 무츠오는 왜 산에 가서 자살한 것일까.

대부분 연쇄 살인마들은 체포되어 사형을 당하거나 종신형을 선고받는다.

그들은 경찰의 수사를 통해 범행과정을 자세하게 밝혀 사람들을 경악하게 만든다. 그러나 토이 무츠오는 자살을 하여 연쇄 살인마들과는 다른 모습을 보인다.

그는 살인할 때도 제복을 입어 자신의 살인을 군국주의 하의 군인 영웅적인 모습으로 기억되기를 바라는 심리가 작용한 것으로 보인다.

일본은 발칵 뒤집혔다.

비록 시골마을에서 일어난 대량살인사건이었으나 전례가 없던 사건이었다. 토이 무츠오의 난동 살인에는 일본 군국주의의 광기도 한몫하고 있다. 그는 검은 제복을 입은 일본군처럼 검은 교련복을 입고 각반을 차고 일본군 흉내를 냈다. 이런 심리는 일본인들의 영웅이 되고자 하는 심리가 배경에 깔렸다고 보아야 한다.

토이 무츠오(都井睦雄)

마을을 초토화시킨 살인자. 201명밖에 살지 않은 시골마을에서 30명이나 되는 사람들이 살해당한 참극이 벌어졌다. 토이 무츠오는 폐결핵으로 군 입대가 좌절된 후 마을사람들에게 무시를 당하게 되자 잔인한 살인에 나섰다. 1917년에 태어나 1938년 광란의 살인행각을 벌이고 뒷산에 올라 자살했다.

이방인

성경에 '바람은 어디에서 불어와 어디로 불어 가는지 모른다'는 말이 있다.

알베르 카뮈의 《이방인》이라는 소설을 보면, 골목의 끝에서 어둡고 축축한 운명의 바람이 불어온다고 했다. 그 소설의 주인공은 단지 태양이 뜨거워서 살인했다고 하여 부조리한 세상을 조롱했다. 하지만 현대의 살인은 동기도 없고 원인도 불분명하다. 바람이 불어오는 곳을 알 수 없듯이 살인마는 언제 어디서 나타날지 모른다.

그러나 바람이 어디에서 불어와 어디로 가는지 알 수 없듯이 '묻지 마 살인'처럼 돌연하게 일어나는 살인사건은 피할 방법이 없다. 그리고 '묻지 마 살인사건'은 분노조절장애가 대부분이고 정신질환자가 저지르는 경우가 많다.

우크라이나의 야수를 체포하다

1996년 4월 7일, 우크라이나 범죄 분석가 아고르 크네이는 휴가도 반납한 채 사무실에서 조사를 하고 있었다. 그는 표트로 오노프리옌코라는 사내가 경찰관에게 전화를 걸어 자기 사촌이 숨긴 총을 우연히 보았다고 신고한 사실에 주목했다. 경찰관에게 그 보고를 받자 크네이는 전신이 팽팽하게 긴장되는 것을 느껴 신고한 표트로 오노프리옌코라는 사내를 비밀리에 소환하여 조사했다. 그러자 그가 말한 사촌이 우크라이나를 뒤흔들던 연쇄 살인마가 틀림없다고 생각했다.

'이제야 이놈을 잡게 되었구나.'

크네이는 뜨거운 피가 끓어오르는 것을 느꼈다.

표트로의 사촌인 아나톨리 오노프리옌코는 부활절을 지내기 위해 그의 집에 왔다고 했다.

"확실히 총을 보았는가?"

"보았습니다. 아주 긴 총이었습니다."

"어떤 총인지 알 수 있겠나?"

"사냥할 때 쓰는 엽총으로, 독일제입니다."

우크라이나 보안부와 경찰은 살인사건 현장에서 다수의 탄피를 수거했는데 독일제 사냥총에서 나온 것이었다. 아나톨리 오노프리옌코가 살인자일 가능성이 더욱 높아진 것이다.

"지금 어디에 있나?"

"크리스티엘야에 있습니다."

"거기는 누구의 집인가?"

"미용사 애나의 집입니다."

크네이는 즉시 경찰 부국장 크리유코프에게 보고했다. 크리유코프는 크네이의 보고에 흥미를 느꼈다.

"이자가 살인자가 확실할까?"

"확실합니다."

"좋다. 즉시 태스크포스 팀을 구성하라."

부국장은 명령을 내리고 경찰 국장인 로마노프에게 보고했다. 우크라이나 경찰은 20개의 체포조를 구성하여 부국장 크리유코프의 지시에 따라 경찰 표시가 없는 차를 타고 아바나 크리스티엘야 거리로 달려갔다. 용의자는 야보리브의 미용사 애나의 아파트에 있었다.

크리유코프와 블라디미르가 체포조의 선두에 섰다.

20개 체포조 중 일단의 체포조는 4층에서 내려오고 다른 체포조는 1층에서부터 올라갔다. 용의자가 탈출하는 것을 방지하기 위해 2,000명의 경찰이 아파트를 에워쌌다. 하나의 사건 때문에 우크라이나 역사상 가장 많은 경찰이 동원된 것이다.

크리유코프와 블라디미르는 용의자의 아파트 문으로 접근했다.

"문을 열면 즉시 어른을 제압한다."

크리유코프는 블라디미르에게 신호를 보냈다.

블라디미르가 문을 두드렸다. 숨 막히는 긴장감이 흐르는 가운데 교회에 갔다가 돌아오는 것으로 생각한 아나톨리 오노프리옌코가 문을 열었다.

"손들어!"

크리유코프와 블라디미르는 권총을 겨누고 재빨리 뛰어들어갔다. 그들은 당황한 표정을 짓고 있는 아나톨리 오노프리옌코의 두 손에 재빨리 수갑을 채웠다. 아니톨리 오노프리옌코는 저항하지 않고 순순히 체포되었다.

52명의 피해자를 살해하여 우크라이나를 충격에 빠트렸던 연쇄 살인마 아나톨리 오노프리옌코가 체포되는 순간이었다.

아나톨리 오노프리옌코는 처음에 자신의 살인사건을 부인했다. 그러나 경찰이 그의 소지품을 수색하여 피해자의 귀걸이, 총, 스테레오 등 피해자의 다양한 증거물을 찾아내어 추궁하자 비로소 52명을 살해한 사건을 자백했다.

그가 살인사건을 자백하자 우크라이나 전역을 발칵 뒤집혔다.

살인의 시작

1989년 가을이었다. 우크라이나의 서남부 지토 미르 지역에 있는 산악지대의 외딴집이었다. 전나무들이 울창한 산길을 두 사내가 걷고 있었다.

우크라이나는 전 세계에서 7퍼센트의 밀과 10퍼센트의 옥수수 생산량을 자랑하고 철광석 생산은 세계 1위의 나라였다. 그러나 소비에트 연방에 속해 있는 동안 경제는 악화되고 정치·사회는 후진국이 되어 있었다.

"아나톨리, 주위에 집들이 없나?"

"없어. 주위가 모두 이 집의 땅이야."

아나톨리라고 불리는 사내가 전방을 노려보면서 대답했다.

"젠장! 이 사람들은 어떻게 해서 이렇게 많은 땅을 가진 거야?"

"세르게이, 죽을 때 돈이나 땅을 가지고 가지는 못해."

아나톨리 오노프리옌코가 묘한 표정으로 웃었다. 세르게이도 아나톨리를 쳐다보고 피식 웃었다. 그들은 멀리서 낮은 판자 울타리에 둘러싸여 있는 집을 보았다.

그들은 집에 가까이 이르자 숲에 몸을 숨겼다. 넓은 마당에는 아이들이 뛰어놀고 있었다.

"애들이 많군."

세르게이가 마당에서 뛰어놀고 있는 아이들을 살피면서 말했다.

"애들은 상관 없어."

오노프리옌코가 보드카를 한모금 마시고 전나무에 등을 기댔다.

"총소리가 들려도 괜찮을까?"

"마을까지는 2킬로미터나 떨어져 있어. 총소리가 들린다고 해도 아무도 오지 않을 거야. 세르게이, 네가 뒷문을 맡아. 내가 앞문을 맡을게."

"알았어."

세르게이가 오노프리옌코에게 손을 내밀었다.

오노프리옌코가 보드카를 내밀었다. 세르게이가 보드카를 받아서 천천히 마셨다.

"어른이 왜 둘밖에 없어?"

"내가 어떻게 알겠어? 어제 하루 종일 지켜봤는데 둘밖에 없었어."

오노프리옌코가 잘라 말했다.

"애들까지 모조리 해치워야 돼?"

그는 아이들까지 죽여야 한다고 말했다. 세르게이는 오노프리옌코의 정신이 이상한 것이 아닌가하고 생각했다. 어쩌면 보드카를 많이 마신 탓인지 모른다고 생각했다.

"우주에서 죽이라고 했어."

"무슨 소리야?"

"우주에서 죽이라는 소리가 들려. 오노프리옌코, 애들을 죽여라. 애들을 살려두지 마라."

세르게이는 오노프리옌코를 멀뚱히 쳐다보았다. 그는 오노프리옌코가 약간 맛이 갔다고 생각했다.

"그래서 죽일 거야?"

"해치워야지. 아무도 살려두면 안 돼."

오노프리옌코의 눈빛이 광기를 띠고 있었다.

세르게이는 서서히 취기가 오르는 것을 느꼈다.

이내 해가 떨어지고 어둠이 내렸다.

"가자."

오노프리옌코가 숲에서 일어섰다. 농가에는 불이 환하게 켜져 있고 아이들은 모두 집에 들어가 있었다.

밤이 시작되고 얼마 지나지 않았을 때였다. 저녁 식사를 마치고 가족들이 둘러앉았을 때 두 사내가 들어왔다. 한 사내는 앞문으로 들어왔고 다른 사내는 뒷문으로 들어왔다. 그들은 집 안에 둘뿐인 어른들을 향해 사냥용 산탄총을 쏘았다. 어른들은 피투성이가 되어 쓰러졌고 아이들은 울음을 터트렸다.

"돈이 어디 있는지 말해!"

오노프리옌코가 열 살쯤 되어 보이는 소년에게 윽박질렀다.

"몰라요."

소년이 고개를 흔들면서 대답했다. 오노프리옌코는 소년을 향해 총을 쏘았다.

소년이 비명을 지르면서 고통스러워하다가 숨이 끊어졌다. 그러자 아이들이 더욱 요란하게 울음을 터트렸다.

오노프리옌코는 아이들에게도 총을 난사했다. 아이들도 비명을 지르고 숨이 끊어졌다.

1989년 가을이었다. 우크라이나 최악의 살인마 오노프리옌코의 잔인한 살인이 시작되는 서막이었다.

오노프리옌코와 세르게이는 이날 밤 두 사람의 어른과 8명의 어린이를 살해한 뒤에 금반지 등 귀금속을 훔쳐 사라졌다.

지토 미르 주는 발칵 뒤집혔다.

"살인사건이 일어났습니다."

지토 미르 경찰서에서 우크라이나 지토 미르 지역 보안청으로 전화가 왔다. 우크라이나의 보안청은 한국의 국정원과 같은 기관으로 첩보와 대테러 업무가 중요 임무였다.

"살인사건을 왜 보안청으로 보고해?"

보안청의 수사팀장 야누체크가 짜증스럽게 전화를 받았다.

"10명이 살해되었습니다."

"뭐라고? 테러인가?"

야누체크는 눈이 이 커지면서 긴장했다.

"모르겠습니다. 일단 현장으로 출동하시지요."

야누체크는 즉시 보안청 요원들과 현장으로 달려갔다.

살인사건 현장은 읍내에서도 차로 두 시간이나 걸리는 곳이었다.

"어떤 놈이 이렇게 잔인하게 사람을 죽였지?"

현장에 도착한 야누체크는 피비린내가 풍기는 현장을 살피면서 몸을 떨었다.

살인사건현장

살인은 집에서 벌어져 있었다. 두 명의 어른은 거실과 부엌에서 죽어 있었고 아이들은 여러 방에서 죽어 있었다.

'동부 놈들 짓인가?'

그당시 우크라이나는 동부와 서부가 치열하게 대립하고 있었다. 동부는 슬라반스크 지역을 중심으로 분리 독립을 원했고 우크라이나 정부는 이를 진압하고 있었다.

"아이들까지 살해할 일이 있습니까?"

"그렇다고 강도가 아이들까지 죽일 필요는 없잖아?"

"일단 조사부터 해보겠습니다."

보안청 요원들은 경찰과 함께 피해자 주변을 샅샅이 조사했다. 그러나 피해자는 사람들에게 원한을 가진 적이나 나쁜 짓을 한 일도 없었다.

10명의 일가족이 몰살을 당한 사건은 지토 미르 일대를 경악하게 만들었다. 주민들은 범인을 잡지 못하는 경찰과 보안청을 비난했다.

"어떤 일이 있어도 살인자를 검거하라."

보안청과 경찰에 특명이 내렸다. 보안청 요원들과 경찰은 총을 소유하고 있는 사냥꾼을 비롯하여 지토미르 일대의 전과자들에 대해 대대적인 수사에 들어갔다.

오노프리옌코는 세르게이와 결별하고 산속으로 돌아다녔다.

주민들은 살인자가 아이들까지 살해한 것에 더욱 분노했다.

우크라이나 경찰과 보안부에서 출동하여 사건 현장을 검증하고 목격자 탐문수사와 전과자 수사에 나섰다. 그러나 범인은 검거되지 않고 용의자는 떠오르지 않았다. 우크라이나의 민심은 흉흉했다.

오노프리옌코는 몇 달 동안 잠잠했다. 잔인한 살인사건도 사람들의 뇌리에서 서서히 잊혀 갔다. 그러나 첫 번째 사건이 발생하고 몇 달 되지 않았을 때 두 번째 사건이 발생했다.

오노프리옌코는 한적한 길에 차를 세우고 잠을 자던 일가족 5명을 살해했다. 그는 5명을 모두 총으로 살해한 뒤에 물건과 돈을 훔치고 차에 불을 질렀다.

'대체 누가 이렇게 잔인한 짓을 저지르는 거지?'

우크라이나 주민들은 공포에 떨었다. 무엇보다 어린아이들까지 잔인하게 살해한 것에 더욱 분노했다.

살인자의 방랑

오노프리옌코는 우크라이나를 떠났다. 그는 독일 등 유럽 여러 나라를 여행했다. 그는 비자나 여권도 없이 산을 이용해 국경을 넘어다녔다.

오노프리옌코는 약 6년 동안 우크라이나에 나타나지 않았다. 그는 집시처럼 산을 타고 이동했고, 유럽 여러 나라에서 허드렛일을 하는 등 잡다한 일하며 숨어 지냈다.

오노프리옌코는 캐나다로 이민을 가고 싶었으나 여의치 않았다. 캐나다를 통해 미국에 가면 우크라이나에서보다 잘살 수 있을 것 같았다.

그는 총을 우크라이나에 숨겨 놓고 왔기 때문에 난민 행세를 하고 돌아다녔다.

그는 공장에서 일을 하기도 하고 포도농장에서 일하기도 했다. 여권을 가지고 있었으나 오랫동안 한 나라에 정착할 수 없었다.

오노프리옌코는 6년 동안 유럽을 전전하다가 독일에 도착했다. 그는 함부르크와 여러 도시를 거쳐 드레스텐에 이르렀다.

그는 드레스텐의 엘버 강 근처에 있는 주택에서 도둑질하다가 경찰에 체포되었다.

"왜 도둑질을 했는가?"

독일 경찰이 오노프리옌코를 신문하기 시작했다.

"여행자인데 돈이 떨어져서 그랬다. 잘못했다."

"비자도 없이 6년이나 유럽 여러 나라를 돌아다녔다. 무슨 일을 했는가?"

"닥치는 대로 일을 했다."

"우크라이나는 왜 떠났는가?"

"우크라이나는 경제가 어렵다. 유럽에서 일하고 싶었다. 독일에서 일하게 해달라."

"독일은 당신을 받아들일 수 없다."

독일 경찰은 오노프리옌코를 우크라이나로 추방했다.

돌아온 터미네이터

오노프리옌코는 우크라이나 국경 경찰에 인도되어 조사를 받았다.

우크라이나는 광대한 영토를 가지고 있었으나 가난했다. 많은 젊은이가 돈을 벌기 위해 서유럽으로 갔다가 강제 추방되어 돌아오는 일이 빈번했다.

"왜 독일에서 추방되었는가?"

우크라이나 국경 경찰이 오노프리옌코를 조사했다. 오노프리옌코는 살인을 했기 때문에 수배되어 있을지도 모른다고 생각하여 불안에 떨었다. 그러나 국경 경찰은 그가 살인자라는 사실을 전혀 모르고 있었다.

'나는 수배되지 않았어.'

오노프리옌코는 안심했다.

"돈이 떨어져 도둑질했다. 도둑질은 나쁘지만, 며칠 동안 굶어서 어쩔 수가 없었다."

오노프리옌코는 한껏 불쌍한 표정으로 말했다.

"우크라이나도 일할 곳은 많이 있다. 젊은이들이 조국애를 갖도록 하라.”

국경 경찰은 더 이상 신문하지 않고 오노프리옌코를 석방했다. 오노프리옌코는 지토 미르로 돌아오면서 눈물을 흘릴 정도로 기뻤다.

열차를 타고 고향인 지토 미르로 가는데, 우크라이나의 아름다운 풍경이 차창으로 지나갔다.

겨울이었다. 전나무 숲에는 눈이 하얗게 쌓여 있고 바람이 불고 있었다.

“어디까지 가세요?”

그의 앞에는 젊고 아름다운 여자가 앉아 있었다.

“지토 미르요.”

오노프리옌코는 웃으면서 대답했다. 이제 스무 살이나 되었을까. 검은 눈이 예쁘고 가슴이 봉긋하게 솟아 있었다.

“일본에서 왔어요?”

“아니에요. 고려인 3세예요.”

“아!”

오노프리옌코는 고개를 끄덕거렸다.

1930년대 스탈린은 고려인들을 극동지역에서 중앙아시아로 강제로 이주시켰다. 고려인 3세라는 여자를 보자 일본 여자 하나코의 얼굴이 떠올랐다.

‘프랑스에서 살인했던 것은 미궁에 빠질 거야.’

오노프리옌코는 프랑스와 독일의 국경도시인 스트라스부르에서도 살인을 저질렀다.

그는 노동자 생활을 하면서 떠돌다가 스트라스부르에서 배낭여행을 하는 일본 여자를 만났다. 이름이 하나코였는데 도쿄에서 왔다고 했다.

그는 국경까지 안내해주겠다고 거짓말을 한 뒤에 공원으로 유인하여 강간하고 목을 졸라 살해했다.

그녀는 200달러가 넘는 돈을 갖고 있었다.

'동양 여자와 한 것은 처음이었어.'

오노프리옌코는 발버둥 치면서 저항하던 여자의 얼굴을 떠올리자 어떤 쾌감이 슬그머니 머릿속에 떠올랐다.

차창으로 울창한 삼림이 지나갔다.

그는 숨겨 놓은 총을 찾기 위해 지토미르 역에서 내려 서쪽의 산을 향해 걸어가기 시작했다.

1995년 12월 24일의 일이었다.

날씨는 몹시 추웠다.

오노프리옌코는 땅이 얼어붙어 있어서 흙을 파는 일이 쉽지 않았다. 불을 피워 흙을 녹이면서 땅을 파헤치자 간신히 총을 꺼낼 수 있었다.

'다행히 녹이 슬지 않았어.'

6년이 지났는데도 독일제 총과 탄약이 멀쩡했다. 탄약을 장전하여 총을 쏘자 요란한 총소리와 함께 탄환이 발사되었다. 그는 총을 가방에 담아 어깨에 둘러메고 산길을 이용하여 이동하기 시작했다.

12월 24일 오노프리옌코는 중앙 우크라이나의 한 산길에 나타났다. 밀림지대여서 산길에는 사람과 차가 다니지 않았다.

숲에서 내려다보자 사람들이 차에서 잠을 자고 있었다.

오노프리옌코는 차로 가까이 가 잠들어 있는 일가족 5명을 살해했다. 총소리가 요란하게 울렸으나 밀림지대라 아무도 나타나지 않았다.

그는 천천히 차 문을 열어젖혔다.

유리창은 박살이 나고 시체에서는 피가 흘러내려 피비린내가 진동했다. 그는 차 안을 모두 뒤져 돈과 패물 등을 약탈했다.

'제기랄, 돈도 얼마 없군.'

오노프리옌코는 휘발유를 꺼내 차에 불을 질렀다. 그는 차에 맹렬한 불길이 치솟자 숲으로 빠르게 달아났다.

'흐흐! 자동차가 타고 있는데도 아무도 오지 않는구나.'

오노프리옌코는 불타는 자동차를 내려다보면서 만족했다.

그는 총이 있어서 자동차에 있는 사람들을 마음대로 죽일 수 있었다.

오노프리옌코는 가방에서 보드카를 꺼내 마셨다.

그는 술을 마시고 수십 킬로미터를 이동한 뒤 사냥한다는 핑계로 오지 마을의 여관이나 산림감시원의 오두막에서 지냈다.

해가 바뀌자 오노프리옌코는 지토미르 지역으로 다시 갔다.

1월 2일, 그가 산을 타고 이동하는 산길에 외딴집이 하나 있는 것이 보였다. 그는 맹수가 사냥감을 노리듯이 집 주위를 살폈다. 마을은 집에서 2킬로미터 이상 떨어져 있었고 겨울이라 오가는 사람도 없었다. 그는 현관문을 열려고 했으나 잠겨 있어 열리지 않았다.

'흥! 문을 잠가도 소용이 없어.'

오노프리옌코는 창문에 돌을 던져 유리창을 깼다. 그러자 현관문이 열리면서 남자가 소리를 질렀다. 그는 사내를 향해 산탄총의 방아쇠를 당겼다. 요란한 총성이 일어나면서 남자가 쓰러졌다.

오노프리옌코는 현관문 안으로 뛰어들어갔다. 아이들 둘이 뛰어나오자 그들을 향해 총을 쏘았다.

"살, 살려주세요."

여자가 얼굴이 하얗게 변해 애원했다. 오노프리옌코는 여자를 강간하고 살해했다. 집 안을 샅샅이 뒤져 돈과 패물을 찾아 나오는데 마침 한 남자가 집 앞을 지나가고 있었다.

오노프리옌코는 보행자도 총을 쏘아 살해했다.

우크라이나의 무법자

오노프리옌코는 서부영화에 나오는 무법자처럼 총을 쏘고 다니면서 사람들을 살해했다. 우크라이나의 국민은 살인자가 어떤 정치적인 목적을 가지고 있는 것이 아닌가 의심을 했고 경찰은 살인자를 검거하지 못해 초조해했다. 그러는 동안에도 오노프리옌코는 경찰을 조롱하듯이 잇달아 시민들을 살해했다.

왜 오노프리옌코는 잔인한 살인을 저지른 것일까.

오노프리옌코는 체포되기 직전에 살인에 대한 광기가 폭발하고 있었다. 그래서 그는 광기로 계속 살인을 저질렀다.

오노프리옌코는 1월 6일 지토미르 지역에서 다시 4명을 살해했다. 피해자 중에는 택시 운전사와 해군 소위도 있었다.

1월 17일에는 6명이 살해되었다. 피해자 중에는 27세의 철도노동자와 55세의 보행자도 있었다.

1월 30일. 오노프리옌코는 우크라이나의 블래스트 지역에서 마루시나와 그녀의 두 아들 그리고 32세의 방문자를 살해했다.

2월 19일에는 블래스트 지역에서 두브체크 일가를 살해했다. 그는 총으로 아버지와 아들을 살해하고 어머니를 망치로 때려서 살해했다. 딸에게는 돈을 요구한 뒤에 망치로 살해했다.

2월 27일. 오노프리옌코는 다시 5명을 살해했다. 그는 이번에는 도끼를 사용하여 부모를 죽이고 이를 촬영한 뒤에 7세와 8세의 어린 딸들도 살해했다. 이어 이웃에 사는 사업가도 살해했다.

3월 22일. 오노프리옌코는 또다시 4명의 가족을 살해하여 희생자가 자그마치 52명에 이르게 되었다. 불과 몇 달 사이에 수십 명이 살해되자 우크라이나 국민은 공포에 떨었다.

우크라이나 보안부와 경찰이 연합하여 특별수사본부가 설치되고 인원은 2,000명, 장비는 지대지 미사일까지 갖추었다. 이들이 지대일 미사일까지 동원한 것은 살인자가 총을 사용하기 때문이었다.

우크라이나 보안부는 유리 모자라야라는 26세 청년을 유력한 용의자로 잡아들여 고문했다. 고문 방법으로 구타와 전기구이 등 온갖 방법이 동원되었다.

그는 3일 동안 고문을 당하다가 죽었다. 그를 고문한 7명의 요원은 구속되어 재판에 회부되었다.

보안부와 경찰이 대대적으로 수사하자 오노프리옌코는 사촌 표트로에게 갔다가 검거된 것이다.

살인자의 심문과 재판

오노프리옌코의 심문은 우크라이나 경찰 부국장 크리유코프와 노련한 심문관인 테슬라가 맡았다.

오노프리옌코는 오랫동안 침묵을 지키다가 자백하기 시작했다. 그의 아파트를 수색하자 피해자들의 물품과 망치, 총 따위의 살인 무기가 다수 발견되었다.

오노프리옌코는 보안부에서 집중적인 조사를 받고 우크라이나의 연쇄 살인마라는 사실을 자백했다. 그러나 오노프리옌코는 조사를 받으면서 후회를 하거나 양심의 가책을 조금도 느끼지 않았다.

그는 사람들을 죽이라는 명령이 우주에서 들리고 신의 뜻이라고 말했다.

그가 체포된 뒤에 우크라이나의 범죄심리학자들이 프로파일링했지만, 반사회적 인격을 가진 인물이라는 사실밖에 밝히지 못했다.

오노프리옌코는 우크라이나의 서남부 지토 미르 지역에서 태어났다. 그가 4세 때 어머니가 죽고 2차대전 참전용사인 아버지는 그를 할아버지와 할머니의 집으로 보냈다. 그러나 그들도 오노프리옌코를 키우지 않고 고아원에 보내 우울한 어린 시절을 보내야 했다.

오노프리옌코는 어른이 되어 선원으로 일하면서 전 세계를 돌아다녔다. 그가 체포되었을 때는 임업(林業) 공무원이 되기 위하여 임업 공부를 하고 있어서 보안부는 37세의 임업 수험생을 체포했다고 발표하기도 했다.

오노프리옌코는 사람들을 살해한 이유를 우주에서 명령이 내려왔다는 등 횡설수설했다. 우크라이나 국민은 살인마를 사형시켜야 한다고 주장했다. 여론이 들끓자 우크라이나 대통령도 사형을 시키는 문제를 심각하게 고려하지 않을 수 없었다. 그러나 우크라이나는 유럽연합에 가입하면서 사형이 폐지되었다. 그래서 우크라이나 대통령은 오노프리옌코에게만 사형을 허가해달라고 요청했으나 거부되었다.

우크라이나는 유럽연합을 탈퇴하는 문제를 심각하게 고려했으나 결국 오노프리옌코에게 종신형을 선고하고 말았다.

우크라이나 국민의 분노

아나톨리 오노프리옌코는 양심의 가책을 표명하지 않았다. 그는 감옥에 갇혀 있는 동안 살인자로서 세계 기록을 보유하고 싶었다고 말해 우크라이나 국민을 분노하게 만들었다.

"내가 감옥에서 나가게 되면, 나는 다시 살인을 시작할 것이다."

오노프리옌코가 전혀 반성이나 후회를 하지 않았기 때문에 피해자의 가족은 더욱 분노했다.

그들은 오노프리옌코가 인간이 아니라 백정이라고 주장했고 반드시 사형을 시켜야 한다고 외쳤으나 유럽연합에 가입한 우크라이나는 그를 사형시킬 수 없었다.

아나톨리 오노프리옌코는 2013년 8월 27일 지토 미르 감옥에서 심장병으로 사망했다. 그의 나이 54세였다.

오노프리옌코의 살인사건은 총을 들고 무자비하게 총을 쏘아 시민들을 살해했다는 점에서 충격적이다. 그러나 그에게 특별한 의미는 부여할 필요가 없을 것이다.

그는 총이 없으면 아무것도 하지 못하는 소심한 인간이었고 총이 있을 때 대량살인사건을 저질렀다. 그는 총이 있을 때에만 살인을 저질렀기 때문에 우크라이나의 야수, 우크라이나의 터미네이터로 불리기도 했다.

아나톨리 오노프리옌코(Anatoly Onoprienko)
산림의 야수 살인자. 1989년부터 1996년까지 남녀노소를 가리지 않고 52명을 살해했다. 성인은 총살하고, 어린아이는 타살하는 등 살해 방법이 하나같이 잔인했다. 범행 현장의 증거를 인멸하기 위해 불을 붙이고, 범행을 목격한 사람은 가차 없이 살해하는 등 주도면밀한 모습을 보였다. 1959년에 태어나 2013년 감옥에서 심부전으로 사망했다.

쌀의 살인

부녀자 연쇄 살인사건을 자세히 살펴보면 상당수의 여자가 살인마들에게 유혹당하고 있다는 사실을 알 수 있다.

매춘부들은 돈 때문에 유혹되고, 일반 부녀자들은 길을 가르쳐달라거나 차에 태워준다는 살인자의 말에 유혹당한다. '찢어 죽이는 잭'은 윤락녀들을 유혹했고, '유영철 사건'에서는 마사지사들이 집중적으로 유혹당했다. 그녀들의 공통점은 생계를 위하여 윤락 행위를 하다가 살해되었고, 생계 때문에 유혹되었다는 사실이다.

일본에서도 생계를 위하여 쌀을 구하러 갔던 여인들이 쌀을 구입하게 도와주겠다는 사내에게 유인되어 10여 명이나 살해된 사건이 발생하여 충격에 빠뜨린 일이 있었다.

일본군 수병장을 지낸 코다이라 요시오 사건은 1940년대에 발생했지만, 오로지 양식을 구하려는 부녀자들을 살해하여 연쇄 살인마 중에도 가장 치졸한 살인마로도 꼽힌다. 부녀자들은 쌀을 구해 가족들을 먹이기 위해 불안하면서도 살인마를 따라간 것이다.

전쟁 말기의 일본 여자들

날씨가 후텁지근하여 가만히 서 있는데도 이마에서 땀이 배어났다.

31세의 가정주부인 이시다 요리는 땀을 흘리면서 철로를 무심히 바라보았다. 일본의 도부 철도 신토치기 역이었다.

'어디에 가야 쌀을 구할 수 있지?'

이시다 요리는 무겁게 한숨을 내쉬었다.

1945년 6월 22일, 일본은 제2차 세계대전에 패색이 짙어지면서 모든 물자가 배급제로 바뀌어 쌀을 구하는 일이 어려웠다. 일본인들 누구나 패전에 대한 두려움을 갖고 있었고, 군부는 옥쇄(玉碎: 명예나 충절을 위하여 깨끗이 죽는 것)를 해야 한다고 미쳐 날뛰었다. 일본은 곳곳에서 패전하고 있었고, 동맹국인 독일은 4월 1일 연합군에 무조건 항복했다. 일본에도 미군의 공습이 시작되어 방공훈련이 실시되고, 주민들에게는 시골로 소개령이 떨어졌다.

이시다 요리는 당장 쌀을 사야 했다.

"혹시 쌀을 구하지 않으십니까?"

그때 한 남자가 그녀에게 말을 건넸다. 아까부터 역에서 서성거리고 있던 40대 초반의 남자였다. 국방색 당꼬바지를 입고 있었으나 허름했고 시골 사람 같았다. 당시에는 양식을 사사로이 팔고 사는 일이 엄격하게 금지되어 있었기 때문에 은밀하게 거래를 해야 했다.

"네. 쌀을 구해요."

이시다 요리는 반갑게 대답했다. 그녀는 자신에게 행운이 온 것인지도 모른다고 생각했다.

"그러시군요. 저도 쌀을 구하러 왔습니다."

남자가 부드러우면서도 조용한 목소리로 말했다.

"쌀을 구할 곳이 있나요?"

"실은, 제가 아는 농가에서 쌀을 팔기는 합니다."

"그럼 저도 쌀을 살 수 있게 도와주세요. 은혜는 잊지 않겠습니다."

이시다 요리가 정중하게 허리를 숙였다.

"소개해드리는 건 어렵지 않지만, 버스를 타고 가야 합니다."

사내가 이시다 요리를 위아래로 살피면서 물었다. 이시다 요리는 하늘색 바탕에 벚꽃 무늬의 낡은 기모노를 입고 있었다.

"그건 상관이 없습니다."

"그럼 같이 가실까요?"

"부탁드리겠습니다."

아시다 요리가 다시 허리를 숙여 인사를 했다.

"저는 코다이라 요시오입니다."

"이시다 요리입니다."

두 사람은 인사를 나누고 역사 앞으로 나가서 버스를 탔다.

코다이라는 버스를 타고 가면서 이시다 요리를 살폈다. 그녀는 30대 초반이었고 손목시계를 차고 있는 것을 보면 중류 이상의 부인으로 보였다.

그들은 버스에서는 이런저런 이야기를 나누었다. 코다이라는 일본군으로 중국에 갔다 온 이야기를 했고 해군 군수창고에서 일한 적이 있다고 말했다.

이시다 요리는 남편이 군대에 가 있고 두 아이와 함께 시댁에서 살고 있으며 저녁거리가 없어 쌀을 사가지 않으면 가족들이 굶어야 한다고 처연하게 말했다.

마침내 그들은 버스에서 내렸다.

"저를 따라오십시오. 멀지 않습니다."

코다이라는 버스에서 내리자 이시다 요리를 산으로 유인했다.

"왜 산으로 갑니까?"

"지름길입니다."

이시다 요리는 코다이라가 산으로 올라가자 불안했다.

그를 따라 10분쯤 걷자 인적이 없는 숲이 나타났다. 이시다 요리는 더 이상 코다이라를 따라갈 수 없었다.

"저는 그냥 가겠어요."

이시다 요리가 걸음을 멈추고 말했다.

"저녁을 지을 쌀이 없다면서요?"

코다이라는 갑자기 눈을 부릅떴다.

"미안해요."

이시다 요리는 몸을 돌렸다.

"여기까지 와서 돌아가면 되겠어?"

코다이라는 재빨리 이시다 요리의 머리채를 잡아챘다. 이시다 요리는 짧게 비명을 질렀다. 그러자 코다이라가 칼을 꺼내 그녀의 얼굴에 겨누었다.

두 번째 강간과 살인

사이렌 소리가 길게 울렸다. 코다이라는 여자의 옆에 앉아서 하늘을 쳐다보았다. 또 미국의 공습이 시작되고 있는 것인가.

사이렌 소리에 공기가 파르르 몸을 떨고 있는 것 같았다. 그러나 미국의 폭격기는 어디에도 보이지 않았다. 다른 지역에 폭탄을 떨어뜨리고 있거나 경찰에서 국민을 훈련시키기 위한 것인지도 모를 일이었다.

사이렌 소리가 길게 여운을 끌다가 그친 숲은 기이할 정도로 조용했다. 바람이 일지 않아 초목의 푸른 잎사귀들이 미동도

하지 않고 있었다.

"살, 살려주세요."

여자가 애원하듯이 말했다. 여자의 얼굴에 눈물 자국이 말라 붙어 있었다.

"당신을 죽이지 않을 거야. 그러니 잠자코 있어."

코다이라가 얼굴에 웃음기를 띠우고 말했다. 여자는 억지로 울음을 삼켰다. 사내가 자신을 죽이지 않을지도 모른다는 생각 이 얼핏 뇌리를 스치고 지나갔다.

그런데 이 사내는 왜 이러고 있는 것인가. 사내는 이미 그녀 를 쓰러뜨리고 겁탈했다. 몸부림을 치면서 저항했지만 어쩔 수 가 없었다.

"당신의 가슴을 보고 싶군."

"저를 보내주세요. 부탁이에요."

"그런 수고를 할 필요는 없어."

사내가 그녀의 기모노를 벗기기 시작했다. 여자는 죽은 듯 움직이지 않고 있었다. 기모노 자락 아래 여자의 매끈한 하체 가 그대로 드러나 있었다. 여자의 허벅지는 희고 매끄러웠다. 여자는 옷이 벗겨지자 이를 악물었다. 사내는 옷이 잘 벗겨지 지 않자 칼로 베어냈다. 예리한 칼날이 옷자락을 베자 여자는 치욕스러운 기분이 들었다. 그가 그녀의 몸속으로 들어왔을 때 포기할 수밖에 없었다.

"옷을 베지 말아주세요."

"그건 왜 그래야 하지?"

"돌아갈 때 찢어진 옷을 입고 돌아갈 수는 없잖아요?"

"그런가?"

사내가 묘한 표정으로 웃었다. 그는 틈틈이 주위를 경계하고 있었다. 짐승이 바스락거리는 소리에 깜짝 놀라 숲을 살피고 눈빛이 광기를 뿜었다.

'흐흐……. 좋은 가슴을 가지고 있군.'

사내가 음침하게 웃었다. 사내의 손이 가슴을 움켜쥐었다. 여자는 파충류가 닿는 것처럼 몸을 부르르 떨었다.

여자는 눈을 감았다. 사내가 그녀의 위로 올라왔고, 다시 몸 속으로 들어왔다.

'어떻게 해야 하지?'

여자는 사내에게 유린당하면서 생각했다. 그러나 사내에게서 도망칠 수 있는 마땅한 방법이 떠오르지 않았다.

사내가 가쁜 숨을 몰아쉬다가 그녀에게 납작 엎드렸다. 그의 이마에서 굵은 땀방울이 여자의 얼굴로 떨어졌다.

"좋은가?"

사내가 여자에게 물었다.

"다리를 내 허리에 감아. 그래야 더 깊이 들어가지. 너도 좋지 않아?"

사내가 음산하게 웃었다. 여자는 사내가 시키는 대로 두 다리를 그의 허리에 감았다.

"흐흐……."

사내가 만족한 듯이 하얗게 웃었다. 그때 사이렌 소리가 다시 길게 울리기 시작했다. 사내는 여자의 위에서 멈췄다. 공습 사이렌 소리가 울리면 무엇이든지 하면 안 되었다.

공습 사이렌이 그친 것은 오랜 시간이 걸리지 않았다. 사이렌 소리가 그치자 사내가 빠르게 움직이기 시작했다.

이시다 요리는 지쳐 있었다. 사내가 자신의 국부를 뚫어질 듯이 살피자 수치스러움 때문에 눈을 감았다.

그는 벌써 두 번이나 그녀를 짓밟았는데도 보내주려고 하지 않았다.

이미 해가 설핏 기울기 시작하고 있었다.

"황홀해."

사내가 음침한 목소리로 중얼거렸다.

'미친놈.'

아시다 요리는 속으로 욕설을 내뱉었다. 그때 사내가 그녀의 위로 올라오며 웃었다.

"이제 그만 저를 보내 주세요."

여자는 사내에게 애원했다.

"흐흐. 살려주면 나를 신고하겠지."

사내의 두 손이 그녀의 목을 움켜쥐었다. 여자는 캑캑거리면서 맹렬하게 저항했다. 사내가 자신을 살려주지 않을 것이라는 생각이 들자 공포가 엄습해 왔다.

"살, 살려줘."

여자는 몸부림을 치면서 울었다. 사내는 그녀를 깔고 앉아서 더욱 힘껏 목을 졸랐다. 여자는 발버둥을 치다가 숨이 끊어졌다.

"망할 년."

사내는 땀을 흘리면서 축 늘어진 여자의 시체를 내려다보았다. 팔다리를 움직이면서 격렬하게 저항하던 여자는 움직이지 않고 있었다.

그는 여자를 완전하게 살해하기 위해서 돌멩이를 주워들어 머리를 내려치기 시작했다.

이시다 요리의 시체는 3개월이 지난 1945년 9월 10일에야 발견되었다. 이미 백골로 변한 시신은 발가벗겨진 채 나뭇가지 따위로 덮여 있었다.

코다이라는 31세의 주부인 이시다 요리의 목을 졸라 죽이고 쌀을 구하기 위해 갖고 온 현금 70엔과 손목시계를 갖고 달아났다.

식량을 미끼로 유혹하다

전쟁은 막바지를 향해 치달았고, 6월의 장마가 지나가자 숨이 턱턱 막히는 더위가 도쿄를 뜨겁게 달구었다.

공습 사이렌은 하루에도 몇 번씩 울렸다. 도쿄 시민들은 전쟁과 공습으로 불안한 날을 보내면서 숨을 죽이고 있었다. 전쟁이 막바지를 향해 달리면서 모든 물자가 배급제가 되어 더욱 고통스러웠다. 무엇보다 식량을 구하는 일이 가장 어려웠다.

코다이라는 이미 두 명의 여자를 살해한 후 허름한 여인숙 방을 옮겨 다니면서 살았다. 사람들의 의심을 받을까 봐 한곳에 오래 머물러 있을 수가 없었다.

한 명은 미호코라는 21세의 여학생이고 다른 사람은 이시다 요리라는 유부녀였다.

코다이라는 때때로 여자들을 강간하고 살해하던 일을 머릿속에 떠올리며 짜릿한 쾌감에 몸을 떨었다. 그러한 쾌감을 다시 한 번 느끼고 싶다는 욕망이 맹렬하게 일어났다.

이시다 요리에게 빼앗은 돈도 떨어져 가고 있었다.

1945년 7월 12일, 코다이라는 시부야 역에 나타났다. 시부야 역에는 사람들이 열차표를 사기 위해 줄을 서 있었다. 공습으로 열차가 자주 끊겨서 운행을 할 때면 늘 사람이 많았다.

코다이라는 두 명의 여자들에게 접근하여 쌀을 사주겠다고 유인했으나 거절당했다. 그는 한참을 서성거리다가 표를 끊기 위해 줄을 서 있는 젊은 여성에게 다시 다가갔다.

"혹시 식료품을 사러 나왔어요?"

코다이라는 친근하게 웃으면서 말을 건넸다. 여자가 돌아보자 40세 안팎의 남자가 부드럽게 웃고 있었다.

"네. 쌀을 구해야 해서요. 어떻게 구해야 할지 모르겠어요."

"실은 내가 쌀을 팔려고 나왔습니다. 집사람이 아파서 돈이 필요합니다. 병원에 가야 되서요."

코다이라와 여자는 사람들 눈치를 살피면서 은밀하게 이야기를 나누기 시작했다.

"어머, 걱정이 많으시겠어요. 제가 쌀을 살게요."

여자가 반가워하면서 말했다.

"그럼 같이 갈까요? 저의 집은 역에서 20분쯤 떨어진 농가입니다. 좀 걸어도 괜찮을까요?"

"네. 괜찮습니다."

"저는 코다이라 요시오라고 합니다만……."

"안녕하세요. 저는 나카무라 미호코입니다."

두 사람은 인사까지 나누고 역을 나섰다.

미호코가 보는 코다이라는 부드러운 얼굴에 말투도 점잖았다. 그래서 그가 나쁜 사람일 거라고 의심하지 않았다.

미호코는 코다이라를 따라 시부야 역에서 가까운 토치기 현에 있는 산으로 갔다. 그러나 코다이라가 자꾸 산속으로 가자 미호코는 의심이 들기 시작했다.

"왜 산으로 가요?"

미호코가 걸음을 멈추고 물었다. 미호코는 무엇인가 불길한 기분을 느끼고 코다이라를 경계하기 시작했다. 그는 길도 보이지 않는 산으로 올라가고 있었다.

"우리 집이 산에 있소. 나를 믿지 못하는 거요?"

코다이라의 눈빛이 달라졌다.

"그런 건 아니지만……."

"그럼 나를 따라오시오."

코다이라가 길도 없는 숲으로 들어갔다. 미호코는 더 이상 코다이라를 따라갈 수 없었다.

"쌀을 사지 않겠어요. 나는 집으로 돌아갈래요."

"당신 맘대로 돌아갈 수 없어."

"나를 보내주지 않으면 그냥 있지 않겠어요!"

미호코는 호신용 칼을 뽑아 들고 코다이라에게 대항했다. 그러나 코다이라는 일본군 출신으로 중국에서 전쟁을 한 경험이 있었다.

미호코가 몇 번 칼을 휘둘렀으나 그에게 상처도 내지 못하고 칼을 빼앗겼다.

"살, 살려주세요. 하라는 대로 다 할게요."

미호코는 사색이 되어 코다이라에게 애원했다.

"내가 원하는 게 무언지 알겠지?"

"아, 알아요."

미호코는 스스로 옷을 벗었다. 그러자 코다이라가 눈알을 번들거리면서 달려들었다.

'어, 어떻게 해야 도망을 치지?'

미호코는 코다이라에게 능욕을 당하면서 달아날 궁리만 했다. 누군가 지나가던 사람이라도 나타나서 구해주기를 바랐으나 외진 산속이었다. 소리를 질러도 소용이 없고 반항할 수도 없었다.

'아버지……'

미호코는 아버지의 얼굴을 떠올리면서 눈물을 흘렸다.

자신이 살인자의 희생자가 될지도 모른다고 생각하자 비참한 기분이 들었다.

코다이라의 능욕은 오랜 시간이 걸리지 않았다.

"살려주세요."

미호코는 담배를 피우는 코다이라에게 애원했다.

"내 말을 잘 들어."

"네. 잘 들을게요."

"너는 죽어야 돼."

코다이라가 갑자기 미호코의 목을 조르기 시작했다.

"헉!"

미호코는 깜짝 놀라서 코다이라의 손을 떼어내기 위해 발버둥을 쳤다. 그러나 그녀의 발버둥은 오랜 시간이 걸리지 않았다. 코다이라가 억센 손으로 목을 조르자 캑캑거리면서 괴로워하다가 축 늘어졌다.

코다이라는 그날 21세의 회사원인 나카무라 미호코를 강간하고 목 졸라 살해한 뒤에 현금 40엔과 손목시계를 탈취하여 달아났다.

미호코의 시체는 11월 5일 백골로 발견되었다. 시체가 산속에 버려져 있었기 때문에 늦게 발견되었다.

코다이라는 살인을 하고 나자 경찰에 체포될지도 모른다는 불안감이 일어났다.

'친정에 가 있는 아내한테 가야겠어.'

코다이라는 부인의 친정으로 가기 위해 이케부쿠로 역으로 갔다. 미호코를 강간하고 목 졸라 살해한 지 사흘째 되는 7월 15일의 일이었다.

이케부쿠로 역에는 사람들이 고구마를 사기 위해 줄을 서 있었다. 코다이라의 눈에 마르고 젊은 여자가 눈에 띄었다.

"내가 고구마를 싸게 살 수 있는 곳을 알고 있는데……."

코다이라가 젊은 여자에게 말을 건넸다. 그녀는 폐결핵을 앓고 있어서 얼굴이 창백했다. 그녀의 이름은 세이도 가츠코.

"도와주십시오."

가츠코는 코다이라에게 허리를 숙여 절을 했다. 그녀도 다른 사람들처럼 식량에 유혹되어 코다이라를 따라 근처의 산으로 끌려갔다.

"왜 자꾸 산속으로 가요?"

"농가가 산속에 있소."

"무슨 농가가 산속에 있어요?"

"사람이 속고만 살았어? 빨리 따라와!"

코다이라가 가츠코의 어깨를 낚아챘다. 가츠코는 재빨리 주머니칼을 꺼내 겨누었다. 그러나 코다이라는 작은 주머니칼로 대항하는 가츠코를 제압한 뒤에 강간하고 목을 졸라 살해했다. 그는 가츠코에게서도 현금 75엔과 손목시계를 빼앗았다.

8월이 되자 일본의 전황은 더욱 악화되었다. 미국의 공습이 격렬해져 많은 도시가 잿더미가 되었다. 나가사키와 히로시마에는 신형폭탄이라는 원자탄이 떨어져 수만 명이 한꺼번에 죽임을 당했다.

전쟁의 광기는 태평양전쟁을 일으킨 일본에도 견디기 어려운 굶주림을 가져왔다. 전쟁 물자를 위해 모든 것을 희생해야 했던 일본은 미증유의 식량난에 시달리게 되었다. 욱일승천하던 일본은 미국이 참전하면서 패색이 짙어졌고, 일본 국민은 광분하면서도 전쟁이 끝나기를 간절하게 원하게 되었다.

일본을 뒤흔든 부녀자 연쇄 강간살인사건은 식량의 궁핍으로 시작되었다고 해도 과언이 아니었다.

살인자의 과거

1945년 8월 15일. 일본은 연합군에 무조건 항복을 했다.

전쟁이 끝나면서 군수공장이 문을 닫고 실업자 400만 명이 발생했다. 미군이 일본열도에 진주하면서 한 끼의 식량을 구하기 위해 일본 여자들은 기모노를 벗고 미군을 자신의 몸속에 받아들였다.

1945년 9월에 발생한 태풍은 사망자와 행방불명자가 4,000명에 이르렀고, 논밭이 휩쓸려가 식량 사정을 더욱 악화시켰다.

전쟁이 끝나 600만 명이 일본으로 돌아오면서 일본인들이 굶주리게 되자, 식량을 구하기 위한 살인과 강도가 빈번하게 일어났다.

코다이라 요시오는 1905년 1월 28일에 태어나 일본군이 되어 중국에 파병되었다. 그는 1928년 일본군이 중국 국민당 군과의 전투를 벌인 5·3전투에 참여했다. 당시 코다이라는 여섯 명의 중국군 병사를 살해하고, 닥치는 대로 중국 여성들을 강간하고 살해했다. 심지어 임산부의 배를 잔인하게 일본도로 찔러 살해하기도 했다.

약 4년 동안 중국에 주둔하면서 온갖 만행을 저지른 코다이라는 1932년에 일본으로 돌아왔다.

그는 한 여성과 결혼을 했으나 아내 몰래 바람을 피워 아들을 낳았다. 이에 실망한 그의 부인은 코다이라를 떠났다. 코다이라는 분노하여 7월 2일, 처갓집 식구들을 쇠몽둥이로 공격하여 장인을 살해하고 여섯 명을 다치게 했다.

코다이라는 체포되어 8년 형을 살고 1940년에 석방되었다. 그가 불과 8년 만에 석방된 것은, 부인이 배신해서 분노가 폭발해 장인을 살해한 것이고, 일본군으로 중국에서 활약한 공로가 인정되었기 때문이었다.

그는 교도소에서 두 차례나 은사를 받아 형기가 줄어들었다.

코다이라는 교도소에서 석방되었으나 취직은 마땅치 않았다. 그는 거리를 배회하다가 1943년 도쿄도 시나가와 구의 해군 군수창고의 보일러공으로 취업했다.

그곳에는 많은 일본 여대생이 정신대로 동원되어 일하고 있었다. 석탄을 때는 보일러였기 때문에 그는 여섯 명의 직원을 거느렸다.

1943년은 일본이 태평양전쟁의 소용돌이에 휘말려 있을 때였다. 어디서나 군인들이 환영을 받았고 군무원들이 우대를 받았다. 1944년 2월, 코다이라는 자신이 전과자라는 사실을 숨기고 젊은 여성과 재혼했다. 부인은 순종적인 여인이어서 코다이라는 상당히 행복한 시절을 보냈다.

그러나 1945년이 되자 일본은 패색이 짙어져 갔다. 부족한 군수물자 때문에 일본 국민은 허리띠를 졸라맸고, 식량난이 가중되었다. 일본군은 세계 여러 곳에서 패전했고, 일본 본토에 공습이 시작된다는 우울한 소식이 나돌았다. 일본은 방공훈련을 하기 시작했다.

1945년 4월, 도쿄에 대공습이 시작되었다. 전쟁은 점점 불리해져 일본인들의 얼굴에 어두운 그림자가 드리워졌다. 코다이라는 아내를 토야마의 친정으로 보냈다. 그런데 부인이 친정으로 가자 코다이라는 욕망을 배설할 수 없었다.

미국의 공습이 시작되자 군수창고에서 일하던 여학생들에게 고향으로 돌아가라는 지시가 떨어졌다. 대부분 여학생들이 고향으로 돌아갔으나 미야츠키 미츠코는 맹장수술 때문에 기숙사에 남았다. 그녀는 수술을 무사히 마치고 몸이 어느 정도 회복되자 고향으로 돌아가기 위해 인사를 하러 보일러실 책임자인 코다이라를 찾아왔다. 코다이라는 은밀하게 그녀를 좋아하고 있었다.

미야츠키 미츠코는 일본여자대학에 다니는 학생으로, 웃을 때 덧니가 살짝 드러나는 모습이 매혹적이었고 아름다웠다.

"미츠코 상, 당신은 너무 아름답습니다."

미츠코가 고향으로 돌아간다고 하자 코다이라는 사랑을 고백했다.

"고마운 말씀……."

미츠코는 대수롭지 않게 받아넘겼다.

"미츠코 상, 나는 당신을 사랑합니다."

"아저씨, 그런 말 하지 말아요. 이건 웃기는 일이에요."

미츠코는 화를 내고 기숙사로 돌아갔다. 코다이라는 우두커니 서서 냉담한 미츠코의 얼굴을 떠올렸다. 그는 화가 나서 기숙사로 달려갔다. 미츠코는 거울 앞에 앉아서 머리를 빗고 있었다.

"나를 거부하는 것은 용서 못 해!"

코다이라는 두 손으로 미츠코의 목을 졸랐다. 미츠코는 캑캑거리면서 발버둥을 치다가 의식을 잃고 쓰러졌다.

'죽었나?'

코다이라는 미츠코를 자세하게 살폈다. 그러나 미츠코는 금세 의식이 돌아왔다.

"왜 나를 죽이려고 해요?"

미츠코가 고통스러운 표정으로 물었다.

"나는 너를 원해."

"아저씨가 그렇다면……."

미츠코는 놀랍게도 스스로 옷을 벗었다.

코다이라는 이런 미츠코를 강간하고 목을 졸라 살해했다. 미츠코라는 여성은 이렇게 하여 코다이라의 부녀자 연쇄 강간살인사건의 첫 번째 희생자가 되었다.

코다이라는 미츠코의 시신을 방공호에 숨기고 달아났다. 미츠코의 시체는 6월이 되어서야 발견되었다. 헌병대가 수사를 시작했지만, 공습 때문에 누구도 제대로 수사를 하지 않았다.

전쟁은 더욱 치열해졌다. 일본군은 곳곳에서 패전했다.

코다이라는 7월 15일이 지나자 처가에 내려가 있다가 종전이 된 후에야 도쿄로 먼저 돌아왔다. 일본의 항복은 코다이라에게 큰 충격을 주었다. 해외에서 일본인들이 귀국선을 타고 쏟아져 들어왔고, 미군이 도쿄를 점령했다. 일본 총리를 비롯하여 군부의 장군들이 체포되었다. 그리고 코다이라는 미군 세탁부로 고용이 되어 12월부터 아내와 함께 살게 되었다.

패전과 지저분한 살인마

일본이 패전한 8월 이후에도 코다이라 요시오는 강간과 살인을 멈추지 않았다.

9월 28일, 21세의 출판사 경리 마츠시타 요시에도 코다이라의 희생양이 되었다.

"혹시 고구마가 필요하십니까?"

요시에가 기차역에서 서성거리고 있을 때 중년 남자가 접근해 왔다. 코다이라는 사실상 기차역 주위를 서성거리면서 범행 대상을 물색하고 있었다.

"네. 필요해요."

요시에가 냉큼 대답했다.

일본의 패망으로 양식을 구하는 것이 하늘의 별을 따기처럼 어렵던 시절이었다. 한국에서의 쌀 수출이 중단되고 해외의 일본인들 600만 명이 돌아와 식량 부족이 심각했다. 일본인들은 고구마로 식량을 대신하는 불쌍한 처지가 되었다.

요시에가 사내를 살피자 그는 약간 지친 듯한 표정을 하고 있었다.

"나도 고구마를 구하러 가는데. 고구마를 살 곳은 있습니까?"

"아니에요. 막상 집을 나오기는 했지만 어디로 가야 할지 몰라 서성거리고 있던 참이에요. 그쪽은 고구마를 살 곳이 있나요?"

"예. 아는 농가가 있어서 계속 고구마를 사다가 먹고 있습니다."

"어머, 그럼 저도 소개해주시겠어요? 은혜는 잊지 않겠습니다."

요시에는 그의 손이라도 잡을 듯이 반가워하면서 말했다.

"그러시죠. 저와 함께 가시겠습니까?"

"네. 아주 친절하시네요."

두 사람은 기차를 타고 도쿄를 빠져나와 북쪽 교외에서 내렸다. 그런데 그가 점점 산 쪽으로 가고 있었다,

"이런 산속에 농가가 있나요?"

요시에가 화를 내면서 물었다.

"저 산을 넘으면 금방입니다."

가을이었다. 산에는 단풍이 곱게 물들어 있었고 들에는 오곡이 출렁거렸다. 벼를 수확하고 있었으나 전쟁으로 인해 농사를 제대로 짓지 못해 도쿄는 식량 부족이 심했다.

"마을이 보이지 않아요. 당신은 나에게 거짓말을 했어요."

요시에는 코다이라가 산속 깊이 들어가자 그제야 수상하다는 사실을 눈치를 챘다.

"도망갈 수 없어. 도망가려고 하면 죽여버릴 거야."

코다이라는 품속에서 칼을 꺼냈다.

"사, 살려주세요."

요시에는 비로소 사색이 되었다.

"따라와."

요시에는 얼굴이 하얗게 질려 숲 속으로 끌려갔다. 코다이라는 숲 속에서 그녀의 옷을 벗기고 강간한 뒤에 살려달라고 울부짖는 그녀를 살해했다.

코다이라는 그간 강간·살인사건을 저질렀으나, 강간사건만도 서른 건에 이르렀다. 며칠에 한 번씩 그는 부녀자를 강간한 것이다.

부녀자 강간이 서른 건에 이르고 부녀자들이 잇달아 시체로 발견되자 일본 경찰이 수사에 나섰다. 그러나 일본 경찰은 제대로 수사를 할 수 없었다. 미 군정 치하였기 때문에 미군의 지시를 받아서 수사를 해야 했고, 전범재판·평화헌법 개헌 등 정국이 어수선했다. 대규모의 미군이 진주하면서 그들에게 달라붙어 몸을 파는 여자들도 헤아릴 수없이 많아졌다.

1945년 12월 29일, 코다이라는 도부철도 아사쿠사 역에 나타났다. 이번에는 19세의 바바 히로코가 그의 범행 대상이 되었다.

코다이라는 주위를 살핀 뒤에 그녀에게 접근했다.

"혹시 쌀을 구하러 나왔어요?"

"네. 아저씨도 쌀을 구하세요?"

"예. 역에서 만나기로 약속했는데 오지 않는군요. 아무래도 농가로 찾아가 봐야겠어요."

"실례지만 저 좀 도와주시면 안 되겠어요? 저도 쌀이 필요한 처지여서요."

"글쎄요."

코다이라는 망설이는 시늉을 했다.

"도와주세요."

여자가 간절하게 말했다. 코다이라는 못 이기는 체하고 여자를 데리고 교외로 향했다.

그들은 한 시간을 걸어 야산에 이르면서 많은 이야기를 나누었다.

그녀는 몸뻬바지를 입고 있었다.

"아직 멀었나요?"

인적이 없는 야산에 이르자 그녀가 수상한 눈으로 코다이라를 살폈다.

"다 왔어요. 이쪽으로 와요."

코다이라가 빙긋이 웃으면서 그녀의 어깨를 잡았다. 그녀는 깜짝 놀라 몸을 피하려고 했다. 그러자 코다이라가 그녀의 가슴을 확 밀었다. 그녀가 엉덩방아를 찧고 나뒹굴 때 그는 재빨리 그녀를 깔고 앉았다.

살인자는 눈물이 없다

코다이라는 히로코를 돌아보았다.

어둠 속에서 숲에 쓰러져있는 그녀의 모습이 희미하게 보였다.

'망할 년!'

코다이라는 속으로 욕설이 튀어나왔다. 왜 욕설이 튀어나왔는지는 알 수 없었다.

어둠 때문에 여자의 얼굴이 확실하게 보이지 않았다.

코다이라는 재빨리 여자의 얼굴에 부엌칼을 들이댔다.

"사, 살려주세요."

여자의 목소리가 와들와들 떨렸다.

"시키는 대로만 하면 죽이지는 않을 거야."

여자가 몸을 떨며 말했다.

"정말이야?"

"네!"

"돌아눕고 옷 벗어!"

여자가 재빨리 옷을 벗었다.

"손 뒤로 해."

여자가 손을 뒤로 올렸다.

코다이라는 주머니에서 헝겊을 꺼내 여자의 두 손목을 빠르게 하나로 묶었다. 여자는 사시나무 떨듯 온몸을 부들부들 떨고 있었다.

"아저씨."

여자가 울면서 입을 열었다.

"시키는 대로 할 테니 살려만 주세요."

"흥!"

"정말이에요. 돈도 있는 것 다 드리고……."

"돌아누워!"

"네."

여자가 몸을 굴려 바로 누웠다. 뜻밖에 여자는 너무나 고분고분했다.

코다이라는 여자의 얼굴이 눈물로 번들거리고 있는 것을 보았다. 문득 가슴이 싸하게 저려왔다.

코다이라는 여자의 둔부에 걸쳐져 있는 몸뻬 바지를 잡아당겼다.

"아저씨, 제발……."

여자가 울면서 거부하려는 시늉을 했다. 코다이라는 멈칫했다.

여자는 발버둥을 치고 몸을 비틀어대고 있었다. 코다이라는 얼굴 근육을 푸르르 떨며 웃었다. 여자가 몸을 비틀고 저항을 하려고 하자 웃음이 나왔다.

코다이라는 여자의 얼굴에 다시 부엌칼을 들이댔다. 차가운

쇳날이 얼굴에 닿자 여자가 흠칫 몸을 떨었다.

"입 닥쳐!"

그가 부엌칼로 다시 위협을 했다. 코다이라는 여자가 입을 다물자 하얀 천 조각을 여자의 무릎으로 끌어내렸다. 그러자 여자가 반사적으로 두 무릎을 바짝 오므렸다.

코다이라는 여자의 속옷을 입에 쑤셔 넣으려고 했다. 그러자 여자가 입을 꽉 다물고 고개를 흔들었다. 코다이라는 여자의 아랫배를 깔고 앉아 힘껏 눌렀다. 그 바람에 여자의 아랫배가 출렁하고 흔들렸다. 따뜻한 감촉과 부드러운 감각이 그의 하체를 팽팽하게 했다.

'음……'

코다이라는 마른침을 꿀컥 삼켰다.

"으으……!"

숲에는 바람이 세차게 불고 있었다. 세상이 떠나갈 듯이 요란하게 불어대는 바람 소리에 숲이 흔들리고 나뭇잎들이 허공으로 날아다녔다.

'망할 년!'

코다이라는 이를 악물었다. 여자가 입을 벌리고 괴로워했다.

그는 여자의 입에 속옷을 문질렀다. 여자가 입을 다물고 있어서 속옷을 집어넣을 수가 없었다.

여자의 눈에서 비 오듯이 눈물이 흘러내렸다. 여자는 공포와 불안으로 몸부림을 치고 있었다.

"시끄러워!"

코다이라는 여자의 뺨을 세차게 후려쳤다. 그러자 '악' 하는 비명과 함께 여자의 얼굴이 옆으로 돌아갔다. 여자의 얼굴에 손바닥 자국이 맺혔다.

"입 벌려!"

코다이라는 낮았지만 단호한 목소리로 명령을 했다.

여자가 몸을 떨다가 간신히 입을 벌렸다. 코다이라는 여자가 입을 벌리자 재빨리 헝겊 조각을 여자의 입에 쑤셔 넣었다.

여자는 숨을 쉬기가 답답한지 도리질을 했다. 그러나 무모한 짓이었다. 여자는 두 팔이 뒤로 묶여 있고 입에 재갈까지 물려 있었다.

코다이라는 잠시 호흡을 가다듬었다. 여자의 입에 재갈을 물리느라 숨이 차고 가슴이 뛰었다.

어둠 때문에 여자의 얼굴은 뚜렷이 보이지 않았다.

여자가 고통스러워하며 바동거리기 시작했다.

'그래 빨리 끝내주지…….'

코다이라는 지긋이 웃었다. 그는 여자의 복부에 손을 얹었다. 여자의 복부는 눈물이 나올 정도로 따뜻했다.

다시 숨이 가빠졌다.

그의 손이 탄력 있는 여자의 배에서 위로 거슬러 올라갔다. 여자가 흠칫하여 몸을 떨었다. 여자는 그의 손을 뱀처럼 징그럽게 느끼고 있는 것 같았다.

코다이라는 여자의 그런 행동에 또다시 분노를 느꼈다. 여자는 그를 거부하고 있었다. 그것은 그가 상상해 왔던 것과 달랐다. 그의 상상 속에서 여자는 언제나 상냥했고 그를 따뜻하게 받아주곤 했었다.

여자가 그를 떼어내려고 바동거리기 시작했다.

코다이라는 여자의 블라우스를 힘껏 잡아당겼다. 그러자 블라우스가 뜯어졌다. 코다이라는 어둠 속에 하얗게 빛을 발하는 여자의 가슴을 내려다보았다. 여자의 둥근 가슴이, 아직 설익은 과일처럼 풋풋한 살덩어리가 그의 손바닥 가득히 들어왔다.

'따듯하고 부드러워……'

코다이라는 온몸을 부르르 떨었다.

그는 옷을 벗은 뒤에 여자의 몸에 엎드렸다.

여자의 입에서 '끄윽' 하는 신음이 새어 나왔다. 여자가 울고 있는 것 같았다. 여자는 또다시 몸부림을 치고 발버둥을 치면서 그를 거부하려고 했다.

코다이라는 필사적으로 여자를 찍어 눌렀다.

그때 아이들이 웅성거리면서 산으로 올라오는 소리가 들렸다. 도토리를 주우러 산으로 올라온 것이다.

그는 깜짝 놀라서 여자가 소리를 지르지 못하도록 목을 눌렀다. 여자가 발버둥을 치다가 숨이 끊어졌다. 그는 여자에게 납작 엎드려 기다렸다.

다행히 아이들은 다른 쪽으로 갔다.

'죽었잖아?'

여자를 내려다보자 움직이지 않고 있었다. 그는 죽은 여자에게 다시 달려들었다.

마지막 살인사건

미도리카와 유우코는 17세로 1946년 8월 17일, 도쿄의 시바 공원 뒤쪽에서 잡초를 베던 잡역부에 의해 시체로 발견했다.

유우코의 시체는 알몸이었고 이미 부패가 진행되고 있었다. 신원을 조사한 결과 씨름 심판원 미도히카와 가이치로의 딸로 밝혀졌다.

경찰이 어머니를 조사하자 취직 때문에 미 군정에서 세탁부로 일하는 코다이라라는 사내를 만나고 있다는 것을 알아냈다.

미 군정에서 일하는 것은 일본인들이 가장 선호하는 것이었다.

유우코의 어머니는 그녀가 집을 나간 1946년 8월 6일에도 코다이라를 만났을 것이라고 진술했다. 경찰은 즉시 코다이라를 연행하여 조사했고 자백을 받았다.

코다이라는 8월 6일 취직을 미끼로 유우코를 만나 강간하려고 하자, 그녀가 저항했다고 말했다. 그래서 코다이라는 재빨리 목을 졸라 움직이지 못하게 하고 알몸으로 만든 뒤에 강간했다.

유우코가 의식이 돌아오자 천으로 목을 감아 살해했다.

1949년 10월 5일 코다이라 요시오는 사형이 집행되었다.

유혹당한 일본 여자들

범죄사 쪽에서 다른 부녀자 연쇄 살인사건과 비교해보면 코다이라의 연쇄 살인사건은 그다지 지능적이거나 엽기적이지도 않다. 이는 프로파일러들이 말하는 지저분한 사건에 지나지 않는다.

코다이라는 오로지 강간과 돈을 빼앗기 위해 여자들을 유인한 후 발각되지 않으려고 살해한 것이다.

그가 저지른 것으로 추정되는 30여 건의 강간·살인사건이 이를 증명한다. 다만, 이 사건은 2차대전으로 일본이 가장 어려울 때 발생한 연쇄강간 살인사건이었기 때문에 일본인들에게 충격을 주었다.

코다이라 연쇄 살인사건은 단순한 부녀자 강간·연쇄 살인사건이 아니다.

일본군은 중국 난징에서 30만 명의 중국인들을 학살했다. 특히 부녀자들에 대한 강간은 일상적이었고 일본군도 중국인들의 목을 베는 시합까지 벌였다. 중국에서 살인 기계 학습을 받은 코다이라가 일본에 돌아와 부녀자들을 강간하고 살해한 것이다.

코다이라 요시오는 10건의 강간·살인, 30건의 부녀자 폭행 혐의를 받았는데, 부녀자 폭행은 인정하고 3건의 살인을 부인하여 7건의 강간·살인으로 기소되어 사형선고를 받았다.

코다이라 부녀자 연쇄 살인사건은 어쩌면 일본 군국주의가 만들어낸 부산물이라고 할 수 있다.

코다이라 요시오(小平義雄)

도쿄를 뒤흔든 잔혹한 살인자. 1945~46년에 걸쳐 도쿄와 그 일대에서 연쇄 강간·살인을 저질렀다. 전쟁 말기 생계를 위해 끼니거리를 찾으러 나선 여성들을 상대로 저지른 범행이기에 악랄하고 교활한 연쇄 살인범으로 평가받는다. 1905년에 태어나 사형을 언도받고 1949년 사망했다.